杨庆祥 主编
新坐标

哈瓦那超级市场

李宏伟

著

陈若谷 编

江苏凤凰文艺出版社
JIANGSU PHOENIX LITERATURE AND
ART PUBLISHING

图书在版编目（CIP）数据

哈瓦那超级市场 / 李宏伟著；陈若谷编. — 南京：
江苏凤凰文艺出版社，2023.9
ISBN 978-7-5594-6399-9

Ⅰ.①哈… Ⅱ.①李… ②陈… Ⅲ.①小说集－中国
－当代②中国文学－当代文学－文学评论 Ⅳ.①I217.2

中国版本图书馆 CIP 数据核字(2021)第 243030 号

哈瓦那超级市场

李宏伟 著　陈若谷 编

出　版　人　张在健

责任编辑　李　黎　项雷达

特约编辑　王　怡　郭　幸

责任印制　刘　巍

出版发行　江苏凤凰文艺出版社

　　　　　南京市中央路 165 号，邮编：210009

出版社网址　http://www.jswenyi.com

印　　　刷　苏州市越洋印刷有限公司

开　　　本　880 毫米×1230 毫米　1/32

印　　　张　8.25

字　　　数　200 千字

版　　　次　2023 年 9 月第 1 版

印　　　次　2023 年 9 月第 1 次印刷

标 准 书 号　ISBN 978-7-5594-6399-9

定　　　价　56.00 元

江苏凤凰文艺版图书凡印刷、装订错误，可向出版社调换，联系电话 025-83280257

新时代， 新文学， 新坐标

杨庆祥

　　编一套青年世代作家的书系，是这几年我的一个愿望。这里的青年世代，一方面是受到了阿甘本著名的"同时代性"概念的影响，但在另外一方面，却又是非常现实而具体的所指。总体来说，这套"新坐标"书系里的"青年世代"指的是那些在我们的时代创造出了独有的美学景观和艺术形式，并呈现出当下时代精神症候的作家。新坐标者，即新时代、新文学、新经典之涵义也。

　　这些作家以出生于 1970 年代、1980 年代为主。在最初的遴选中，几位出生于 1960 年代中后期的作家也曾被列入，后来为了保持整套书系的"一致性"，只好忍痛割爱。至于出生于 1990 年代的作家，虽然有个别的出色者，但我个人认为整体上的风貌还需要等待一段时间，那就只有等后来的有心人再续学缘。

　　这些入选的作家都是我们这个时代的新青年。鲁迅在 1935 年曾编定《新文学大系小说二集》，并写有长篇序言，其目的是彰显"白话小说"的实力，以抵抗流行的通俗文学和守旧的文言文学。我主编这套"新坐标书系"当然不敢媲美前贤，但却又有相似的发愿。出生于 1970 年代以后的这些作家，年龄长者，已经 50 多岁，而创作时间较长者，亦有近 30 年。他们不仅创作了大量风格各异、艺术水平极高的作品，同时，他们的写作行为和写作姿态，也曾成为种种文化现象，在精神美学和社会实践的层面均提供着足够重要的范本。遗憾的是，因为某种阅读和研究的惯性，以及话语模式的滞后，对这些作家的相关研究一直处于一种"初级阶段"。具体来说表现在以下几个方面。第一，单个作家作品的研究比较多，整体性的研究相对少见；第二，具体作品的印象式批评较多，深入的学理研究较少；第三，套用相关的理论模式比较多，具有原创性的理论模式较少；第四，作家作品与社会历史的机械性比对较多，历史的审美的有机性研究较少；第五，为了展开上述有效深入研究的相关史料的搜集、整理和归纳阙失。这最后一点，是最基础的工作，而"新坐标书系"的编纂，正是从这最基础的部分做起，唯有如此一点一点地建设，才能逐渐呈现这"同代人"的面貌。

埃斯卡皮在《文学社会学》里特别强调研究和教学对于文学"经典化"的重要推动。在他看来，如果一部作品在出版 20 年后依然被阅读、研究和传播，这部作品就可以称得上是经典化了——这当然是现代语境中"短时段经典"的标准。但是毫无疑问，大学的教学、相关的硕博论文选题、学科化的知识处理，即使是在全（自）媒体时代依然发挥着不可替代的历史化功能。编纂这部书系的一个初衷，就是希望能够为大学和相关研究机构的从业者提供一个相对全面的选本，使得他们研究的注意力稍微下移，关注更年青世代的写作并对之进行综合性的处理。当然，更迫切的需要，还是原创性理论的创造。"五四一代"借助启蒙和国民性理论，"十七年"文学借助"社会主义新人"理论，"新时期文学"借助"现代化"理论，比较自洽地完成了自我的经典化和历史化。那么，这一代人的写作需要放在何种理论框架里来解释和丰富呢？这是这套书系的一个提问，它召唤着回答——也许这是一个"世纪的问答"。

书系单人单卷，我担任总主编，各卷另设编者。需要特别说明的是，所有的编者都是出生于 1980 年代以后的青年评论家、文学博士。这是我有意为之，从文化的认领来说，我是一个"五四之子"，我更热爱和信任青年——即使终有一天他们会将我排斥在外。

书系的体例稍做说明。每卷由五部分组成：第一，代表作品选。所选作品由编者和作者商定，大概来说是展示该作者的写作史，故亦不回避少作。长篇作品一般节选或者存目。第二，评论选。优选同代评论家的评论，也不回避其他代际评论家的优秀之作。但由于篇幅所限，这一部分只能是挂一漏万。第三，创作谈和自述。作家自述创作，以生动形象取胜。第四，访谈。以每一卷的编者与作者的对话为主体，有其他特别好的访谈对话亦收入。第五，创作年表。以翔实为要旨。

编纂这样一套大型书系殊非易事。整个编纂过程得到了各位编者、作者和江苏凤凰文艺出版社的大力支持，尤其是张在健社长和青年编辑李黎老师的大力支持！在此向付出辛苦劳动的各位同代人深表谢意。其中的错讹难免，也恳请读者和相关研究者批评指正。记得当初定下选题后，在人民大学人文楼的二楼会议室召开了第一次编务会，参会的诸君皆英姿勃发，意气风扬。时维夜深，尽欢而散。那一刻，似乎历史就在脚下。接下来繁杂的编务、琐屑的日常、无法捕捉的千头万绪……当虚无的深渊向我们凝视，诸位，"为什么由手写出的这些字/ 竟比这只手更长久，健壮？"生命的造物最后战胜了生命，这真是人类巨大的悖论（irony）呀。

不管如何，工作一直在进行。1949 年，作家路翎在日记中写道："新的时代要浴着鲜血才能诞生，时间，在艰难地前进着。"而沈从文则自述心迹："我不向南行，留下在这里，为孩子在新环境中成长。"70 年弹指一挥间，在这套"新坐标书系"即将付梓之际，我又想起苏联作家帕斯捷尔纳克的一首诗《哈姆雷特》：

> 喧嚷嘈杂之声已然沉寂，
> 此时此刻踏上生之舞台。

倚门倾听远方袅袅余音，

从中捕捉这一代的安排。

敢问，什么是我们这一代的安排？

是为序。

2019. 2. 16 于北京

2020. 3. 27 再改

2023. 7. 11 改定

目 录

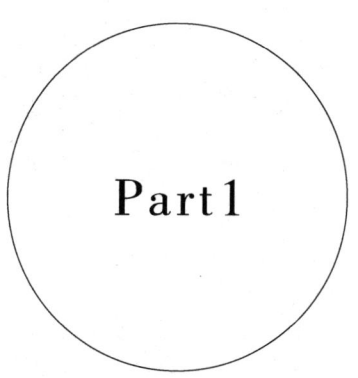

Part 1

作品选

哈瓦那超级市场

A1　滴答滴

　　这一带仿佛是北京的一块飞地，空阔、窎远，尽管也有一些零星的高楼，都淹没在成堆成团的杨树丛里，像是一直撒向远方的杨树团中的几株衰草。刚才，我远远从公交车上看到这边有成片的白色低层楼房，绵延不已，仿佛没有尽头。随着公交车越驶越近，我失去了平行的视线，因而看不到这片白色楼房的远方是什么。

　　等下了车，进了市场里面，我才发现里面都是四层高的白色小楼，各栋楼错落分布，没有任何可以分析出来的几何规则，无论我站在哪里，向四方望去，都只能看见房子，而且各栋楼的建造和朝向也不尽相同，我甚至看见有一栋标准圆形的房子与缺了一小角的等边三角形的房子。每一栋楼都标有楼号，但号码标注依循的规律却如同出自酒鬼或是疯子或是上帝之手，没有人能够弄得清楚，比如我进去时大门两边的楼号分别是 903 号和 7 号，等我转过几栋楼后，两边的楼号已分别是 18 号与 356 号。一开始，我试图依据房子的形状与号码相结合的形式在脑子里理出一条清楚的线索，以免无法离开。经过几栋楼之后，我放弃了这一想法。楼房的形状和号码一定是按照对人类记忆进行最大干扰的方式安排的，记清楚它们的难度和记清楚天上的每一颗星星差不多。

如果不是熙攘的人群，我一定会怀疑自己走进了一部恐怖小说或是一座迷宫。但是身边满怀热情行走的人们提醒我，这里不过是某一个生活场景而已。市场里面没有车，人们都有条不紊地走着，在太阳的照耀下，他们步履稳重，笑容柔和，和身边的人聊着天，推着红色的装满各种物品的购物车兴致满满地走着。他们用各种带着口音的话语相互交流，点头致意，只不过，由于楼群的分布，很多人转过一栋楼就完全消失，另外还有不同的人群突然从楼边绕进来，他们使得我总以为眼前的场景并不连贯，就像你一眨眼就已沧海桑田。此外，还有不少人直接从各栋楼里走出来，基本上都是满载而来，肩扛手提背背种种正符合他们需要的物品。这些潮水一样的人们被推到楼群之间的沙滩上，刚刚浸出一个小小的坑，准备享受一下阳光的照耀，又突然被其他房子里面的引力吞没，迅速卷了进去。

各栋楼之间走了很久，看了类型不一的面孔倏忽而来，倏忽而去，我打消了向这些消费者打探消息的念头。我想，与其旁敲侧击向他们了解一些模糊的图景，还不如直接找到市场的工作人员来得快捷。于是，我走进了离我最近的一栋楼。

这栋楼出售的是饮料。一楼是各种各样的果汁，颜色各异形状有别的塑料瓶或玻璃瓶成排成行地摆放在直达天花板的货架上，就像是一幅幅立体的游戏拼图。还有几条流水线，一个个新鲜的水果在上面行进，经过一道道工序，顺利地在几座巨大的鼎形榨果汁机里粉身碎骨，成为鲜榨果汁，只遗留少量的果渣。几个工人手持棕叶制的小笤帚和松木制的小簸箕，有条不紊地清理着果渣，他们统一身着白衣，头戴一顶红色的有点贝雷款式的帽子，这使他们看起来非常像战场上忙碌的清道夫。

"请问，市场管理中心在哪里？"我问身边一位专心致志地清理苹果渣的工人。

"从这边出去，往西走，绕过三栋楼就到了市场内部的第七火车站，乘火车就能直接到达。"他说。

刚刚绕过两栋楼，我就听到了轰隆隆的声音，比通常印象中火车开过的声音小了很多。待绕过第三栋楼，就看到前方不到两层楼高的地方架着两根在阳光下闪耀着白光的粗大钢轨，钢轨上正停着一辆火车，下面的车站有一座宽宽的楼梯通往上面打开的火车车门。

说是火车，实际上比我们习见的火车小了很多，整个蓝白条相间而成的车厢也就二三十米长。车站没有几个人，我找到站牌，看到绿漆底的站牌上面用红漆标明的车站名有"管理处"，便沿着楼梯走上去。车厢里的人比车站更少，只有一对老年夫妇互相依偎着坐在车厢最后面一排座位上，见我进来，老先生稍稍正了正身子，向我点了点头。我也冲他笑了笑。

火车随即开动。它的轨道都是架在不到两层楼高的半空中，和楼房保持着几米的距离，因而座位的高度刚好和楼房二层的窗户一般高，我坐着看着一侧的楼房窗户，随着火车快速在楼群间穿行，一扇扇窗户像是一帧帧图片一样连接起来活动起来，或敞开或关闭，或拉上窗帘或一览无遗，或有人在内或空空如也，连起来活动起来的窗户居然有了无比丰富的剧情。而火车越往前开，我也就越发觉得了市场的巨大，不但通常的吃穿用品非常仔细地分出了一栋栋房子专门出售，还有门类繁多的餐馆、咖啡馆、茶馆、运动馆、休闲馆，以及汽车专卖店、美容店、博物馆、电影院、动物园，甚至还有天然温泉中心和人造沙滩。我上车时依偎在车厢最后的那对老夫妇就是到温泉中心去的。

我已不知道火车走了多少时间，突然听见车厢内报站名：管理中心到了。

管理中心也是一栋四层大楼，但它是完全的玻璃结构，当我走进去的时候，已经斜至西天的太阳正将它温和的光芒穿过整整一面玻璃墙洒在地板上。一楼是一个完全敞开的接待大厅，大厅正中是一座人造的瀑布，不过气势浩大的瀑布却如同奔腾的泡沫，悄无声息。我走到跟前伸出手摸过去，摸到冰凉而坚硬的一块，再仔细一看，是一堵玻璃墙，水就是贴着玻璃墙滑下去的。

这时，我注意到在偌大的透明空间深处有几排桌子，桌子后面几个身着职业套装的女子正忙碌地处理着手边的工作。

"对不起，请问……"我走向前，问道。

"你好。"其中一个年轻的女孩应声抬头招呼我，她仔细打量了我一番。"跟我来吧。"

我跟在"嗒嗒嗒"的高跟鞋声后面，走到大厅一侧的电梯旁。

我几次想和她说话，可看她的神情似乎早已知道一切，便算了。

"二楼，总经理助理办公室，找曹先生就可以了。"等电梯到了一楼，她把我让进去，说了一句。

曹先生正坐在一张宽阔的全玻璃办公桌后打着电话，双脚脚尖轮流点着地面，使压在身下的办公椅能够在较小幅度内灵活地旋转。看到我站在门口，他招了招手并指了指办公桌对面的一把椅子。我走进去坐下，他也不再旋转，而是仔细打量起我来。没多久，他打开抽屉取出一沓纸递给我，看我没有笔，又递给我一支蓝色的签字笔。这是一份调查表，上面列出了很多道选择题，内容涉及一个人的家庭背景求学经历工作经验兴趣爱好希望渴求等等。我粗粗地翻了翻，疑惑地递还给他。曹先生对着电话说了一声"对不起"便捂住话筒移开了电话。

"麻烦你填一下，方便具体安排。"他说。

"我是……"我刚张嘴说了两个字，便听见他电话听筒里传来了很严厉的一个声音，"好了没有？"曹先生冲我苦笑了一下，指了指听筒又指了指调查表，轻轻说了声"拜托了"，便又听电话去了。

我逐项填好后，日已西落，一堆堆熟透了的云彩挤攘在西边，浓稠欲流的紫红色使整间办公室以及我能看到的市场部分都浸上了一层辉光。曹先生已经打完电话，此刻正对着电脑屏幕，看他眉头舒展的样子，一定有什么事情得到了解决。

"好，好。你就是我要找的人。"他接过我填写的调查表，认真看起来，一边看一边点头。

"你对我们市场了解多少？"看完后，他问我。

"不多。实际上,我今天是第一次来。"我有点犹豫。

"没关系。这个不是问题,你会很快熟悉起来的。有必要向你做个简单的介绍,市场开张两年多了,随着业务的扩张,我们总在招人。我们招人的方式相对特别一些,我们不通过任何渠道发布相关信息,而是在登门而来的人群中间进行选择。有的人是抱着新商场总需要人的求职心态敲开我办公室的门,有的人是因为各种原因偶然进来。"他摆了摆手,阻止我说出自己来这儿的原因。"这么多人,我们总需要有个选择标准。说起来,很简单,甚至你会觉得有些可笑。我们依据人的相貌选择,再根据这份问卷安排具体工作。我们差不多过半年就会调换一次总经理,在此期间,我们招聘新员工唯一的标准就是和这位总经理的相貌相似。就拿你来说,略显稀疏的眉毛,尤其是两条眉毛在中间隐隐约约连接起来,还有你踏实可靠的面相,是这半年来我见过的和总经理最相像的人。"

"我总算完成总经理指定的任务了。"他长吁了一口气,往后一仰,舒适地靠在了椅背上,目光亲切地看着我。"刚才你进来的时候,我正被总经理电话训斥呢。"

听了他的话,我很是惊讶。我四处看了看,没有找到镜子。这时候,天色已经暗淡下来,我走到窗前,室内明亮的灯光和屋外晦暗的夜色使得窗户玻璃具备了镜子的功能,我仔细打量起自己的脸。的确如他所言,我的眉弓平直,上面荒原衰草一般分布着的眉毛尽管均匀,却稀疏得很,两道眉毛间的界限也没有那么明显。而眉毛下面方正、颧骨偏低、唇线短窄的那张脸更是陌生得让我恐惧。我用最快的速度与玻璃中的对方交接了一下目光,他流露出的诚挚让我感到慌张。

"你一定对市场的名字感到好奇吧?"曹先生的声音再次响起。此刻,他吐字清楚的声音像是在我的心脏里回响。"这里面有段传奇,市场的老板因为在国内深受刺激,留学到美国,又因为种种原因到了哈瓦那。在那里经过一段时间的打拼,创下了一番事业。其中的具体内容就不多说了,再说,我们能了解到的,能说出来的,和我们从媒体上知道的成功故事没有太大区别。总之,老板积累了大量的财富后,决定回国发展。但回国之后,看到国内的种种现象,他的观念发生了很大的变化。他以前一直认为,现代商业的精髓是刺激人们的欲望,甚至生产欲望塑造欲望,商家在对消费欲望的满足中获利。现在他认为,长此以往,每个人最终都只会被商业生产的欲望填充和取代,最后成为空空如也的皮囊。哦,不好意思,我又犯了老毛病,总是喜欢玩弄一些所谓的思想。这些都是我总结出来的,老板从来不做这种概括。简而言之,老板认为,未来的商业趋势不是无限地生产欲望,而是保持每个人的欲望平衡。

"你一定会觉得,我和你讲这些太奇怪也太没意思。现在切入正题。老板建立这个市场,就是想进行一下试验,试一试他的想法是否可行,以及由此能否获利。所以,在这个市场里面,购物者并非真正的顾客,顾客是你,是我,是我们所有这些工作人员。经过这么长一段时间的建设,市场已经有了完整的体系,各种各样我们所熟悉的、所必需的需求和满足在这里都能找到和得到。生老病死,市场无一不关注。所以,一旦你成了市场的员工,你就和市场融为了一体。你的一切都在市场解决。根据你的工作经验和相关描述,"

我从窗户玻璃上看到，他扬了扬我填写的调查表，"你做的第一份工作让你焦灼和空虚，第二份工作让你对与他人交流产生隔阂。这两种情况你在市场工作都能得以免除。你将会抛开这一切虚妄的东西，踏踏实实、毫无焦虑地工作生活。市场并不支付你任何报酬，你在市场内的消费也不需要支付任何费用。你的各项欲望由市场进行培育和饲喂，同时，市场也会对你的欲望进行调解和控制。市场将保持其中的平衡，既能促使你勉力工作、人尽其力，又能消除你可能因为欲望失控而产生的不安全感和焦虑感。工作之外，你所有的兴趣与情绪都能找到合适的地方安置，使它们像被熨斗熨过，平平整整、服服帖帖。"

"你所说的和乌托邦没什么区别。"我转过身，走回桌子边坐下。

"是的。这有点像传说中的各取所需。只不过，它的推动力还是市场和利益，这保证了它的持续性。换句话说，它和通常意义上的乌托邦最大的不同在于，它不对人们进行无差别的按需分配，它只与自己甄别出来的部分人员相关。这些人员组成的团体与外界的关系，和普通商场与消费者的关系毫无二致。你看一看市场蓬勃的现状就知道，这一切都落在实处，并非简单的构想。"他说，"因为市场刚刚扩大了殡葬业务，需要一个墓园主管。而你，正合适这个工作。你考虑一下，如果有兴趣，明天就可以过来上班。"

B1　猫的故事

大学毕业后，长期找不到合适的工作，我和小孟决定开个私家侦探所。当然，它是地下性质，我们没有钱去注册和申请营业执照，况且，就算申请与注册，也未必能够批下来。我们找到一本《新华字典》。我说，303 页左下 2；小孟说，507 页右下 3。按照随便说出的页码，我们找到两个字：蓼罔。小孟握着毛笔，龙飞凤舞一番，"蓼罔私家侦探所"几个字出现在一张白纸上。我们找出一卷透明胶布，把这张纸贴在屋子门上。侦探所正式开张。

我和我的搭档小孟住在潘家园一个小区的一间半地下室里，摆下双层床后，屋子里只剩下能放一张小桌子的地方，桌上搁着我们托同学在中关村攒的一台电脑以及一台老式传真机。房子是小孟一个远房表哥的，小孟的表哥细细小小的个子，系着一根耀眼的领带，站在地下室入口的楼梯上，不断拿面巾纸擦去脸上淌下的汗。"你们先在这儿住着吧。"小孟的表哥说，"反正是单位的房子，除非有急用，或者是你们大发了，你们可以一直住着。"

我和小孟是在电影资料馆认识的。当时，我在一家报社做实习记者，跟着一个记者跑电影。有一次，电影资料馆举行当代丹麦电影展。这等事情，除了开幕时可以报个小新闻外，根本就没有什么新闻价值。那个记者把所有的票都给了我，说，反正你也闲着，去看看吧。他还特意说，放心，这几天的稿子我会同样署上你的名字。我知道，他觉得我跟在身边碍事。

接下来的七天，我都泡在了电影资料馆。那么多天，看了什么电影我已经全部忘记，却记住了小孟。因为从第二天开始，资料馆里就只有我们两个人。小孟看电影的时候一点都不老实，他站在那儿，像个疯子一样盯着那块小小的幕布，不时跑来跑去。过了两天，我明白了他是在寻找机位。最后一部电影，一个女人因为丈夫的背叛而设计除掉丈夫的新婚妻子，吊死孩子，然后决然离去。那个可怜的丈夫骑着马在草原上发狂地奔驰，寻找前妻。那时候，风在草原上刮过，就像是一群群翅膀硕大的鸟在旋涡里面飞过。我这样想的时候，小孟也停止了寻找，他挥动着手臂在仅有两个人的电影厅里飞翔起来。就这样，我们认识了。小孟告诉我，他在等待拍电影的机会。小孟说："我不需要先做其他的准备工作，也不需要先给谁当助手。我要一上来就做导演。而且绝不拍纪录片。"

我和小孟都没有多少钱。我们只买了一台傻瓜式数码相机，一架倍数不算太高的望远镜。其他的东西，我们想等到顾客上门，再根据需要添置。

我和小孟初步分了工，他负责盯梢、拍照等行动性强的工作，我负责收集、分析背景资料等耐心细致的工作。但首要的是，我们必须招徕顾客。小孟用那台攒的电脑，在各种各样的论坛上注册新用户，发布一条小小的消息。"蓼冈私家侦探所——跟踪、寻找、窥探……需要者请发邮件至……"与此同时，我拎着一大袋裁成小纸条的广告，穿行在各色各样的地方，给各种各样的人递上二指宽的小条。

我们的辛勤付出没有多少可见的回报，整整忙活了一周之后，邮箱只收到了大量的垃圾邮件。人们向我们推销各种各样的东西，内容基本上涵盖了一个人生老病死所需要的一切，最多的是成人保健药品与枪支弹药。没有谁想过，不提供工作，我们怎么会有钱消费，怎么能支撑他们的生活。

第三周，我们接到第一笔生意。一个声音妩媚的女人让我们帮她送几只宠物猫去机场附近的一座别墅。女人交给我们一个绣有大朵大朵红玫瑰的织锦袋子和两个信封。其中一个信封装着 500 元钱。

"到了别墅，会有人出来开门，你们把袋子还有这封信交给他就可以了。"女人跷着腿，坐在玫瑰红的真皮沙发里，看了站着的我和小孟很久，又起来走进卧室，拿出一台新的 DV，说，"把这个也带上。"

"这么简单的事情，你为什么花这么多钱让我们做呢?"我问。

"你就不怕我们把钱和 DV 都拿走，把猫扔了。反正你也不知道我们在哪儿。"小孟比我更直接。

"我是你们的第一个客户吧?"女人反问。我们点头。"看你们的样子就是想做好事情的。再说，为了这点小利，损失我这样的客户。太不明智了。"

"从严格意义上来说，她不算我们的客户吧?"我问小孟。

"当然不算。她委托的工作不在我们的业务范围内。"小孟说。

这时候，我们已经站在了别墅的门口。这片空旷的地带，各栋别墅相距甚远，只能遥遥相望。别墅门口有两个很有古风的路灯。奇怪的是，还有一个公用电话。

"没有人出来开门。我们该怎么办? 喂，喂，喂，你能把电视关了或者声音调低了再和我说话吗? 我听不清楚你的回答。我是说，我们摁了半天门铃，等等，我计算一下，足足 1 小时 23 分钟，也没有人出来。我们该怎么办?"我刚说完，就被一片快速移动的阴云笼罩了，一架正要降落的飞机从我头顶飞过。让我根本听不清楚女人低低的媚音。"你再说一遍，好吗?"

"拆开第二封信吧，上面写的有。"女人说。还是有一股杂音，但我总算听清楚了。

"到了别墅后，等待一个半小时。你们会拆开这封信，信里所夹500元钱是你们的另一半报酬。我要你们拎出袋子里的五只猫，一只一只地，把它们踩死。那只肥大的波斯猫，你们可以最后直接在袋子里踩死它。我还要你们用 DV 把整个过程录下，给我送回来。这才是一次完整工作的所有环节。"

信上说。

交回 DV 时，女人当着我们的面把小孟像拍电影那样精心拍好的内容在一块差不多有一面墙那么大的液晶屏上放了一遍。放的时候，小孟紧张地一会儿看着女人，一会儿看着我，一会儿看着屏幕。我在屋里走来走去。女人一声不吭地坐着，浑身颤抖，泪流满面。因为对这笔生意非常满意，她又给了我们 500 元，作为奖励。

过了一段时间，我们在一个宠物论坛看到了 DV 里面的主要内容。女人把小孟仅有一次照到我面部的部分剪掉了，她在 DV 的说明性文字里说，一切都是她做的。她还在论坛里留下了自己的照片，所有的联系方式。

B2　老人的故事

宠物猫业务挣的钱勉强维持了我们一个多月的生活。

在此期间，我和小孟坚持不懈地向各个可能的潜在的客户提供信息。但这一切只是迅速扩大了垃圾邮件的数量，让我们更加强烈地感受到周遭世界，不被我们了解的隐秘世界内部是多么的精彩纷呈，妖娆蓬勃。垃圾邮件贩卖的鲜活信息既让我们为可能的收获兴奋难抑，又给我们提供了饮鸩止渴的酸楚和心痛——后来，所有不知从何而来的垃圾邮件我们都一一回复，附上我们的广告。可是依然毫无音讯。

我们甚至抑制住内心的厌恶，给那个声音妩媚的女人打过几次电话，问她是否有什么事情可以交给我们办理的。每一次，接电话的人都不一样，每一次，对方都会在详细地询问我们的身份及业务范围之后，冷静地告诉我们，你们打错电话了。

一天早上，我和小孟安静地躺在床上，等待和积蓄开始新一天的力量。我躺在上铺，望着头上不远的天花板，拼接上面若隐若现的几块水渍，想象着剩下的这点钱用完了之后的生活着落。

响起了敲门声。

我从上铺探出头去，小孟也正探头看着我。我们相互望了许久，最终同时面露喜色，各自从床上跳下来，穿上最正经的衣服，并以最快的速度收拾好屋子。这期间，敲门声持续地响着，它彬彬有礼，不疾不徐，显示出足够的耐心，并给了我们足够的信心。

敲门的是一位老先生，他薄薄的衬衣外面套着浅灰色的牛仔马甲，合身而沉稳。老先生轻轻点着头，和我们打了招呼，谦逊但直接地走到屋里唯一的椅子前，坐下来。他先从马甲兜里拿出一块雪白的大大的手帕，将咳出的痰吐在里面，再几番折叠后把它放回兜里。

"坐吧，坐吧。"老先生对我和小孟说，我们只好在小孟的床边坐下来，并趁机用手细细地梳理了一下短短的头发。

"蓼冈私家侦探所。名字好。你们俩看着也精神、诚恳。好。好。好。"老先生说完几个"好"字后，滞了一滞，接着说，"你们年轻人，就是应该这样。现在这样很好，能够自己承担责任，出来做些事情。北京这些年发展得这么快，到处都是机会，就看你能不能抓住了。蓼冈私家侦探所。这名字，不挖空心思，谁取得出来。从这两个字来说，就表明了你们对未来看得远比很多人透彻。"

"老先生，请问你是有什么业务要交给我们吗？你放心，只要是你需要的，我们就一定能够解决，至于报酬嘛，你别担心。"我和小孟面面相觑，迟疑许久，最终还是由小孟打断了老人兴致满满的讲话。

"啊！蓼冈私家侦探所。名字好。你们俩看着也精神、诚恳。好。好。好。"对小孟的话，老先生点了点头，又把刚才的话说了一遍。

两个小时后，老人终于累了，躺在小孟的床上呼呼睡起来。

我和小孟翻遍了老人所有的衣兜裤兜，一共找到58块钱。没有证明老人身份与住处的任何东西，最后，我们不得不把老人叫醒。

"饿了。饿了。该吃饭了。"老人睁开眼，慈祥地对着我和小孟呵呵一笑，然后抚着肚子说。

我拿着从老人身上搜出来的 58 块钱，从小区超市里买回两袋速冻饺子，煮好后三个人分着吃。

"你家在哪儿？怎么走到这儿来的？"我们问老人。

"饺子。好吃。"老人放下碗，拍拍肚子，站起来，重新回到小孟的床上，准备再次躺下。

"别躺了。我们可供不起你。"小孟有些生气，走过去把老人拉起来。"你是老糊涂了，还是迷路了？"不想，老人一下子精神了。他站起来，在几乎无法转身的屋子里踱着步子，一面沉思一面看着我和小孟。

"迷路。迷路。迷路。迷路。迷路。迷路。迷路。"他不断地喃喃着，然后就大喊一声，像是终于记了起来。"鞋子。对。鞋子。我的鞋子。"

我们不得不哄着老人回到床上坐下，才把鞋子从他脚上拽下来。里面有一个小小的塑料袋，打开之后，是一张白纸。白纸上面简单写着一个地址。地址之外，还有简单的两个字。

"谢谢。"

找到白纸上复杂的地址，已经是下午四点多了。

给我们开门的，是一个老妇人。虽然皱纹爬满了她的脸，可她皮肤的光泽很好。开门看见我们身后老人的一瞬间，她脸上的皱纹似乎一下子舒展开，露出了欣慰的笑容。显然，她等待老人许久了。不过，老妇人没有说话，也没有打开门把我们让进去。她只是含笑注视老人，同时露出等待着什么的神情。站在我们身后的老人依然精神抖擞，却没有表现出与老妇人相识的神态。他好奇地打量着狭窄的楼梯、防盗门、门边的老妇人。

"谁呀？"屋里传来一个不耐烦的声音。我们看到老妇人的笑容一下子消失不见。接着一阵踢踢踏踏的拖鞋声，一张中年人的面孔出现在门边。

"谁呀，他们是？"他好奇地看看我们，问老妇人。老妇人没有吱声，她指了指我们身后的老人。

"啊?!"中年人吃惊地瞪大了眼睛，"你还真有本事啊。"

"这是你们家的人吧？"小孟不耐烦了，"下次看好一点。不要让他到处乱跑了。幸好遇到我们这样的专业人士，不然出了事情就麻烦了。把钱付给我们，把人领回去。我们得走了。"

"是，是，这是我父亲。"中年人点了点头，"屋里坐一会儿吧。马上付钱给你们。"他的态度令我和小孟很满意，我们让老人先，随后也跟着进去了。进屋的瞬间，我注意到中年人冲老人狠狠地瞪了一眼。

"这是 200 元，算是对二位这次义举的微薄酬谢。"坐下之后，中年人爽快地掏出钱包。"刚才这位先生说，你们是专业人士，请问二位从事的行业是？"

"私家侦探，我们主要做跟踪、寻找、窥探之类的工作。不过，话说回来，你所有的问题我们基本上都可以帮忙解决。"我说。

"那太好了。我正有件事情要二位帮忙，很简单，我可以付 500 元钱给二位作为酬劳。"

"什么事？请讲。"没想到又来了一笔生意，我和小孟喜出望外。

"咳，是这样。"中年人瞥了瞥客厅斜对过的一间半开着门的卧室，老妇人已经把老人领了进去。"刚才二位送回来的是我父亲。这么多年了，我一直和他住在一起，烦得我都受不了。从我记事起，他就不认识人，也不记事，可也不像白痴。我一直忍耐着。今年以来，我不想再忍了，便说服我妈，多次将他领出去丢在各个街道胡同角落，想让他自生自灭算了。可是每次不管间隔多少时间，他都能慢慢回到这儿。我想，只能一劳永逸地解决问题。"

"杀人的事情不在我们的业务范围。"我和小孟抢着说道。

"没那么严重。我也不想犯法啊。我只想拜托二位，乘火车把他带到天津、秦皇岛、北戴河、石家庄之类的地方，具体二位不用告诉我。把他放在那儿，让他再也回不来就行了。"

"如果这样，500 元还不够我们来去的路费和食宿呢。"小孟说。

"当然，这个费用我出。我算了算，你们三个人去，两个人回，最多住一宿，吃三顿饭。800 元钱怎么着也够了。"他说完，又从钱包里拿出 800 元，递给我。我数了数，验了验真伪，然后连同刚才的 700 元，一起放进兜里。并冲小孟点点头。

"没问题。你的要求我们一定办到。"我说，"可我有两个疑问，你要不方便，也可以不回答。其一，你为什么不自己去呢？这样还能省不少钱。其二，既然想一劳永逸解决问题，为什么不多给些钱，我们可以把他送到地球上你指定的任何地方。不管怎么说，送得越远越偏僻，回来的可能性越低。"

"我也有为难之处。"他一脸苦笑，"我妈妈身体不好，需要我每天给她煎药，所以我没法离开太久。至于第二个问题……"他把钱包打开给我和小孟看，几张 10 元面额的钞票外，已经空空如也了。

"所以，我希望二位一定帮我这个忙，他要是再回来，其他的不说，三个人怎么着都会饿死一两个。我想，他每次都能回来，一定是我妈妈想了什么办法。这次我一定要杜绝这种情况再发生。"

当着我们和老妇人的面，中年人勒令父亲脱下了身上的衣裤鞋袜，换上他拿出来的一套。我们看着老人略带腼腆地脱下一切，伸开大大的手掌遮挡着羞处，老妇人正想上前为老人换上中年人拿出来的衣服，却被中年人阻止了。他一件一件地让老人换上了另一套衣裤鞋袜。这还没完，他又拿出一个推子，把父亲头上本就不多的头发推了个精光。做这些事情的时候，中年人的注意力更多地放在母亲身上，防止她做出什么小动作。

等一切都收拾妥当了，中年人让我和小孟带着他父亲离去。我们离去的时候，老妇人靠在卧室的门上，平静地看着，也许老人无数次的去而复返让她习惯了这一场面。在我们出门的那一刻，她还是趁着儿子不备，把一个小纸条塞进了我的手里。

离开很远之后，我打开手里的纸条。和我们上午在老人鞋里找到的那张纸条一样，上面写着地址，还有简单的"谢谢"两个字。

这时，我们经过一个垃圾桶，我顺手把纸条扔了进去。

A2 滴答滴

和她说的一样。我在世界公园对面找到了那栋蓝色的、飘着极薄白云的天空一样蓝色的小楼房，沿着楼梯，我下到地下一层。迎面是一堵灰色的、癫癫疤疤的水泥墙，墙的一隅用霓虹灯镶出几个花体字：哈瓦那超级市场。

"不用管字，迎着墙走，就能进去。"

我走进去。里面是一间普通的接待室，一张办公桌，对面一把不锈钢椅子。办公桌后面的女人低头在一张纸上写着什么，神情专注细腻，我走过去在椅子上坐下，等着她写完。她是在设计一份调查问卷，一个个问题和一项项备选答案从她脑子里平稳地嫁接到一张张 A4 白纸上，逐渐枝繁叶茂起来。设置问题与答案选项的同时，她嘴里不停歇地念叨，似乎必须经过声音的最后核查才能保证它们的有效抵达。偶尔，她还会抛开正在津津有味进行的言词模拟，在白纸的空隙画上一只造型夸张到极致的狗脸，或是在某些文字前面绘上小小的稳固的三角铁形状的箭头。一直到手里厚厚一沓纸都进入了问题的森林，她才放下手中的笔，站起来动作幅度较大地活动了一下身体。这时，她才初次发现我似的看我几眼，不过目光平静得就像我是她办公桌对面墙上一抹最为普通的墙漆。看了之后，她接着做了几个大幅度的动作，让浑身的筋骨都得到了舒展。随后，她坐下来，看着我。她的问话让我知道，像我这样的人是他们这儿最常见的顾客。

"先生，有什么需要我们效劳的？"她说。

"嗯。"我点点头，极力斟酌措辞。"唔，一个朋友介绍我来的。她说，说你们这儿能解决我的问题。"

"是的。这方面的所有问题。"她毋庸置疑地回答。或许为了化解我的尴尬，她以我明显能看出来的不关心问道："你的朋友怎么说的?"

"说像我这样的单身男人，就应该到你们这儿来。你们能让我不那么躁动。呃，她的原话是说，能让我不整天都像一个饥渴者，把性欲都憋成了痘痘码在脸上，还看谁都不顺眼。所以，我想，也许……"

"你喜欢什么类型的?"她再次抬头看看我，似乎我是在一抹湿漉漉墙漆中艰难爬动的小虫子。

"嗯。丰满一些，就算是肥胖型的也很好。另外，最好能主动地把事情做了。如果声音特别响亮就更好了，能发自内心地即将昏厥即将死去地喊叫，叫得整个世界都听得到最好。"

"没问题。你说的这三个条件都能满足。"她爽快的回答彻底消除了我的疑虑，我开始感到自在起来，就像是拖泥带水但终于爬出了那抹墙漆。

"不过，你对我们这儿的理解有些偏差，很多第一次来这里的人都这样。我们并不提供性服务，至少不提供简单交易的性服务。我们是为每个人量身定做爱情，为每个需要的人提供一份足以慰藉心灵的情感依托。这么说吧，我们可以简单地被称之为爱情置换中心，我们根据你的需要为你寻找符合你条件，同样也需要和你条件一样的爱人的人，然后通过我们特殊的安排，让你们最终能够走在一起。所有的这些过程，你们都不会感到刻意，你们感情的发生都是自然而然的。这也是我们能被称为超级市场的原因。"

"照你的说法，你们提供的并不是市场机制下的自愿选择。你们只是根据我所谓的需要而给我一个安排，这就像是计划经济，了不起也就是按需分配。而不是我想要什么类型的爱情，或者我纯粹只是出于消费的目的而想要什么类型的爱情，你们都能提供。"

"我们都能提供。只不过，我们提供的是增值服务。到最后，我们会比你更了解你，我们为你提供的爱情，一定是最适合你的，无论从哪个角度而言。而第一次，我们只是进行一个模拟，以便对顾客进行分析。所以，请你填一份调查表。"说完，她将刚刚设计出来的调查表递了过来。我接过来，上面列出了很多道选择题，内容涉及一个人的家庭背景求学经历工作经验兴趣爱好希望渴求等等。

"这不是你刚刚才设计出来的吗？"

"是啊。"

"那以前来的人，你们给他们填什么？"

"哦。这个啊，每个来的人我们都会让他们填，然后我们会定期地根据反馈信息，对现有调查表的内容设置进行调整。你手里的这份就是我们最新版的调查表。"

"我能先看看你们的增值服务项目吗？"我把调查表放在桌子上，"朋友事先没有向我说得很详细，我还以为你们的服务是很简单而直接的。所以，就算是让我看看可能美好的未来，以便让我说服自己，好不好？"

"没问题。虽然是爱情，但我们提供的毕竟是一种服务，让顾客拥有完全的知情权本来就是我们的义务嘛。"说完，她拿起桌子上的电话，拨了几个数字，等接通后简单地吩咐道，"来带客人去参观参观。"

　　几乎在电话挂上的同时，接待室的一面墙悄无声息地向两边分开，一位面目忧郁的姑娘走了进来。她向我职业性地微微一笑，示意我跟着她。

　　我跟着她进入分开的墙壁后面的空间，那是一个我始终没有搞清楚有多大的浅蓝色的空间。如同分割并不均匀的围棋棋盘一样，纵横交错的通道旁边是一个个大小不一的房间，每个房间的四面都是通道，而且这些房间看不到任何可能的门与窗，是完全封闭的。

　　"这能看到什么呢?"我问身旁的姑娘。

　　"各种各样的爱情啊。"她忧郁地看了我一眼，随即停了下来。

　　"比如这儿，"她随随便便在离我们最近的房间的墙上某个地方摸了一下，房间突然通体明亮起来，就像是阳光突然落在它里面。透过浅蓝的墙壁，我能看到这是一个简单的小一居，绕着墙壁走动，里面的细节基本上都在眼前。围着围裙的男人正在厨房忙活着，饭厅桌子上已经摆上了两个粉色的蜡烛台，女人盘腿坐在客厅的地板上，双手在笔记本键盘上不断敲动，显然在写着什么。男人和女人都对在一墙之外贪婪地注视着他们的我毫无反应，连抬起头瞟一眼都没有，这使我确信，对他们来说，墙壁依然是通常意义上的墙壁。

　　"这是二人世界，坚实淡雅浪漫的爱情。"带我参观的姑娘一直随着我沿着墙壁走动，这时插话进来。她伸手指着正在将菜起锅的男人，"他在平常生活中，是一个失败者。工作，爱情，乃至和家人的关系，统统以失败告终。他希望我们给他提供让他觉得还值得活下去并且活得有尊严的爱情，根据对他的消费记录和对他的分析，我们给他制定了这款内容简单但结构稳固的爱情。我们相信，在这种爱情的支撑下，他会慢慢摆脱失败者这一人生阴影。"

"嗯，挺好的。"我点头，然后转过身去，同样忧郁地看着她。"假如，将来被看的人是我，介绍的人是你，一定不要说那么多我的个人信息啊。"

"这你放心。客户的信息以及他们订制的增值服务我们都不会向外泄露的，除非……"

"除非什么？"

"除非他们觉得自己订制的增值服务很有创造性，需要炫耀，或者是给他们带来的幸福感太过强烈，他们要求和其他人分享。我们会和客户签订详细的协议，绝对不会侵犯客户的隐私。而且，客户同意将自己订制的爱情展示给别人，也是对公司极为有力的宣传推广，公司将给予他视情况而定的优惠呢。"

"对了，我还不知道你们的收费情况呢。"

"我们有一个很复杂的计算公式，依据客户所需要的服务时间、具体内容、发生情景、达到效果等等大的方面，以及实际服务时的交通费、饮食费、服装费、化妆费等等小的方面，计算之后才能确定每一单的具体费用。而在每一次服务完毕之前，我们也不知道具体的费用。但是你放心，公司会对你的整体收支做出评估，这笔费用一定在你的承受范围之内。更重要的是，我们都是事后收费，到目前为止，还没有客户认为服务费用过高而拒绝支付的。"

"没想到你业务这么熟悉啊。"我由衷地夸道。

"爱情无小事嘛。何况我们提供爱情服务的呢。"她依然很忧郁地回答。

说话间，我们来到了一间很大的房子前，它足足有七八个普通房间那么大，无论从哪个角度看过去，它的墙壁都是很长很长的一个平面。

"这里面是什么?"我很好奇地问。

"现代帝王的爱情。"姑娘似乎早就知道我要问，拿着答案一直等着我。看起来，脸上都不再那么忧郁了。

"现代帝王?"

"是。每个来参观的客户都会对它充满好奇。"她说。

"噢。"我也学着她，在墙壁上随便摸了摸，但是没有什么作用。

"你们摸没有用的。这种感应墙只记录了我们几个'爱情引导员'和入住客户的掌纹，其他人根本打不开。"说着她再次在墙上摸了摸。

"你们的职位叫'爱情引导员'啊。"我搭讪着，注意地看着透彻明亮起来的屋子。这时我已经明白，这些浅蓝色的墙壁就像是一堵堵只能由外往里看的巨大玻璃，摸墙或者说让墙产生感应，只是为了使它的这一功能得以展现。所以，里面的人并不知道自己正被人看着，里面的一切当然也不会产生什么改变了。

房间的主体是一个由客厅布置成的硕大书房，一位面貌和精神状态与威廉·布莱克笔下的魔鬼没有区别的中年男人正手握毛笔，在一张笺纸上写着什么。在书房的周围，足有十多间卧室，每间房子里都有一个美丽至极、风姿独到的女人，这些女人们无聊或有聊地在房间里做着自己的事情，消磨着自己的时间。也有少数几个凑在一起，闲聊天或者玩牌喝酒。没有谁敢走到书房，去打扰正在写东西的男人。

"国内现在最负盛名的作家。"我旁边的姑娘说，她一定是看出了我的疑惑。

因为对这方面缺乏基本的兴趣和了解，我并不知道这个作家究竟是谁，但我还是绕到他的身后，我想看看他正在写的是什么。我看到了一笔娟秀的小楷，它们落在纸上，清爽脆利，看起来非常舒服。但我的确看不懂他写的是什么，每个我都认识的字搁在一起我反而不知道其中的意思。我只勉强能读出来，其中有写到一个人和一座城市的关系，还有一只自我反思的鸽子。他写得很快，一张纸很快就能写满，写完之后，他会随便地将这张纸揭下来往身旁地下一抛，任凭它落在任何角落，眼也不眨地接着写下一张。

"他订制的爱情呢？不会就是这样吧？"我问。

"快了。"姑娘的声音低低的，我奇怪地掉头看她。她专注地看着书桌前的作家，一副痴痴的样子，但一点都不忧郁。

我正要问，却见作家停止了写作，将毛笔放在笔架上，站了起来。也就在这一刻，一直待在其他房间里的女人看见了这一切似的也纷纷站了起来。她们以最快的速度梳妆打扮完毕来到书房，她们以看见了上帝的杰作的目光注视着作家扔了一地的稿纸，再小心翼翼地将它们一张一张捡起来归置在一起，用文件夹装好放入书桌旁边的一个保险柜里。做完这一切，女人们才开始真正进入状态，她们纷纷以最让男人心醉的姿态站在作家的面前，等待着他的选择和收割。作家也有几分慵懒地走过来，他仔细而温柔看过每个女人，偶尔还会附在对方的耳畔说上两句话。最后，他指了指一个高挑、像是模特儿的女人。其他女人知趣地回到了自己的房间。

没有想到，这个女人有着如此出色的身体，甚至可以说，她身体各部分比例的和谐已经超出了人所能够想象的地步。而作家对此也极为震撼，他目光虔敬地注视着这一切，嘴里喃喃地说着什么。虽然听不到，但我完全能想象得出，那是发自肺腑的、无比真诚的对心中所爱之人的赞美和倾诉。女人对作家显然充满着同样的感情，她看着作家的目光使我相信，她是为了和作家相爱才来到这个世界的。对视良久，倾诉良久，两个人终于拥抱在了一起。他们火热的、长满玫瑰花瓣的嘴唇将要触碰的一刹那，屋子突然暗了下来，变回了一堵堵冷冰冰的浅蓝色的墙。那个忧郁的姑娘无声地坐在地上，背靠着墙壁，两行泪水从她的脸庞上急急地流过。

"你喜欢这个作家？"我走过去蹲下来，问她。她无声地点点头，又摇摇头。过了许久，等泪水停下来，她站了起来。

"没有用。他订制的是只在身体结合的那一刻才短暂发生的爱情，现代帝王的爱情，你没有看见有多少女人愿意为他献身。"她极为哀伤地说。

接下来，她又带我参观了"三个人的爱情"，一男两女融洽地生活在一套房子里。有着比萨特在《禁闭》中所描写的还要复杂的相互关系，但他们每两个人之间的感情交流按照某种极为妥帖的方式安排着，就像是一个个并行发展互不相扰的音乐主题。还有"永恒的爱情"，一位老先生陪着他的夫人看着电视，两个人都已经近乎失聪，所以尽管电视的声音开得极大，他们还是要嚅动着没有牙齿的嘴询问对方，电视里那个穿着唐装的男人在说什么。但他们说出来的，又都是几十年前的事情，两个人都在说，你一句我一句，完全不相关的一些事情被揉在了一起，而他们的表情像是在说着同一个故事，那么从容，那么安详。

"这也是你们的顾客？"我指着两位老人，难以相信地问。

"不是。这是我们老板的父母，两位老人一直这么生活着，他们已经完全和这个世界融为一体了，所以不介意被这么看着。"说到这儿，她的脸色好了些，她深情地触摸墙壁，使它不再透明。"每个参观的顾客看到他们都极为感动，甚至有不相信爱情的也相信了。人要是这样，该多好。"

我看了看她，突然迷茫起来，本来想说的两句俏皮话也一下子忘记了。我告诉她，回去吧，我不想再参观了。

负责接待的姑娘还在那里，她伏在桌子上看一个东西，似乎又在修改那份调查表。

"怎么样？满意吗？"看到我，她直起身来。果然。

"说不上。本来我以为自己明白什么是爱情的，但现在又不知道了。所以我也不知道能让你们提供什么服务。"

"这是我们工作范围内的了，"说着，她把那份经过修改的调查表递过来，"填一下吧，我们将首先给你安排一场让你明白什么是爱情的爱情。"

说话时，她的双眼闪烁着灼灼光芒。

B3　黄亚兵的故事

"实在不好意思，这么冒昧地给你打电话。"女人低着头，低低的声音，带着明显的河南口音，如果不集中精力，我几乎听不清楚她在说什么。而她那五岁的女儿倒是活跃异常，不是在沙发上滚来滚去，就是在屋子里本就不高的桌子下钻进钻出，或者脆脆地笑着，冲进卧室爬上床蹦上蹦下。

小孟因为简达那件事深受刺激，决定不再等待，而离开北京去南方寻找拍电影的机会后，我留了下来。我依然待在潘家园的那个半地下室里，除了每天早上十点去小区门口的邮政亭里买一份《新京报》、每周六下午三点再去买一本《南方人物周刊》之外，我大部分的时间都躺在床上发呆。原来挣的钱小孟给我留了一部分，足够我这样待很长一段时间了。我想，除非小孟的表哥让我搬出去，或者留下来的钱花得一干二净，没有什么理由要马上找一份工作。然后我就接到了她的电话。

"我们一家三口本来过得挺好，她爸在啤酒厂上班，每个月的收入不算太多，却也够我们三个人生活。我平常在街道办事处做些事，挣得更少，但贴补家用，买点米啊面啊肉啊什么的也够。我们计划着，慢慢地能够攒一点钱，等孩子年纪到了，就送她上学。好好地供她，让她能考上大学，过上和现在完全不一样的生活。上个月的16号，他回家后就显得懒洋洋的，躺在床上饭也不吃，连着睡了三天。没病，可就是不去上班。我知道他们单位管得严，催他赶紧去。

他还冲我发火，我们结婚这么些年，他还没冲我发过火呢。我当时吓坏了，心想，可能出什么事了。便去他们单位问，结果谁也不知道他出过什么事。他们主任还让我催着他，让他赶紧去呢。我回来和他说了，他也答应了。第二天一大早就高高兴兴出门了。谁知道，这一去就再也没有回来。开始，我还以为是和同事朋友去玩、散心了。可等了两天，还是一点音讯都没有。我这才着急起来。他的朋友中我认识的挨个问遍，也没有一个人知道。再去他们厂问，他16号之后就压根没有去过。人要倒起霉来，喝水都塞牙，我正为他去了哪里发愁，又赶上街道裁撤所有临时工，丢了工作。街道主任看我可怜，虽然不可能让我再做原来的事，还是安排了清理小广告的活给我。这活比原来的工作累一些，可挣得要稍微多一点，这样一来，我们母女的生活有了基本的保障。我抓紧时间，去所有我能想起的地方和人那儿，结果都不知道他在哪儿。你说，翻过坎女儿就该上学了，到时候我从哪儿找钱啊。"女人说着说着，停了下来，我看着眼泪在她眼眶里打转，最终还是生生地憋回去了，没有流出来。

"我差不多要垮了。今天清理小广告时，在天桥脚下发现了你们侦探所的广告。本来我没注意，现在谁还敢信这些。可是，我看到了那张脸。我觉得，能在发布小广告的同时画上这么张图，可见你们不是在骗人。我就抱着试一试的态度给你打了电话，希望你们能帮我把他找回来。"女人说完，抬起头看着我，尽管她的目光还有些怯怯的，却依然能很清楚地看出其中的信任。"至于钱，恐怕只有等到他回来才付得起。这是我最不好意思开口的地方。"

"你为什么不报警呢？一点钱都不用花。"

"我一个老乡说，现在抢劫杀人的事情警察都管不过来，哪儿顾得上管一个大男人去了哪里。"女人说着，又望过来，眼泪终于流了出来。

"我是检验车间的老刘，你找我？"

"是。我是黄亚兵他老婆的表弟，想和你聊聊黄亚兵的一些情况。"

"亚兵还没找到？我知道的都和他老婆说了呀。走走走，那边有个冷饮店。咱们过去坐着聊。"

"亚兵人挺好的。十多年前才分到厂里时，就是我带他。他那个勤快劲我后来就没在其他人身上见到过，二十啷当岁的小伙子，又是新分来的大学生，不是迷迷糊糊就是心高气傲，哪儿能和我们这样的老人混在一起啊。再说，厂里当年有规定，新来的员工，不管你是中专生还是博士生，都得到各个车间锻炼一年。光是出货搬运，亚兵就干了半年。可谁都没听他抱怨过，相反，他眼里还特别有活，一见谁忙不过来，只要能伸出一只手帮衬一下，绝不含糊也绝不犹豫。说我带他，实际上我也没能教给他什么本事，不外乎是厂里工作的流程，还有和同事领导打交道的时候注意点什么。就这些，他愣是'师父师父'叫下来，到现在也没改口。"

"亚兵有多少天没来上班了？"

"上个月 16 号之后就再也没来过。25 天了。再有 6 天，也就是到下个周三，他要再不来，也就不用来了。"

"为什么？"

"厂里的规定，无故旷工15天就开除。他没来的这一段时间，他的工作我们几个都分着做了，考勤什么的能遮掩也就帮着遮掩了。但我们最多也就能遮掩一个月，这个月月底是部门季度总结和考核，他要不来就没有办法了。"

"只要这两天能找到他，让他来就没事吧？"

"嗯。不会出什么大纰漏。你们都在哪些地方找过了？"

"喔——我表姐昨天才把我从河南家里找来帮忙找，她说她知道的地方、她能问的人，都试过了。"

"我还有个问题。都快过去一个月了，他这活不见人，死不见尸的，你们为什么不报警呢？万一真出了什么问题，谁担待得起。"

"你表姐怎么说的？"

"她说，杀人抢劫的事情警察都忙不过来，哪儿会来操心一个完全正常的大男人去哪里了。"

"她不是你表姐吧？"

"不是。说实话，我只是她花钱请来帮着找人的。不好意思，刚才骗了你。"

"噢，没事。不报警也是我的主意。你想，警察接到报案就必然惊动厂里，如果亚兵没找到其他工作，就回不来了，他家里那个情况估计你也知道，他要丢了工作，维持生计都成问题。这样越拖到后面，越不好报警了。"

"行，我明白了。"我拿出一张纸，写上电话递给老刘。"你要是还有什么线索，一定记得告诉我。谢谢了。"

"我知道的都告诉你了。你和亚兵他老婆商量下，如果过几天再找不到，也只好报警了。的确是，真出了问题大家都麻烦。忘了一件事。你可以去亚兵他爸妈家看看，老两口一直反对亚兵和他老婆结婚，我估计亚兵他老婆不会告诉你这个信息。"

"谁呀？"

"你找谁？"

"阿姨你好，我是亚兵的同事。"

"哦。进来坐下说吧。"

"喝点水吧。亚兵和他那个女人过得好吗？"

"我才到厂里没多久，不太了解。"

"哦。"

"你来有什么事情吗？算起来，亚兵都快三个月没回来过了。也不知道孙女儿怎么样。不过，我是不会去看他们的，那个女人，能把日子过好？反正我是不相信的。你说是吧，老头子。"

"阿姨，是这样，亚兵已经快一个月没来上班了，我们到处都找不到他，厂里让我来看看，他是不是在家里。要是再不来上班，厂里只能把他开除了。他最近有回来吗？"

"你该去他那个家里看，人不见了就到这里来找。他死活要和那个不要脸的结婚，死活要住在一起，我们怎么说都不听。他现在和那个女人是两口子，哪儿还会赖在父母家啊。你去他那个家里看看吧，你还没去过吧？"

"我去过了。那边他也有快一个月没回去了，所以我才到这儿来。"

"那边没有，你就过来了。不是那个女人让你来的吧？你回去告诉她，我儿子是跟她结婚去了。现在人不见了却跑回来找，哪儿有这样的道理。你和她说，赶紧让亚兵回家来一趟。要是这几天都不回来，我就只能报案，说她把我儿子杀了。你赶紧去和她说。"

"朋友，等一等。"

"你走得太快了。"

"你是？"

"我是亚兵的发小，我们一起在那个院子长大，我今天刚好回来办一些事，听到你和他妈妈谈起他，他好像出了什么事情，所以赶紧追上来问一下。看有什么我能帮上忙的。"

"哦。也没什么，他从上个月 21 号离开家之后就不见了。他老婆找了很多地方也没有找到他，连他去了哪里都不知道。请我来帮着找一下。你也知道，她和亚兵的父母关系不好，我就过来问问。"

"岂止是不好，简直是糟糕透了。这样站着说话也不是个事，瞅你也还没吃晚饭的样子，要不咱们去那边的小火锅店边吃边聊吧。"

"不啦，我还着急回家。要是你不介意，咱们可以边走边聊，反正我也从这边去车站。"

"也行。亚兵真倒霉啊。从小到大，我们一起上学一起玩，他比我听话，比我认真，比我努力，可到现在，要钱他没我有钱，要一家人和和睦睦他更不如我，就连说到老婆的贤惠贴心，你别看他是不惜与家里人翻脸才和他老婆在一起，我只是经过别人认识我老婆的，我敢说，我老婆远比他老婆对丈夫好。"

"你最后一次见到他是什么时候?"

"上个月的一天,我想想,应该是16号。对,没错,就是16号,我当时刚刚从一个客户手里结了一笔款。20多万呢,×他妈的,要是再不结,我就该考虑是不是砍死他了。拖了那么长时间,光是利息也是不小一笔钱了。也因为结了这笔钱,我那天特别高兴,早早从公司回来看老头老太,和他们商量时间带他们去看新楼盘,都要拆了,不早点看到时候住哪里?我和老头老太说好,从院子里走出来,迎头碰见亚兵,他一脸的沮丧。对了,他也没进去,我们就直接到了这家涮肉店涮羊肉了。"

"他和你说什么了?"

"还是单位的那些事,被领导穿小鞋什么的。其实这些都不算什么,他现在最要紧的是,得找一大笔钱。你想,孩子要上学了,这边的房子拆了要买房,这些花费都不是个小数。尤其是房子,不买两位老人就没地方住啊。他们肯定是宁愿死也不愿意和他老婆住一间屋的,更何况,他那个屋子也就两间房,也根本住不下。"

"这边拆房没有补贴吗?"

"你看到的那个院子,总共才补70多万,分到他爸妈身上的也就五六万,你说够在哪儿买房子?"

"他让你帮他想办法换工作了吗?"

"没有。前几年我倒是和他说过,他舍不得离开啤酒厂,过了这么多年,也快四十岁的人,哪里还能要他?可能他也明白。那天晚上只是让我陪他喝了两杯酒,其他的没有说得太多。"

"你觉得他最可能去哪里?"

"不在厂里，不在家里，又不在院子这边，不见这么长时间。说不定已经死了，自杀了吧。像他这样活着的确是没多大乐趣。"

"他和谁有仇吗?"

"他活着或者死了，受影响的也不过是三四个人，可能注意到他死了的也就那么三四个人。你想，这么悄无声息的一个人，怎么可能和谁结仇呢?"

"亚兵的父母怎么会对他老婆的意见那么大?"

"其实也没什么大不了的，老一代人嘛，不喜欢晚辈的做事方法是一定的。当时，亚兵的父母托人给他介绍了一个邮局的姑娘，那女孩长得水灵嘴甜手勤，哄得两位老人欢喜得把她当成宝贝一块。亚兵呢，谈不上多喜欢她，好歹看在父母的面子上，也默认了。可在此期间，亚兵遇见了他现在的老婆，别看那个女人遇事见人都一副畏畏缩缩、怕事至极的样子，对自己喜欢上的男人可一点都不含糊。她当时只是在一个街道做临时工，偶然和亚兵认识了，不知道怎么的，她和亚兵互相喜欢上了。亚兵还犹犹豫豫，不知道怎么跟父母和邮局的姑娘说，她却坚持和亚兵租了一间房子住在了一起。十多年前啊，虽然未婚同居不算犯法了，却也够让人吃惊。就这样，亚兵的父母视她为眼中钉，根本不容她进屋。本来，父母的心都是肉长的，谁都不会真正和孩子一家人为难。可是这个女人也奇怪也硬气，结了婚甚至后来生了孩子，都从没有回来看过两位老人。你说，双方的感情能好起来吗?"

"那邮局的姑娘后来怎么样了?"

"就像很多老套的电视电影一样，被老两口认作干女儿了。这么些年，她真是尽到了一个亲生女儿的责任，来看老两口来得比亚兵都勤。这也算是老两口多少年来的一点欣慰吧，现在，他们见人都说，幸亏那姑娘没嫁给亚兵，因为亚兵根本就配不上她。"

"她现在生活得怎么样？"

"普普通通，听说去年丈夫死了，和儿子一起生活。"

"她后来还和亚兵有联系吗？"

"没听亚兵说过。不过在老人家里碰见估计是免不了的，双方的性格都很温和，而且过了这么多年，彼此也都有了家庭，应该也没什么尴尬难堪的了。"

"麻烦你帮我问问原来那个邮局女孩的现在的电话，如果问到了，请通知我。谢谢。"

"请问靳鸿在吗？"

"你是哪位？"

"我是杨让，黄亚兵的一个朋友。你是靳鸿吧？"

"我是。你有什么事吗？"

"我能见面和你谈谈吗？"

"就在电话里说吧。"

"黄亚兵已经失踪一个月了，你上一次见到他是什么时候？他和你说什么了吗？"

"你是警察？"

"不是。我能和你见面聊聊吗？"

"不能。没什么可聊的。"

"你找哪位?"

"靳鸿在家吗?"

"我就是。你是谁?"

"我叫杨让。早上给你打过电话,和亚兵有关的事情,想和你聊聊。"

"你没毛病吧?"

"不好意思。你也知道,要是再找不到他,他老婆和女儿的生活很难维持,何况他女儿就快上学了。再说,找不到他,等院子拆了,他父母该住哪儿啊?总不能饿死冻死算了吧。"

"你到底是什么人?"

"我是他老婆请来帮忙找他的。"

"给你多少钱?"

"我也不知道。所以我也想早点找到他,这样才有人给我付钱嘛。"

"你想问什么?"

"你最后一次见到他是什么时候?"

"快半年前吧。在他父母家里。"

"你们说什么了吗?他有没有向你抱怨工作或其他的?"

"闲聊了一些近况什么的。他从来不向我抱怨。"

"你知道他现在过得不太如意吗?"

"听说过一些。"

"他和他老婆关系怎么样?"

"家里穷,没钱,关系怎么能好。"

"有没有听说他老婆的闲话之类的，比如说……"

"你怀疑那个女人杀了他？"

"有这种可能性。"

"你不怀疑我杀了他，他父母杀了他，或者他厂里什么人杀了他？"

"没这个理由。"

"所以。"

"你这么信任她？如果不是她，就是你和亚兵结婚。"

"不是信任。我相信她干不出来这样的事，女人对女人的感觉很准的，尤其都是喜欢同样类型的男人。"

"你还喜欢亚兵？"

"一直。"

"他不知道？"

"知道。"

"你们没想过再在一起？"

"我想过，但我们都折腾不起。"

"换个城市呢？好歹有点积蓄，一起在小城市找个工作，生活没在北京累，还能和喜欢的人在一起。"

"如果这样，我还在这里等你来问我？"

"好吧。谢谢。"

"等一下。这是我一个朋友的电话，半年前，他托我帮他找个人做销售经理。收入待遇比亚兵在啤酒厂好很多。我给了他亚兵电话，也和亚兵说了。后来忘了问他们联系过没有。"

　　给几个文件重新命名，标上"老刘-06-09-10-啤酒厂外雪花冷饮店""黄亚兵父母-06-09-12-庆丰胡同黄亚兵父母家""黄亚兵发小-06-09-12-庆丰胡同""靳鸿-06-09-15-电话""靳鸿-06-09-15-安贞里靳鸿家"之类的备注，我将它们统统放在一个取名为"黄亚兵"的文件夹里，然后刻成一张盘。是时候结束这件没有尽头的追寻工作了。

　　虽然靳鸿提供了新的线索，并给了我那个销售经理的电话，但是我已经隐隐约约感觉到，就算我找到他，他也一定不知道黄亚兵究竟去了哪里。而且，他还会再给出某条似乎明确的线索，让我再去找另一个人。

　　长久以来的寻找结果说明了什么？是黄亚兵的生活远没有事先想象的那么简单，在他直白如灯光一样透明的生活里，隐藏了不为我们所知的阴影，里面暗藏玄机和丰富？不尽然。现在获得的所有内容，都不超过单调生活的插曲。或许是在最初的判断，以及后面所有事情的判断上，我都产生了根本性的错误。我得到的资料不过是与他实际生活愈行愈远？还是不尽然。我找到的这些内容足以描绘出这个人的生活肖像。我知道，继续追寻下去，我将永远疲于奔命，陷入人物链条的清理中。而如果我停下来，可能答案将马上出现。关键看我是否还有兴趣和耐心。

　　现在，我想结束它。不管是死是活，不管被动主动，都与我没有关系。将这份刻录好的光盘交给那个最初找到我的女人，就算有始有终。

这时，我的手机响了。还是那个电话，还是那个怯生生的声音。

"喂，你好。今天整理亚兵的衣服的时候，我从他裤兜里找到一张购物小票，8 月 16 号在哈瓦那超级市场购买的一瓶矿泉水。"

"什么超市？"

"哈瓦那。我问了一个同事，说是古巴的首都。可能不是超市，小票上写明了的，哈瓦那超级市场。"

A3　滴答滴

哈瓦那超级市场并不好找。因为不能从空中俯视，我不知道它究竟掩藏在这一片空阔地带的具体什么位置。我在几条能进去、前方通畅的胡同里走了许久，每一次走到宽敞的路口，我抬头都能看见远方隔着一条大路的世界公园大门，它两边尖尖的蓝色和金黄色的童话城堡塔尖挺立在没有杂质的蓝色天空前方。而我经过的胡同两边，一律是矮矮的、青灰色的几层小楼房或者平房，它们彼此相同到使我以为走在里面是走在时间外面。

"我找不到你说的哈瓦那超级市场，能不能告诉我更确切的位置？"我给同事发短信。

"南四环外，世界公园对面。"

"我正在这边的胡同里瞎窜呢，找不到。路过的人也都不知道。你不是耍我的吧？"

"当然不是。从你所在的位置直接往前走，第一个路口左拐，直走，第二个路口右拐，直走，第三个路口右拐，直走，第四个路口左拐，直走，第五个路口左拐，直走，第六个路口左拐，直走……以此类推。你迟早都能找到。"

按照这个指示，我在再也没有路口可拐的时候，来到一幢被青灰色的院墙包围着的建筑前，大院入口是一个大大的影壁，上面用隶书写着"哈瓦那超级市场"。绕过影壁，我发现这是由和潘家园旧货市场布局差不多的一个个摊位组成的大型市场，不同的是，每个摊位相对封闭一些，只有面向通道的这一面敞开着，进深更大一些，每一个摊位除了摆放物品外，都足够摊主隔出地方，放上一张床或床垫，以便晚上休息。

市场里面的顾客并不多，而且只有极少数人像我这样逐个摊位细看，我注意到几个比我后来的人都目的明确地直奔某个方位而去，他们显然对自己的目的以及能实现目的的摊位了如指掌。有了顾客的摊位，也是只有一位顾客，他们坐在一把藤条编制的凳子上，目光忧伤地或欣慰地注视着摊主从架子上取下来某件物品，接过来，渴极饮水那样贪婪地注视着。我在一个摊位上还看到一位白发苍苍、身穿唐装式棉袄的老先生手里拿着一个木头削制的陀螺，对着只有七八岁的摊主流泪不止，而那个好动的摊主抓耳挠腮地不知如何是好。

摊位的设置毫无规律可言。陈列各种各样中学课本的摊位旁边可能是各种女式马靴的摊位，顺着一排排马靴靴跟处闪烁着黄铜光亮的马刺看过去，可能是一家枣糕制售店。也因为这样，虽然市场里面是横竖规则的划分，各个摊位也都很规整，我反而很快就失去了方向感。幸好，我还记得自己的目的，我想，既然找到了这里，就一定能找到自己想找的东西。

很快，我发现一家满是各种念珠的摊位上散乱地放着一些烟盒，它们都折叠成了我印象中的三角形，一个个尖尖的小角露了出来。我强忍住心中的激动，从左至右数了一下，一共是二十五个。等我拿出来快速看过，却都是现在到处都有的"云烟""红塔山""中南海"等牌子，它们被我整齐地放在一处后，显得如此陌生，以至于我开始怀疑，小时候的烟盒是否是折叠成这样。我正要失望地走开，突然身后传来一阵急切跑动的脚步声。

一个男人满头大汗地跑过来，跑的同时，双眼飞快在两边摊位上瞄过，显然在寻找着什么。他的怀里抱着白白的一团东西，那东西似乎还不轻，所以他的步子已经有些踉跄。附近有一两个尚未找到想找的摊位因而还在溜达的顾客看了他两眼，但没有谁给予帮助，而摊主们更是没有一个出来。对他们来说，这好像是司空见惯的事情，根本勾不起任何的兴趣。快跑到我的面前时，男人体力难支，竟然双腿一软，就要摔下去，摔倒的同时，他几乎是无意识地把手中的东西往我这边一伸。我下意识地接过来，手里一沉，那东西几乎要掉在地上。

随即，我听到怀里的东西"嗯"了一声。原来是一个人，这个人的头发都已掉光，和所有秃顶的人一样，头皮光亮。不过从其虽然枯黄但是秀丽依然的眉目和脸颊，还是很容易辨认出这是一个女人。女人的嘴唇苍白如纸，身上枯瘦如柴，紧紧闭着双眼，像一股风刮过一张牛皮纸那样呼吸着，一件白中嵌着浅蓝色条纹的住院服过于宽大地罩着她小猫般蜷着的身子。

"兄弟，谢谢你了。"那个男人已经站了起来。说着话，他拿袖子擦了擦额头上的汗，然后伸过手来，准备接过女人。

"如果不介意，我帮你抱一会儿吧。"听他颤抖的声音，我知道他累到了极点，就算把女人交到他手里，他也抱不了几分钟。

"谢谢了。"他顺了顺气，"不过，能不能请你跟上我。太着急了。"

"没问题。你在前面走，我尽力跟上。"

男人再次跑起来，因为没有了怀中的负担，也为了照顾我的节奏，他的步子沉稳了不少，节奏也放慢了一些。他看得更加仔细，每一家我们路过的摊位，他那渔网一样撒开的眼睛不漏过任何有用的线索。我紧紧地跟着，眼睛也尽可能地在路过的摊位上瞟过去，我想，如果能碰巧发现我要找的摊位，也算是意外得来了。

"等一等。"男人突然发现了什么，声音都因激动而有些变调。我抬眼望去，原来是一个围巾摊位，摊位两边墙上一排排白色挂钩上，挂着一条条颜色张扬或收敛的围巾，下面的木架子上更是堆着各种各样款式的围巾。男人仔细而焦急地在围巾堆里翻找着，坐在摊位深处藤椅上那个佝偻着背的老太太显然是这儿的摊主，她目光柔和地望望我和我怀里的女人，又望望男人。

"娟，我找到了。我找到了二十年前送给你的丝巾了。"男人从围巾堆里抓起一根红色的丝巾，像举着一面旗帜那样挺直腰板，大声地冲着我们喊。这句话像是分娩的福音注入我怀中的女人身上，她慢慢有了反应，并如出蛹的蝴蝶、发芽的桑树，伸展开双手双脚，浑身恢复着生机。她推开我的手我的怀抱，双腿颤巍巍地立在地上。

她的眼睛开始还微闭着，现在拉开了一道缝隙，随着缝隙的扩大，明丽的目光流淌出来，这目光径直流淌在男人身上，反射回阵阵羞涩，绽红了她的脸她的唇。男人则双手伸开，将那面丝巾尽量展开，这是一面红色的然而在四个角分别绣有白蓝黄紫四色花朵的丝巾，差不多有举着它的男人那么高，现在轻轻飘动着。

女人羞红着脸，走上去，站在男人面前，仰脸注视着男人。男人对角捏着丝巾，将它对折起来，对折的丝巾围在女人的脖子上，绕过一圈之后，系成了一个大大的蝴蝶结，再把两个角展开，就像一对蝴蝶翅膀，一只翅膀上绣着蓝色的兰花、另一只翅膀上绣着紫色的丁香花的蝴蝶。这只蝴蝶歇在女人的胸前，两只翅膀随着女人剧烈起伏的胸膛而扑扇着，扇起的馥郁的生气浸润着女人，女人凹陷的双颊丰润起来，枯黄的脸色红润起来，紧绷的皮肤柔润起来，她完全谢顶的脑袋长出了黑而亮泽的头发，直垂到腰身，她枯瘦干涸的身体变得丰盈多姿，羞怯中风情万千。女人双手在蝴蝶的两只翅膀上抚过，随即张开着，扑进了男人的怀里，两个人久久地拥抱着依偎着。而那个伛偻着背的摊主老太太就一直坐在藤椅上，微微抬起头，注视着这一切，仿佛注视着年轻时候的自己。

不忍心打扰他们，我转身离开。想着两个人重新回到当年的时光，女人一定死而无憾，我不禁有了很多感慨。神思迷离中，有什么东西迎面而来，想要躲闪已经来不及，我只能闭上双眼侧过脸，双手往上一挡。"哗啦"，就听见一声响，触手处是纸壳箱一样轻飘飘的东西，还有一些碎片一样的东西溅在我身上，随即也轻轻地弹落在地上。睁开眼，一个十岁左右的小男孩，直愣愣地看着我，与其说想哭不如说是发呆，这突然出现的状况大大出乎了他的意料。他的脚下，是一个大大的纸箱子，箱子倾斜着，倒出来的烟盒散了一地，少数烟盒落得更远，它们应该是刚刚从我身上弹出去的。他一定是得到了向往已久的一大堆烟盒，勉勉强强地码放在纸箱子里面，兴冲冲地端着箱子跑过来，不想被我撞了个正着。

"让我看看你都发现了什么宝贝。"我蹲下来，扶好箱子，将落在外面的一个个捡进去，码好。"咱们把这些铁的木的塑料的等等重的放在下面，这些纸壳的放在上面，下面沉就会稳一些。"

"可是上面太轻，容易飘。再被撞一下，被风吹一下，说不定就会掉。"小男孩跑过去，把落在远处的捡过来，认真地看着我说。

旁边是一家老报纸摊位，我走过去，好说歹说，摊主找出了一张多余的 20 世纪 50 年代的《人民日报》和一截绳子给我。我将报纸盖在码好的烟盒上面，又用绳子绕了两圈，箱子看起来像是一摞整整齐齐的书。小男孩高兴地弯腰抱起它，准备离开。

"你在哪儿找到它们的?"我问。他的宝贝里面没有我想找的东西。

"那边。"他回过身，冲刚才来的方向伸着下巴，"过去第三个摊位的旁边就是。"

我走过去。这个摊位极为整洁，沿着三面墙，从上到下镶嵌着一层层橱窗，明亮的橱窗里面是一排排正身而立的烟盒，它们的商标正对着看的人，犹如一个个女人将自己最美丽的部位大方展示在外。这些材质、长短、色彩各异的烟盒被非常协调地安置在一起，极少数被撕开或撕掉一块的烟盒夹在其中毫不碍眼，仿佛天生就应该在那里。地上堆放着很多个用藤条编制的，差不多到人大腿那么高的筐子，里面也放满了各种各样的烟盒。所有这些烟盒，无论是站在橱窗里，还是挤在藤条筐里，都精神饱满，似乎在没有回忆没有想象地晒着太阳。在一旁，躺在藤制摇椅上的摊主手里夹着一支燃到一半的香烟，悠然地闭着眼睛，随着摇椅的摆动起伏着身体，同样像是在没有回忆没有想象地晒着太阳。

"老板。"我喊。

他听到了我的声音，但没有睁开眼睛，只是将手里的烟凑到嘴边吸了一口，徐徐地吐出一串凤仙花状的烟圈，然后再伸直双腿，减小摇椅的摇摆弧度。直到摇椅平静下来，才睁开眼睛看着我。

"有没有'春燕''三峡''大重九''大前门'？"我问。

"找它们做什么？"

"小的时候，我玩过扇烟盒。一群孩子凑在一起，每个人掏出自己折叠成三角形的烟盒，谁的烟盒售价高谁最先扇，所有烟盒甩在地上，你能扇翻多少就拿走多少。那时候的'春燕''三峡'等牌子的烟现在早就没有了，最贵的'大前门'现在也不值钱了。我想再看看这些烟盒，不知道它们和记忆中的有多大的差别。"

"你等等。"摊主从摇椅上站起来，他端起一个藤条筐，拿出藏在下面的一个鞋盒子，递给我。我打开。鞋盒里从上到下码了三层两排，全是折成三角形的烟盒，大多数都是"春燕""三峡""天下秀""黄果树"，还有少量的"红梅""阿诗玛""红塔山""大前门"等，每个烟盒的折痕都重，其中的一些甚至沿着折痕有了一条小小的锈迹形成的线。我把它们拿出来数了数，整整 236 个，这可都是我从幼儿园开始一直到小学四年级攒来的和赢来的。而装着它们的鞋盒子，它上面那把在泛黄的鞋盒壳子上依然寒光闪闪的军刀，还有军刀上面用圆珠笔写上的笔迹稚气的我的名字，无一例外地证明了它正是我从父亲那里软磨硬泡得来的藏宝盒。因为上中学住校，我将它们藏在了一个无论谁都找不到的地方，后来我也再没找到过。

"它怎么会在你这里？"我问。

"你怎么到这儿来了？"

"我一个同事让我来的。我告诉他，想找找原来玩的烟盒看看，但始终未能如愿。他就让我来了，说我能在这儿发现很多东西，或者说任何我想找的东西。"

"是啊，这个市场就是存放记忆的地方。任何构成你人生经历的东西，都能在这儿找到。找到了它们，你就能丰富你的记忆。通过细节俱全的记忆，你就能回到某个特定的时间段，将你经历过的生活崭新地再次经历。市场提供的所有东西，都只是给不同的人或同一个人提供不同的记忆支点，小玛德莱娜点心之类的东西。"

"照你这么说，市场上的所有摊主岂不都是过着一种寄生生活，而且是寄生在影子上。"

"是双重的寄生生活。不过不是寄生在影子上。我们在这里纯粹是因为对记忆的不断扩充，导致我们需要一个合适的地方将它的载体安放起来。你一路走来想必也看到了，市场摊位的分布没有规律，摊位上的货物也没有规律，它仅仅与摊主个人的记忆兴奋点相关。比如这里，全部是烟盒，只因为我的回忆中只有烟盒。可以说，我们和我们摊位上的物品相互开放，合在一起就成了一个圆满的世界。

这个世界本身，同样能容纳外人的寻找，给外人提供支点，因为它和外来者的记忆相粘连。"摊主说。

"你也可以到这儿来开设一个适合你的摊位。不过你需要等，"摊主说着，拿出一叠纸来，这是一份调查表，上面列出了很多道选择题，内容涉及一个人的家庭背景求学经历工作经验兴趣爱好希望渴求等等。看我没有笔，他又递给我一支蓝色的签字笔。"把这些填好，你进来时看见的大影壁背后，有一个邮筒，你只需要放进去。市场管理处就会给你登记备案，一旦这里有摊主去世，空出了位置，他们将根据你填的表格和你的序号，进行挑选。"

"好，我考虑考虑。"我接过表格，放在一边。"但我现在最想的，是扇烟盒。"

我和摊主把鞋盒子里的烟盒分成两部分，一人一半。我们每人每次出一个烟盒，价高的占先，占先的人把两个烟盒稍微折一下，再摔在地上，伸出一只手去扇，只要扇翻了就算赢，就能拿走烟盒。我们脱去外衣，撸起袖子，蹲在地上，每次都掏出最贵的烟盒以抢占先机。我们就这样扇着，每次摔下烟盒的时候，我周围的环境就像拉洋片一样转回到一所四四方方的小学校，在高高的旗杆下面有一块水泥地，我摔下的烟盒都落在了上面，我手掌扇起的风都在上面刮过。每当我赢了的时候，我就伸手拉过胸前的红领巾擦去摇摇欲坠的鼻涕，然后咧着嘴冲身边的同学哈哈大笑，得意忘形。

C　哈瓦那超级市场

网上没有任何关于哈瓦那超级市场的信息，除了一个名为"滴答滴"的博客。那个博客上只有三篇文章，每篇文章都与哈瓦那超级市场有关，但三篇文章所写的哈瓦那超级市场看不出有什么相同点。不过，文中提到的市场位于南四环外世界公园附近，这点倒是确定的。我想，还是去看看吧，算是把这件事情了结一下。

但世界公园附近只有一片新兴的写字楼和一个正在建设中的名为"北京国际花园"的别墅区，看不到任何大型超市或者市场的痕迹。我站在世界公园的门口，看着手里的购物小票，再看看头上白白的秋日，感到自己的行为万分可笑。笑完之后，我想，既然来了，还是问问吧，说不定它就在某个我没有看见的地方藏着呢。刚好，一个青年男子匆匆地从我对面走过来，他手里拿着一个文件夹，步履匆忙却不忘盯着文件夹里的一份文件看个不休。

"你好。请问附近是否有一个哈瓦那超级市场？"我迎上去问道。他停下来，疑惑地看了看我。看得我有些莫名其妙了又开始笑起来，笑了一会儿，才问我：

"你怎么知道哈瓦那超级市场的？"

"听一个朋友说的。据说很大，想得到的东西里面都能买到。"我含糊其词地说。

"噢。是有，离这儿还有些距离呢。你看，"他指着马路对面正在进站的一辆744公交车，"坐到纪家庙下，哈瓦那超级市场就在附近一个叫作育菲园的小区里。如果找不到，再问问就行了。"

"好。谢谢你。"意外收获让我喜出望外，赶紧道谢。

"没关系。不过等找到了，你可能会失望的。"他说。

我站在哈瓦那超级市场对面，看着它，没有失望，却再次笑起来。我站在它对面的一面围墙下，背靠着围墙，笑得弯下了腰。阳光斜斜地从天空照射过来，照在我的身上，仿佛还照在我的影子上。笑够了，我直起身子，看着它。

它和任何一个社区都能见到的小超市毫无区别，挤在一排平房中间，左边一家兼作光盘租售的干洗店，右边一家蔬菜水果店。屋檐的上方，正对着我的这一面是一块狭长的蓝色喷绘广告牌，上面用宋体打印字写着：哈瓦那超级市场。旁边用小了几号的字写着"日用百货，烟酒；副食调料，茶糖"，算是对超市经营范围进行说明。广告牌的左右两端各有一个百事可乐的红白蓝三色太阳商标，可能因为此，整块广告牌上还布满了蓝色的汽水泡泡，使得"哈瓦那超级市场"几个白色的字非常醒目。

超市中间摆着两排一人高的货架，两边靠墙同样摆着货架，加上两端的冰柜与拖布、塑料盆、塑料桶之类的东西，与一间中小学教室大小差不多的整个超市显得拥挤不堪。进门处一张简单的桌子布置成的收银台后面坐着一位大约三十多岁的女人，超市里别无他人。女人百无聊赖地嗑着瓜子儿，看见我进来，也没有什么表情。

我沿着一排货架走过去，膨化食品、调料、瓜子花生、灯泡、插座，各类东西分门别类，倒也摆放得有条有致。不知道是因为周遭环境的原因还是少有顾客盈门的关系，很多东西上面都隐约有了些肉眼能识的一层灰。我拿出一瓶矿泉水向女人走去。

"一块钱。"女人将瓜子放在桌子上，用扫码器扫了扫，说。

我递给她钱，打开水喝了一口，再接过购物小票，和黄亚兵老婆给我的那张果然没有什么区别。

"生意好吗?"

"就那样。挨着小区嘛，靠着给小区里面的人提供一些必需品，马马虎虎过日子吧。没有原来好了，前几年这附近就我们一家，去年，小区门口那儿开了一家超市发分店，很多人都跑那儿去了。没多久，超市发又关门了。可能是这边消费水平低，达不到他们的销售预期吧。不过，那边，"她伸手指了指对面墙壁方向，"现在开了一家更大的超市，叫新时特吧，人们买东西多时都去那儿。话说回来，我这儿的房子是自己的，不交房租，算下来也还行，够花了。"

"也是。小区内的超市，消费群体都是一定的，变化不会太大。差不多来的每个人都认识吧?"见女人很愿意说话，我问得直接一些了。

"差不多。这儿的老住户我都认识，说起来也是大叔大婶大哥大姐的叫。不过这些年这边发展也挺快的，不少人搬来搬走，还有不少人到这儿租房子，来得多了能有个面熟，愿意说话的说上两句话。要说知根知底，就谈不上了。"

"这个人你有印象吗?"我拿出黄亚兵的照片递过去，"他曾在你们这儿买过东西。"

女人接过照片打量了许久，看样子不像是一点印象都没有。但没说话，只是抬头看看我，又低头看看照片。这时，超市门口的塑料帘子被掀开，一个男人端着一件啤酒走进来，他将啤酒放在冰柜旁边，转身又要出去。

"喂，你看看这个人。"女人喊。

"等等，还有几箱酒呢。"男人答道。

男人搬完酒，拿过冰柜上面的毛巾，擦着手走了过来。一个壮实和老实都表露在外的男人。他从女人手里接过照片，只看了一眼，就把照片递给我。

"出什么事了吗?"

"你们认识他?"

"你是干什么的?"

"他的一个朋友。他失踪了有一段时间，家里人让我帮着找找。"

"你怎么找到这儿来的?"

"噢，他老婆从他失踪前穿的衣服的衣兜里发现了这个。"我拿出黄亚兵的那张购物小票递给男人，"我能找的线索都打听了，都没找到。所以来问问你们。"

"这样啊。"男人看过小票，又交给女人。两个人互相看了一眼，似乎在犹豫是不是应该说，或者该怎么说。

"你们放心，我只是打探打探，看有没有他的消息。对你们绝对没有什么恶意或者不利。"

"恶意或不利谈不上，再说也和我们无关。"男人说，"这个男人的确在我们这儿买过一瓶矿泉水，而我们之所以记得他，也是因为他的言行举止奇奇怪怪的。他还在我们这儿哭了一场呢。"

"就是啊，那么大的一个男人了，怎么说也三十多岁了吧。哭起来真厉害，眼泪流了一脸，也不擦，就那么哭着。一边哭还一边看着你，就像是一个大人不答应给他买玩具的小孩子一样，我当时都快不忍心了。都恨不得答应他了，还是我老公忍住了。没有答应他。"

"答应他？他想做什么？"

"他想留在这儿做售货员、搬运工，或者任何可以做的活儿吧。反正只要让他留下来，不管干什么他都无所谓。而且他的条件也不高，给他一个住的地方，一天三顿管饭，此外一分钱的工钱都可以不要。说起来这个条件的确不高，本来店里就可以住一个人，他要是住还可以帮着看着店里的货。吃饭嘛，也不外乎是多一张嘴。说实话，我当时还真是心动了。觉得要是留他下来，我和老公也能够省些力气。"

"那为什么不留下他呢？"

"你想，三十多岁的一个男人，看样子还读过不少书，说不定还是大学毕业的一个男人。他为什么就愿意干这么一个不起眼的工作，条件又开得那么低？我当时主要是怕，他是不是犯过什么事，比如说杀了人了，抢劫了什么的，想找个地方躲起来。如果是这样，那我们留下他岂不就是引狼入室了吗？就算不因此遭到什么祸害，说不定将来也要沾上窝藏罪犯的嫌疑。再说，这个小店我们两口子经营着也就足够了，多了一个人反而多了不少事情。我觉得没有这个必要，就拒绝他了。"

"然后他就哭了，我觉得他一定是在单位或者其他什么地方受气了，眼泪本来就包在心里，我们这一拒绝，只是在他的眼泪包上扎了一针，一下子引得他哭起来。他可能也想到我们对他会有怀疑，一边哭一边解释，说他根本没有犯法犯罪，也不是想在我们这儿躲起来，他只是想找一份简单的只需要出点体力、不操心费神的工作，不让自己饿死就行。他还把身份证掏出来给我们看。还是一个北京人呢，一个本地人让我倒是多了几分信任，可更不敢要了。你说，咱们这个小庙，哪儿容得下这么大的菩萨啊。"

"后来呢？"

"后来我们一个过来买东西的顾客听了他的话，说请他吃饭，两个人就出去了。再见到那个顾客的时候，就说他已经走了。顾客没多说，我们也就没有多问。"

"哦。"我应了一声。心想，怎么他妈的又陷入了人物链条之中了。

"你们超市为什么取了这么一个有气魄又有点奇怪的名字？"这是我此刻唯一还有点兴趣问的问题了。

"嗨，这个——"男人突然扭捏起来，似乎很不好意思。女人则笑了起来。

"他呀，特崇拜卡斯特罗，总说人卡斯特罗一辈子做的才是男人的事业，一说起来就津津乐道，没完没了。当时我们决定开一个小超市的时候，他就非要叫卡斯特罗超市，可是工商局说，这是外国领导人而且是国际友人的名字，不让注册。便改成了古巴首都的名字。后来，我们一位顾客觉得都叫这超市那超市，没有特色也没有气势。就建议我们干脆叫超级市场，他还说，超市这两个字也是根据英文翻译过来的简称，而英文的原文直接翻译就叫超级市场。我们觉得也不错，就改成了现在的名字。"这时又有人掀开塑料帘子走进来，是一个青年男子。"就是他帮我们改的名字。对了，也是他说请你要找的那个人吃饭，两个人一起出去的。"

说话间，男子走了过来。

"下班啦。"女人说。

"没什么事就先走了。"男子答，目光在我身上经过了几次。我恍惚觉得他有点面熟，却又想不起来具体在哪儿见过，便在他目光扫过来的时候胡乱地点点头，算是打个招呼。

"你还记得差不多一个月前在我们店里哭的那个男人吗？"店里的男人问，他伸手从我手里要过照片，递给刚来的男子。"你后来说请他吃饭，便和他一起出去了。"

"记得。"男子没有接照片，他把目光正式投射在我身上。"你们是不是找不到他了？"

我不知道说什么，只能看着他。他笑起来。就是这一笑，让我记起不久前在世界公园门口，我是向他问的路。笑完，他说："咱们找个地方，喝两杯再聊。如何？老把这儿当成我的会客厅，就算老板娘不说我，自己也不好意思。"

"我什么时候说过你，自己馋酒，不许往我身上推啊。"女人说完，伸手揽起桌上的瓜子，接着嗑起来。男人也转身去将刚才搬进来的啤酒往墙角挪，似乎他俩的工作可以告一段落，该把我交给他处理了。

"我叫舒越。"出了超市，他用力地呼吸了几下初秋余热尚猛的空气，很是享受的样子。然后偏过头来，又仔仔细细地看了一会儿，等到确定我脸上没有什么含义特殊的表情，才说话。

"杨让。"我说。我看着一辆从门前开过去的奇瑞 QQ，仍然在琢磨舒越和黄亚兵的关系。

"来，这边来。你现在上班吗？"

"我没有稳定的工作，目前就这样闲待着。"

"你和黄亚兵的关系是？"

"没什么关系。他老婆说他失踪很久了，让我帮着找找。"

说话间，我们已经到了小区里面一家只有四五张松木桌子，但是显得极为干净的小饭馆。舒越熟练地报了几个菜名，并要了两瓶啤酒。他不顾我的阻拦，执意地先给我杯子里满上。

"不用找了。你们肯定找不到他了。"他说，举起手里的杯子要和我碰碰。

"他已经死了吗？"我和他碰了碰。

"没有。如果死了，咱俩就不会坐在这儿吃饭了，怎么着也该有人接受警察的询问了。你不上班，靠什么为生呢？"

"你们都谈了些什么？"我问。

"和谁？哦，你是说黄亚兵吧。"

"对。"

"如果你上班，而且是上了一段时间班，就能理解。他可是上了快十年班了，十年来，只要不是周末，每天晚上都有人给他拧紧发条，第二天早上准时醒来，在每个确定的时间做确定的事情，就像一管熟悉的鼻涕流在熟悉的鼻腔里，甚至有时候周末都难以幸免。所以，在某个时候，因为某些似乎微不足道的原因，他突然让发条断了，或者干脆将之拆除掉，也是容易理解的。"

"他和你谈了这个？"

"是。不过，也是在他酒喝多了才说的。"舒越微微一笑，干掉杯子里的酒，再满上。

"那他在超市哭什么？又想留在超市工作，还不是一样。"

"他想找一份纯粹的体力活，不用操心的事。后来我对他说，他还不如出去流浪，随便干一点自己想做的事，反正挣点钱糊口总是很容易的嘛。其实只要放弃对别人，尤其是家里人的责任，就没有这么复杂了。再说，谁知道他们是不是需要你这份责任呢。因此，我觉得你们找不到他了，除非他某天想回来。"

我不知道再说什么。舒越的话让我想起简达，并让我极为想念小孟。

直到从小酒馆出来，我才问他："你也天天上班，为什么发条没断呢？"

"你是不是在我的博客上看到过哈瓦那超级市场？"他答非所问地说。

回到潘家园后，我给黄亚兵的老婆打了个电话。我没有向她说市场的具体情况，我只是告诉她，不要再找了，再找也找不到。她在电话那头哭起来，她问我，她该怎么办，她和孩子该怎么办。

"你可以到警察那里登记寻人，报告失踪。等过了他们认可的期限，另外再找个人嫁了吧。更好的建议我也提不出来。"我说。

B4　简达的故事

我们把老人放在锦州回到北京后，对侦探所的未来乐观起来，我们用一路上极力节省出来的费用买了一个手机。我们觉得，这样一来，我们的生活将发生决定性的变化。

不过，为了节省电话费，也为了保护自己，我们从来不在散发和张贴的广告单子与帖子上公布我们的电话号码。

事实上，我们的确很快就接到了一笔大的单子。经过几封邮件的来回，一个拒绝透露自己任何信息的客户希望我们能跟踪一个男人，拍下他日常生活的一切。"每个月的1号，我会派人来支付报酬，取走资料。"客户在邮件里说。

对这笔长期业务的到来，我和小孟欣喜若狂。客户在邮件里表现出的财大气粗让我们明白，美好的未来降临到我们身上了。更重要的是，这笔生意正是我们侦探所的核心业务所在，它让我们扬眉吐气，让我们在长时间的沮丧之后，觉得自己的工作终于能与"侦探"两个字相匹配。

客户的富裕和慷慨我们很快就见识了。客户开出的条件包括：1.每个月为我和小孟支付总计一万元的报酬。2.他提供最新款的SONY数码相机和DV，以及所需带子和存储卡，足够我们跟踪拍摄需用。3.他还一次性支付给我们一笔数额不菲的现金，供我和小孟添置一些衣物，以便我们能够跟随我们的"对象"（客户这样称呼我们要跟踪的男人）出入层次相异的场所。4.根据需要，我们可以选择合适的交通工具，这项支出可以实报实销。

与此相应，客户对我们也提了几点要求：1. 不能搬离我们现在的住处，这是让我和小孟最莫名其妙的一点，不过，我们很佩服对方对我们现状的了解与判断，因为我和小孟已经开始寻找新的住所了。2. 一旦"对象"回到自己家里，我们即停止跟踪，不窥探他屋里的一切。3. 不能让"对象"发现我们。4. 最重要的一点，我们不能试图了解客户的身份，一旦发现这方面的动向，对方将会立即停止和我们的业务往来。

也许是考虑到这些要求对两个出道不久的侦探的难度，客户还附加了一条对我们非常有利的条件：我们可以根据实际情况控制与"对象"的距离，甚至我们也不用一次不落地时时刻刻跟着他。

"以二位的敬业精神，肯定不会出现任何的懈怠。"谈妥之后，客户通过邮件给我们发来了"对象"的资料，并在邮件里表达了对我们的信任。

客户为我们提供的资料简单列出了"对象"的姓名、住处和工作地点，以及基本的作息习惯。此后近一年的时间，我和小孟便成了这个名叫"简达"的人看不见的影子。

正如客户所说，我们都是非常敬业的人，时刻把客户的利益放在第一位。所以，在这三百多天里，除了加起来有近一个月的休息时间，简达待在家里，我们按照协议无从跟踪他的生活外，他每天在外的十多个小时都在我们的视线内。我们录下他的一举一动，拍下每一个和他接触的人。随着时间的推移，因为每个月都给客户提供详细书面报告，我们对这个人的了解超过了对我们自己的了解。

简达是一个生活非常有规律的人，而且这种规律性正变得越来越强。工作日的每一个小时，他会做些什么；从周一到周五，他每个晚上会和谁一起进餐；他和同时保持约会的三个女人按照什么样的计算方式见面，依照什么样的周期留宿每个女人。甚至连他多久买一次牙膏、牙刷、香皂、沐浴液，它们是什么牌子，最喜欢买多少容量的，所有这些细节都被我们掌握得一清二楚。

整体而言，简达是一个自律的人。他在一家大房地产公司上班，虽只是一个普通的中层职员，但手头还算宽裕——我们曾询问客户，是否需要我们弄清楚简达的经济来源，遭到了坚决的拒绝。工作之外，他的大部分时间都在书店、电影院、展览馆等等场所消遣。

唯一有些神秘的是，每个月的月中，简达都会在公司附近的一家咖啡馆里与一个满脸络腮胡子的男人见面，男人拎着一个大的黑色塑料袋，换取简达手里的一个厚厚的、明显装着钱的信封。我们对这个男人身份以及他与简达关系的查询要求，同样遭到了客户的婉拒。对方明确地告诉我们，他只对简达本人感兴趣，我们的 DV以及相机，焦点只需要对准简达就可以了。

"有的时候，我会误以为自己是在拍一部冗长的纪录片。"小孟有一次这样对我说。

的确，虽然解决了我们的工作，还有一份相对不错的收入，但这样紧密地跟踪另一个人的生活，以至于把自己的生活完全像不干胶一样贴在对方生活的背面，其影响逐渐超出了工作的性质，开始实实在在地改变了我和小孟的生活。

我们和外部世界的关系已经成了猎物和猎人的关系，只不过，有的时候我们会迷惑，不知道自己究竟是猎人还是猎物。我们在楼宇林立的水泥森林里追踪着一个人的生活，为了保证不被发现，不被任何人发觉其中的诡异，更为了保证自己心理上的不逆反，我们学会了各种各样的掩饰手段。到了后期，我和小孟完全能够借助公共卫生间而在很短的时间内把自己装扮成另一个人，外貌神态和语言风格都迅速转变。伪装外表的同时，我们还学会了瞬间转变自己的心理角色，准确地把心理状态调节到那个角色所需要的波段。有一次，正和某一个女人在国家话剧院欣赏一出以色列话剧的简达发现了我的相机正对着他们拍摄，简达低下身子走到我面前时，我已经让自己成了一位韩国游客，我先说了两句韩语，然后用蹩脚的英语指着相机里的那张照片，告诉他，我只是看到他们对一出说着无人能懂的古希伯来语话剧的入迷才记录下来的。随后，我问他要了邮箱地址，表示回国后会把照片发到他的信箱。当然，我后来的确通过一位在韩国留学的同学辗转把照片发给了他。做事情有始有终才能称得上敬业。

客户每个月准时向我们支付报酬、材料费、交通费以及必需的杂费，一切都按照事先的约定而来，在这一点上，对方严守信义。

不过，这些对我和小孟差不多已失去意义。由于每天都跟着简达的节奏生活，我们所有的时间都在外面度过，我们每天起早摸黑，因而完全没有时间去安排自己的生活，连最基本的购物我们都简化至最低程度。而一旦确定简达要在家里待上一两天——没跟踪他多久，我们就能从简单的迹象，比如买回一大堆速冻食品，判断出这一点——我和小孟也回到地下室，以发呆这种方式度过。这时候，我和小孟会强烈地想念简达，希望他尽快出来活动。

小孟和我不一样，对于目前的生活，我谈不上特别满意，却也觉得就这样下去也还行。我想，最好是一直干下去，做上八年十年，攒上一笔钱，就可以向客户辞掉这份工作。干一干其他的，至于其他的具体是什么，现在没必要去考虑，想也没用。

小孟不。这样的生活过了一段时间之后，小孟不满足起来。

"我们就像是被蒙上眼睛的驴子，按照客户的意思始终在一条道上兜圈子。"他曾向我发过牢骚。更令他不满意的，是由于客户的诸多限制，我们虽然对简达的生活作息和生活方式了如指掌，对这个人却始终隔了一层，就像有什么特别的东西一直在你眼前晃动，你就是没办法弄清楚它是什么。根据现在的跟踪所观察到的资料，我们理解不了简达一天一天这样生活下去的动力所在。

"如果是我，早就一头磕死了。"小孟说。

但小孟和我一样知道一份工作来之不易，况且，仅仅是照顾到我的处境和感受，他也不能鲁莽行事。所以，为了消解心中的郁闷，小孟开始从我们拍摄的带子中截取部分内容，再按照自己的想法剪辑。令我大吃一惊的是，经过他的操作，简达完全不是我们所熟悉的那个人。就连日常生活，也似乎和我们跟踪所得的大相径庭。更让我印象深刻的是，小孟前后做出了八个这样的小带，而八个带子上的人几乎没有什么共同点。

"总有一天，我会搞清楚究竟发生了什么。"每个带子，小孟都以这句话开头。

"杨让，你想一直这样下去吗?"有一天早上，我和小孟整理好装备，正要出门的时候，他突然问我。

"你有什么打算？"

"快一年了，这个客户似乎对我们保持了充分的耐心，可我越来越觉得这件事情由里向外透着邪气。而且，我已经没法再忍受这影子一样的生活了。我觉得不安生。"

"如果我们轻举妄动，就会失去这份工作。"

"那有什么，大不了我们重新招揽客户嘛。退回到最初的境地，也没什么。况且，这一年来我们还攒下了不少钱。够我们对付一段时间。"

"行啊，只要你下定决心了，我就支持你。大不了回到从前的状态。"

"其实很简单，客户对我们最大的限制是什么？"

"不能进入简达的房间。"

"我想，答案就在他的房间里。只要我们能够进去，就水落石出了。"

"你想什么时候进去？趁简达不在家，还是？"

"你的想法呢？"

"既然想弄清楚，不如趁他在家，爽快地前去拜访，把这一年我们跟踪他的事情告诉他。回来后，再发邮件给客户，向他说明一下。同时告诉他，之所以没有在行动之前告诉他，只是怕他阻拦。说不定，简达能告诉我们，这位客户究竟是谁呢。"

"咱们真是好搭档，你把我的想法都说出来了。我也喜欢这样磊落行事。"

第二天正是星期六，简达在家里休息。我和小孟拎着花了一夜的时间整理出来的这一年来所有关于简达的备份资料，包括小孟制作的八个带子，前去拜访简达。

我们手里只剩下近一个月来做的新资料了，犹豫很久，我们还是决定，把它们留给我们的客户，毕竟，我们要做到有始有终。如果对方不要，我们再自行处理就是。

简达家所在的这栋白色住宅楼我和小孟都无比熟悉，但我们从来没有进去过。因此，当我们跟着打开大门的一个中学生走进去，进了电梯摁下 21 楼时，心里都慌乱起来。这慌乱之中，夹杂着终于进入一件事情的核心将要了解其背后掩藏内容的兴奋，以及即将面对当事人，无从猜测他听了我们的话将对我们采取什么态度的紧张。各种因素混杂，导致电梯到了 21 楼，我和小孟推让半天，谁都不肯先迈步。

2103。简达的房间门半掩着，我们刚刚走到门口，就听见有人说："进来吧。"

"进来吧。等你们很久了。"

进门正对着的，是一间宽敞得差不多有一个羽毛球场那么大的客厅，三面都是从上到下的落地窗。简达躺在东面窗户边的一张躺椅上，正对着我们。

"坐吧。"他指着躺椅旁边的两把椅子。我和小孟走过坐下，但是我们刚一坐下，就如同被针刺了一样，跳了起来。还拎在手里的袋子掉在地上，"哗啦"一声，带来的资料散了一地。

屋子的西面，也就是紧挨着我们进来的门的一面墙，此刻与我们正对着的那面墙上，挂着一张巨大的照片。昏暗的国家话剧院内，一男一女相拥而坐，目光凝定地看向舞台，离他们不远，一身游客打扮的一个男人正拿着相机拍摄。

那个拿相机的男人就是我。

"我就不绕圈子了。你们一直想找到的那个客户就是我。"简达似乎在等待我们出现这样的反应，而我们的反应也如他所愿。他高兴地站起来，给我和小孟各倒了一杯茶，才徐徐道来：

"说实话，我完全不缺钱。我继承了几支股票，它们每年给我带来的红利就足够。前几年，我还像一个正常的富人，满世界跑，潜水、打猎、登山，除了毒品，一切大家认为能带来满足感和刺激的东西我都玩遍了。但没过多久，我就觉得一点意思都没有。纵情声色、狂饮滥赌的生活更提不起我的兴趣。于是，我又回到北京，把拥有的一切暂时封存起来，然后像普通的上班族那样，找了一份踏踏实实的工作。过了两年，由于工作出色，我被擢升至中层。马克思说，劳动是人的第一需要，我想，就是这个意思。因为这两年之内，我断绝了原来的朋友和社交圈子，把生活打理得和小白领毫无差别。生活中的小麻烦、小喜悦让我很是充实。我不再动用红利，它们仅仅作为银行里的一个概念，会偶然被我想起。

"这样过了两年，有一天，我考虑自己是否该买一辆车。当我把现在这份工作的收入衡量再三，以便能买上一辆相当的车时，突然明白，并不是我假装去过一个小白领的生活，我就是。那种为了维持体面，又要量力而为的辛酸，我是怎么都体会不到的。说白了，我只不过以参与游戏的心态进入了目前的生活，有时候会因为过分投入而计较游戏中的得失。但它终究只是游戏。这种念头越来越强烈，以至于无论做什么事情，我都无法投入，无论采取哪种角色生活，都觉得是在表演，都不是本真的生活状态，都只是按照自己的理解戴上了一层外壳。我特别想知道，在其他人看来，我的生活究竟是什么样。我每天的生活究竟有没有逻辑性和必然性。

"这时候，我收到你们的邮件。我至今还弄不清楚，你们如何知道我邮箱的。起初，我没在意，可没过多久，我又收到了一封。我开始琢磨，也许你们能帮我看看我的生活。于是我与你们联系上了。

"后来的事情，你们差不多都知道了。"

简达说完，又躺了回去，只不过，他一直盯着我和小孟。我朝小孟看去，小孟有一点愣，显然事情的发展完全超出了我们的预料，与其说我们吃惊，不如用茫然和失于应对形容得准确。小孟注意到我在看他，苦笑了一下，伸手拿过茶杯，浅浅喝了一口。

"经过这一年的观察，你满意吗?"小孟问。

"谈不上满意，不过你们消除了我的焦灼。你们的记录和报告让我看到，我的生活和其他人没有什么区别。有时候，你们在我身上注意到、找到被我忽略了的东西，我观看时通过回味，又再次在身上找到它们。我要说，你们让我认识到，我的生活就是一些细节堆砌而成，好好享受它就行。焦灼和惶惑根本没有必要。而且所有人的生活都是这样。我要感谢你们让我明白这一点，我的目的达到了。也正因此，我愿意和你们见面，把来龙去脉讲清楚，解除你们的疑惑。"简达说。

这时候，阳光完全笼罩了这个房间。我感到越来越燥热。

"你知道有我们始终跟着你,拍下你的一举一动。你又怎么能避免刻意而为呢?说到底,原来生活的表演性只是你的自我感觉,而这一年来,你切切实实在表演。你还故意装作不知道我们的存在,把两个你熟悉得不能再熟悉的人当成陌生人来看待。故意无视他们在你生活中晃动的身影,更假装不明白他们的意图,而这种意图还是你安排出来的。比如,"小孟指着墙上的那张照片,"你把它挂在那里,可能是想嘲笑我和杨让的工作,以便找到你刚才说的安定感。实际上,你不但没有摆脱虚假的感觉,反而成了寄生物,寄生在你对安定感的想象上。"

小孟说得很冷静,我知道,他是故意表现得冷静。我们都不想这么快被简达打败,关键是,他所有的行为对我和小孟这一年来的劳动还有我们对"对象"产生的亲切,无疑进行了令人难以忍受的嘲弄。唯一能挽回尊严的做法,就是找到对方的漏洞,不遗余力地加以打击。我认为小孟干得很漂亮。

但简达只是听着,毫不激动。他不断地微笑和点头,对我们表示赞同,就像是老师对学生的表现很满意。他让我觉得,我和小孟的表现都在他的预料中,他甚至还有更大的东西没有出示给我们。我提醒自己,一定要冷静。不要被他诈了。

"你说得很对,"简达探询地看着小孟,直到确定他说完才开口,"你刚才说的那种感觉我很快就产生和发现了,也就在第一个月收到你们提供的资料时。我要想办法平衡这感觉,不然,一切都难以为继。去那里看看,你们就能明白我的意思了。"简达指着照片旁边,我这才注意到,有一面和墙面颜色一样的门。

"推就可以。"等我和小孟走到门前，简达大声说。

这是一间完全没有自然光的屋子，我们摸索着打开灯之后，所看到的一切已经远远不能用震惊来形容。屋子一面墙的架子上都是光盘，另一面墙上挂着一个大大的液晶屏，另两面墙上挂着大大小小的照片，都是关于我和小孟的。其中最大的一幅，是不久前我和小孟为了舒缓长期工作的疲累，趁简达在家休息，到北戴河海滩休息的照片。金色的沙滩、蓝色的海水、白色的云彩，小孟戴着墨镜躺着一动不动，我正侧身与躺在身边不远处、据说是北二外学生的一个女孩搭讪。随即，我和小孟注意到，墙上的照片有很多拍摄的是我们跟踪简达的过程，还有不少拍摄的是我们私人时间里的活动，还有几张是我和小孟在地下室里休息与生活的照片。

我和小孟逐个看着照片，心中的茫然与愤怒爆炸一般膨胀的时候，突然听见"啪"的一声，墙上的液晶屏亮了。出现的画面是对我和小孟一天生活的纪录：我们如何挣扎着从床上爬起来，争着出门使用地下室唯一的洗手间，以最快的速度收拾停当，根据对简达的了解，确定他今天大致的生活流程，定好路线图和行动方式，并以最快的速度赶到他楼下，等待着他出现。接下来的工作时间我和小孟都非常熟悉，因为几乎就是简达工作时间的复印版，有几次，简达特别开心地转过头来对着摄像机微笑致意，就像是一个导演或者主持人。这时候，我才理解偶然观察到的简达对着陌生人微笑的意思。

接下来，我和小孟结束一天的工作，在深夜里回到我们的地下室。我们疲惫地躺在床上，一动不想动。这段录像刻意选取了我和小孟讨论简达这样一天一天活下去的动力所在的那一天，我和小孟呆呆地看着两个人在屏幕里煞有介事的讨论以及对简达所表达出来的一丝怜悯和优越感，那就像是两个陌生的白痴。

"嗨，兄弟们。对不住啦。"画面快结束的时候，那个神秘的络腮胡子出现了，他兴高采烈地和我们打着招呼，"这是我的团队制作的，怎么样，还满意吗？我知道这对你们很残酷，这种行为可以说很卑鄙。但没办法，我受雇于人，为了这份收入，也得表现出敬业精神来，对不对？何况，我的团队有那么多人要靠这份工作养活自己。我只能说，不要太严肃地看待这件事情。此外，你们不雅的语言，过于隐私的行为，我都一概删除了。没有任何人会知道。好了，该和二位道别了。说实话，我现在也很担心，是否还有人正在拍我。所谓'螳螂捕蝉，黄雀在后'嘛。"说完这句话，络腮胡子迅速地回头向身后看了看。

录像完全结束了，只有蓝荧荧的光在屏幕上。

我和小孟从屋里出来的时候，简达正站在窗边，他向窗外望着，因为强烈的阳光，因为刚刚从屋里出来，我的眼前一团白花闪耀。随后，我从白花中分辨出转过身来的简达，辨认出他微笑着等待般地看着我和小孟。

我和小孟走到简达面前，我刚刚给了他一个耳光，他就被小孟狠狠的一脚给踹倒在地板上了。简达躺在地板上，依然微笑地看着我们。我和小孟更加怒火中烧，我们的拳脚疾风暴雨般落在他身上。简达只是简单地护住要害部位，以非常开放的姿态欢迎着我们的攻击，毫不躲避。没过多久，他不再防护要害，而是蜷曲着满是伤痕的身体哈哈大笑起来，这笑声在屋里回荡，震动得阳光都一颤一颤的。

我和小孟终于累了，我们躺倒在地板上，喘着粗气。喘着喘着，我们也狂笑起来。三个人的笑声就像是三重唱，在屋里此起彼伏，互相唱和。笑到最后，我们爬到一起，挤作一团，依然笑个不休。

那个晚上，我们三个人坐在简达客厅的地板上，拼命地喝着酒，一边喝还一边忍不住地笑。简达浑身脱得只剩下一条短裤，满身的伤口由我和小孟给涂上了紫药水，就像长满了一身的紫色嘴唇，因而笑声显得尤其夸张和猛烈。

等我和小孟离开的时候，简达已经烂醉如泥。他在地上蠕动着想要起来送我们，却几次都只能勉勉强强支撑起半个身子就又倒回地板上。于是，他只好挥动着手臂，反反复复地说："有时间来玩啊。你们的资料想拿走的都可以拿走。"

我和小孟搀扶着从简达的屋里走出来，发现电梯已经停了。我们跌跌撞撞从 21 楼走下来再走到外面，一起在北京夜晚的大街上走着，我想着这一天，这一年来的生活，觉得就像做了一个连环套的梦。百般滋味。我身边的小孟想必也有同感，他也沉默地走着。偶然急驶而过的车辆之外，大街上看不到一个人，走到广安门桥附近，过一座过街天桥的时候，小孟突然高声唱起了一首歌，一首我从来没有听过的、不知道是哪里语言的歌。

我在下桥的台阶上坐下来，等着小孟唱完。小孟唱完后，急切地走到桥下的一个角落，我以为他在小便。过了一会儿，却听他急切地招呼我。我走过去，看到小孟在桥脚一个不太起眼的地方写下了一行字"蓼罔私家侦探所。业务范围：跟踪、寻人、查找线索。联系电话……"

小孟留下了我的手机号。那行字的旁边，他画了我一个大大的脸部速写。那张微笑的、极度夸张的脸，像是很久没有喝酒了。

而阅读者不知所终

阅读者

1号读者

听见了吗？他居然在问那本书。好好好，我先来。说完你们接着说。你等等。好了，现在心情平复多了。刚才太激动了。你看看他们，没一个对我这样子诧异吧。真的是，一直珍藏又一直希望能与人分享的东西，突然就这么被你问到。当然，说激动都是轻的。

好了，好了。不扯了。说正事。哦，需要吗？那好。你们先去忙吧，待会儿一个一个叫你们。没问题。怎么着都成。今天我们的读书会就谈这本书，向你谈。我们之间谈过好多回了。那好，我也很想听听他们究竟怎么说的。关于读书会，关于这本书，都可以。什么都可以谈。要多久？也好。等着吧。我有耐心。

先从读书会说起吧。我知道，可是不说清楚读书会，根本就没办法把这本书的事说清。你待会儿就知道了，比起读书会，这本书的事比一根烟还短。事情是这样的，我们几个人都是一个学校毕业的，对的，不过也没有什么好说的，反正我是很少回去。当年，我们都是校学生会的，因为年龄、入校时间、个人志趣还有能力的原因，职位有所不同，副主席、部长、干事什么的都有，平时大家打交道的时间不算太少，可是也没有什么深交。

2000 年 5 月，学生会邀请一位学者来校做一场有关鲁迅的演讲和一场小范围的交流活动，很巧，一条线顺下来，两场活动都是我们六个人负责。活动和往常一样，做得很成功，各个环节也没出什么纰漏。交流环节，为避免现场闹哄哄一片失去重点，我们六个人都准备了问题。这六个问题事先我们没有相互交流，现场也只有三个问题有机会问出，可是依照这三个问题，我们很快发现，彼此在对鲁迅作品的关注点上趋近——我们都对《野草》和《故事新编》更感兴趣。

活动结束，送走那位学者，大家犹未尽兴，便去了学校南门外的一家烧烤店吃夜宵。因为鲁迅的作品，因为喝了些啤酒，我们完全抛去了彼此间由于职位不同而残存的顾忌与矜持，热烈诉说着《求乞者》《过客》《失掉的好地狱》《理水》《非攻》等等作品的阅读感受，到最后，我们干脆接力把《野草》全书完整读了一遍，才离开烧烤店。

热情一旦点燃就无法止歇，大学阶段，也没有必要止歇。接下来一周，我们晚上聚在一起，把《故事新编》从头到尾读了一遍。当然，我们不再去烧烤店了，那里毕竟不适合长时间朗读，对学生来说经常去也消费不起。我们就在学生会找一间没人的办公室，或者找一间可以预留做活动的教室，几个人围在一起，一个一个地轮流读，其他人静静听。有时候，我们也会带些啤酒去，边喝边读。

读完《故事新编》后，我们都觉得，彼此间的关系有了变化，好像各自都打开了内心的一部分，成了灵魂相通的六边形。后来我们又读了鲁迅其他一些作品，作为共同体的关系确定下来。出于长久的考虑，也为了调适节奏，我们慢慢地形成了每个月第一个周六晚上聚在一起读书的习惯，风雨不动。你想想，十六年了，从来没有人缺席过一次。不知道他们怎么想的，反正我觉得，这个读书会对我来说已经具有了宗教仪式感。

是吧？我也这么认为。好，说说那本书。还是得再说一说读书会。这么多年，我们形成的惯例是，每一期读完，每个人都推荐他最近看的新书，接下来一个月，大家都抽出时间看推荐到面前的五本书。到了月初第一个周五晚上，我们再投票决定第二天晚上究竟读哪一本。

2010 年 8 月 7 日晚上，我们五个人再聚到一处，当天晚上我们读的是伍尔夫的《奥兰多》。平常，我们从八点读到十二点就结束。那天晚上，到了十二点，我们照样停下来，准备离开的时候，老五忽然请我们等一等，然后他从包里掏出了一本书，就是那本书。老五说，他想要为大家读一读这本书。我们都愣住了，这么多年，还没有发生过这种打破惯例的事。事后想来，老五还真是个滑头，有时候你都觉得他没必要要小聪明，可是他的小聪明还是很奏效。何况，是在那本书上。

我们还没来得及做出反应，老五就开始读了。他读了两段，我们所有人又都坐了下来。我不知道你有没有持续地读过书，大声读，还是读给围坐在你身边的人听。那个感觉非常不一样，你好像在那儿又不在那儿，好像是读者好像又是听者，奇妙的分离感抓住了你。在那个场景、氛围下，读出来的书也和你安静地坐在那儿看很不一样，每一个字都看得清楚、听得清楚，可是它们又都隔着面纱、覆盖了细沙，朦朦胧胧，意思在明晦间摆动。在一起读了那么多年，那么多书，我们形成了一个对大家都很有效的氛围，就像磁铁的磁场。某一本书一旦被读到，一旦书上的词语被念出来，我们就能迅速判断出它是否适合、是否能够纳入这个磁场。老五读的那本书不只是可以纳入这个磁场，它甚至让我们在喜欢中隐约有点害怕，觉得它在强化我们的磁场，甚至会慢慢改变我们的磁场。但是我们谁都没法拒绝，谁都无法逃离。

老五独自读了二十分钟，不顾我们的反对，停下了。不用说，我们一致同意，下一次读这本书。有，有人说过，但毕竟大家都是成年人，也是这么多年的读者，不至于那么夸张。再说，我们，至少我，担心如果我们太操切，将适得其反。不管怎么说，那本书也就三百页左右，二十来万字，用车轮战一次读完，两天怎么着都够了。相当于熬一个通宵，第二天接着来。没问题，那时候我们都年轻，最大的也还不到四十。可读完之后呢？最重要的是，我们不想用疲劳战术来稀释它带来的快乐。

大家还是约好下个月第一个周六晚上见，就各自回家了。

接下来就是买书。不知道，我没问过，后来也没有交流过。反正我在网上看的时候只有一家二手书店有卖的，而且只有一本。好在价格还算公道。

2号读者

我们直接说那本书吧！章千里的《清单》。我一直不明白，那本书怎么会被出版社归类为小说，还是长篇小说的。一条一条的内容，从目录看，倒像是工具书。确实没有工具书会这么分类，什么及部、不及部，什么在左边、在右边，什么占据空间、不占据空间，什么可建筑的、可拆毁的，这些分类尽管有点莫名其妙，还是按照某种二分法来，就算强行消除了模糊地带，灰色的物质统统被驱逐，但至少还算是有态度，在简易的程度上也可行；到了后面，什么坚硬的、柔软的、有缝隙的、可锈蚀的，什么从土、从水、从气、从火、从人，什么可飞行的、可鸣响的、可收缩的、可苦笑的，这种分类方式已经成了拒绝交流与共识的纯臆想，不但哪怕在简易层面也无法穷尽，相互之间还有毫无必要的交叉。就算这些不是问题吧，那也应该算作随笔集对不对？随笔不是万能筐嘛，无从归类的东西放进来至少不算错。

噢！我倒真没有从主观和虚构的角度来想过。主观不能作为依据吧？文学创作有什么不是主观的？虚构也未必严谨，作为依据倒也作数。嗨，你看我，总是纠缠这些毫无必要的细枝末节。是吗？谢谢。不管怎么分类，《清单》确实好，"好"可能见仁见智，说它很神奇肯定没错，至少在我们六个人身上显现出了神奇的一面。

《清单》是由老五以偷袭的方式带进读书会的。老一已经讲过了？这家伙，占据了时间优势。行，我就这么讲下来，最终用的时候你取舍就是了。那天晚上我挨着老五坐，其他人都没有察觉，老五来之前是喝了酒的，不多，但度数肯定不低。老五就是那么矛盾，想要打破读书会的常规又忐忑不已，喝点酒壮胆又怕满嘴酒气破坏读书气氛，因此他从一开始就坐得离大家有点远，说是感冒了不要传染我们。我闻到了老五的酒气，但没有点破他，后来他拿出《清单》来，我才明白他喝酒的原因。事后想，老五这一招安排得巧妙。如果他不搞突然袭击，而是按照正常的流程提出，这本书多半会被否决。太不知所谓了！尤其是在白天清醒的时候来看。一件一件东西——姑且称之为东西吧——写下来，就像新小说派一样冷冰冰，然后又因为纯物质反而有种拒绝人进入的硬邦邦的梦幻感。对，冷、硬、幻，这是我对这本书的评价。不矛盾，幻觉通常对人是魅惑的，召唤、勾引你入内。《清单》不是，它一开始就表明，书上的这些和你无关。

为什么说当天老五的偷袭巧妙呢？那晚上我们读的是《安娜·卡列尼娜》。这么多年下来，读书会已经成为我们生活中重要的部分，对我而言，是最重要的部分之一。读书会的时间、人员、形式是固定的，这种固定甚至有了仪式的意义；但读书会也有一些微小的变动，就像一双蝴蝶翅膀在微弱地扇动，比如每一期人员就座是随意的，比如到场人员顺序的先后，最大的变动则是，每一次的阅读由开始总从第一页读起变为了随机从书中某一页开始，自然，我们会考虑当晚的时间，会让从开始到结束的内容足够当晚阅读。还没有，也许哪一天会变吧——每个人都随机重新开始、不接着前面的人读，这个我们考虑过，也讨论过，但我们不着急。有什么可着急的？还有漫长的将来等着我们。以后再说吧，蝴蝶可以扇动翅膀的空间极其有限。

那天我们读《安娜·卡列尼娜》是从她准备赴死开始的，整个晚上读的人听的人都沉痛得无法自拔，你知道，托尔斯泰的那种沉痛，不是煽情的催泪的沉痛，不是让你哭两声骂两句就能缓解下来的沉痛，是让你无话可说，无泪可流，完全木呆地坐在那里，内里慢慢锯末化。我们在那里坐了好久，才勉强以目光以气息互相鼓励着没有破碎，才可以站起来准备走。这时候老五拿出了《清单》，开始念。那冰冷坚硬的文字，与人无关的幻觉，就是强行灌进嘴里的解药啊，一下把我们从沉痛中拔了出来。文字的魔力这一晚上我们两次见识，见识到了两个侧面。

就因为老五瞅准时机的突然袭击，我们从此进入了《清单》的世界。不是，当然不是。如果那样，也太矫情了，对不对？我们只是在老五偷袭之后那个周六专门读的《清单》，后面还是每期读不同的书。只不过，每一次我们都会留出半个小时，来专门读《清单》。足够了，这本书本来就不厚，读快了的话，要不了多久就没有了。最主要的是，我们发现，它在我们的读书会中，越来越变成盐一样的东西。最后这半小时，对我们前面的读书有着提味的作用，而盐总是不能多放，否则就毁了所有的环节。而且，随着时间推移，我们还发现，读书会本身也已经被我们放进了清单，即便据此建立一个可以读的、不可以读的、会被读到的、不会被读到的，读书会之内、读书会之外等等分类，用来标签读书会，也完全相容，没有任何隔阂。

甚至，有一天老五忽然问，"你们觉得我们六个人是不是也写在了《清单》上，列了出来？就算没有，是不是也很快会被放进来？"

老五说得平常，我们听得惊悚、期盼、荣幸等等感觉一起涌现。这样一来，我们更加不敢读快了，我们还达成了一致，私下里最多可以看看这本书已经被读过的部分，没有被读过的，我们必须把它放在旁边，等六个人能在一起的时候再读。只有那样，我们才会对书中余下的内容充满期待。说它神奇这也是一方面吧，更神奇的是这本书对我们产生的影响。好书都会影响阅读者，《清单》不一样的地方在于，它影响我们看待自己生活的方式。这个没有怎么交流过，但是一个人受影响、发生改变这些是能够察觉出来的，对不对？何况我们是这样的关系。

拿我来说。最显明的影响，肯定是对事物的分类。不要小看分类的方式，往小了说，这是个人归置周遭世界的方式，往大了说，这是他和世界发生关系的途径。日常，我们都是用简便易行的方式自动归类，精神啊物质啊，吃穿住行啊，不管怎么分，我们都如在道中，日用而不知。《清单》以它诡异的分类方式让我意识到，事物之间可以出现巨大的缝隙，事物之间也可以不像表面看起来那样相互隔阂，它们有可能在某个分类下被我们看不见的，至少不能轻易看见的光贯穿了。你比如说，在"有电池、没有电池"分类方式下被归并到一起的手机和石英钟，在"有翅膀、没有翅膀"分类下被归并到一起的手机和石英钟，这两者听起来是一样的，但是细想却差异巨大，对不对？因为它们被抓住的部分不一样啊。

很玄妙吗？确实有需要意会的地方。有机会你看看《清单》吧，看了你就明白我的意思了。是不太好找，我不知道这样的书为什么出版社没有加印，网上也找不到。我嘛，也还好，反正就找到了。这个也很神奇，你看，我们六个人也都找到了。你要真的想看，一定会找到的，说不定，这本书会主动找到你。只要你在清单上，哈哈。

什么？老一真是这么说的？好吧。也有可能。不过要真是《奥兰多》的话，为什么我记忆中《清单》的出现从来都只和《安娜·卡列尼娜》有关？

3 号读者

我——还能说些什么吗？不好意思，我有点口拙，尤其面对不熟的人，紧张起来脑子里都是空的。读书会，章千里那本书，老一、老二肯定都说得差不多了。要不您问？您问我来答，这样我好一些。那倒也是，估计您也觉得别扭。那咱们就不审讯式的，一问一答，您给我一个范围，和老一、老二聊了之后，有什么是您最想了解什么的，我争取说清楚。

好。这个对我来说是可以的。不过在分别说他们几个人之前，我还是有点感叹，你想想，我们几个人以这种方式聚在一起已经十六年了。十六年，人生的四五分之一，最少也是六分之一。而且，这十六年还是我们经历毕业、工作、成家、立业等等人生变数最多的阶段，逐步地我们已经上有老下有小了。除了老四工作几年之后又回去读博，将来也势必留在大学里，我们其他五个人都远离了校园生活。这种情况下，我们五个人还能坚持每个月第一个周六晚上聚在一起，也不吃吃喝喝，纯粹就为了读一读书，这是什么样的缘分？他们没和你说吗？奇迹是不是？十六年，每个月，一百九十二个月、一百九十二次，没有一个人缺席。肯定有啊。生病、出差可能还不是最大的障碍，说不定还有孩子出生、家人病重这等大事，但我们确实一次不落一人不缺地持续下来了。有时候想想都很感动，感动得小心翼翼。是礼物。毫无疑问。我甚至认为，这是生命对我们的礼遇。还能在哪里找到五个人和你保持这样的关系呢？要知道，人和人之间最难把握的就是距离了，孔夫子说的"亲之则不逊，远之则怨"可不只是什么女子、小人的情况，这是人的本性。可是我们六个人，就这么淡如水地交往着，一淡十六年。

感叹完了。一个个说起来，是不是有点奇怪，我们几个人的排序？第一次是随机的，然后就固定下来了。我们以第一晚上，也就是做完鲁迅的活动，大家在烧烤店里读《野草》的顺序定的。平时在学生会，大家纯粹是共事的关系，还有职位与高下的差异，也是直呼其名，可总含着距离在里面。那晚上，为了破除这一点点距离，还带着点玩笑的语气，我们就以 1 号读者、2 号读者、3 号读者、4 号读者、5 号读者、6 号读者来互相称呼。这个顺序就固定了下来，后来读书会上，彼此间也就几号读者和老几地混杂着用了。我们之间能这么不远不近地相处十来年，跟这种称呼也有关系，也可以说，这种称呼就决定了我们的相处方式。你说是吗？孔夫子也说"必也正名乎"，名字、称呼经常就是规定，就是界限。要是几个人在日常生活中还互相称"1 号读者""2 号读者"……多么怪异！

名字、称呼经常就是规定，就是界限。这点在老一，或者说 1 号读者身上最明显，在这个读书会里，她所做的一切很好地体现了实符其名，名定义、扩充了实。最初读《野草》是她提议的，把这个读书会固定在每月第一周的星期六也是她提出的，每一次读书会投票由她组织、场地由她选定，看起来好像没多少事，其实琐碎得很。老一是个有心人，读书会能够坚持下来她至关重要。一件事情、一段感情、一种关系，这些东西都可能有一个新鲜、疲乏、稳定的过程，只不过经常在疲乏阶段就结束了，熬不到稳定成你生命中不可缺少的部分。大家陆续毕业的那几年，生活变化剧烈，读书会的新鲜感丧失，不知道其他人怎么样，至少对我来说，参与的热情一度非常低，只不过不想第一个当逃兵，当毁掉读书会的罪人，要是有谁不管因为什么原因缺席一次，就将打开一个缺口，读书会也就不可避免会溃散无存。老一那时候和我们联络得很紧，在 QQ 群里不断说着下一次读书会的细节、自问自答地讲需要做的准备，还挨个打电话跟进我们的进度——读书会不允许谁不把六本书读完就投票，更不允许谁不读完书就去现场。当然，这些成例都被《清单》打破了，但《清单》仍旧是迄今唯一的例外——我那时候一度都害怕看到她的头像闪动、害怕接她的电话了。就是这样，她紧紧地拽住了我，也拽住了读书会。

老一还不只是耐得烦，她实实在在地提升着读书会的精神品质，而不是把它变成一种纯机械的惯性重复。她每个月的推荐书目有着完整的思想链条、审美关联，有那么两三年，我们基本上一年的读书会，十二期有八九期读的都是她提出的书。没办法，说不定他们四个和我一样呢，乐得老一这样。这样我们就可以少花点心思了。后来，在老一的引领下，读书会逐渐成了我们精神生活中最不可或缺的部分，她又慢慢地向后退，隐身在我们中间。上一次读书会后，她偶然和我提起，想辞了职出来开家咖啡馆兼书店，名字就叫"六人"。可是她又担心，这样一来，会破坏我们六个人现有的稳固平淡的关系，反而对读书会不利。

我没有问过老二，他是不是双子座，但老二身上确实有着两个灵魂。灵魂言重了，说他身上有两套运转机制是不错的。老二是公务员，官至正局级，绝对是春风得意。哈哈，有吗？那肯定是我的潜意识之醋。不用，不用，这有什么要道歉的。我这么说倒也不只是完全的修辞手法，我亲眼见过他的风采。你也知道，我们几个人在日常生活中几乎没有实质性的往来，对彼此的家庭工作等现状一概不闻不问，因此，三个月前，我听说新局长要到我们园区视察时，还发笑局长的名字和老二一模一样。心想，下一次见面还可以嘲笑一下老二，说又见到一个他的同名者了。结果，我们在大会议室等候来的，就是原装的老二。是另一套运转机制下的老二，面孔、声音没有差别，可是神态、语气、动作，完全不是平常读书会上那个人——有点懒散，对形而上的问题，尤其对概念着迷。老二讲了园区的现状、面临的困境，讲了园区的前景，着重说明了局里的几点构想，他说话没什么官腔，但那种绝对的自信，那种对现场节奏、众人情绪的绝对掌控，只有具备了真才实学、到了一定地位的公务员才能拥有。我当时坐在会议室后面，看着他的人、听着他的声音，感觉极其微妙，就像目睹了造物的匠人从一个人身上活生生地分离出来了另一个人。在后来的读书会上，老二还是和以前一样，沉稳、安静、思辨，我没法将作为局长的他和作为阅读者的他合并为一个人。可是我又清楚，那两个迥异的人，就是一个他。

　　老四是我们中间变化最小的，比老一还小。他现在还在读博，一心想博士毕业后留校，至少也在北京找个高校待着。他没问题，早在他决定回来读博的时候这些事肯定就想清楚了。他又不缺钱，房子也有，对结婚又没兴趣，职称什么的对他来说一点都不重要。没办法，谁让我俩本科的时候宿舍就挨着呢。我去学生会还是他撺掇的。他告诉我，多条渠道接触人绝对是好事。当然是，他天生就擅长和人打交道，特别有感染力，所以毕业后才会去了公关公司嘛。做得也好，挣得也多。这种人，还这么洒脱，说离职就离职，说考博就考博，还一考就考上了，你还有什么办法？而且他这么乐呵，这么易于相处，让你想嫉妒也嫉妒不起来。没有，没有，这有什么可以赌气的?! 真说起来，就算我对老二潜意识里有嫉妒，对老四我是绝对只有钦佩的。有从容的优哉游哉活着的心，还有这个条件，这个条件又完全是他凭自己的力量创造的，这样的人有什么可嫉妒的? 大写一个"服"字送上就可以了。

　　老五这家伙，哈哈，每次想到老五、提到老五我都忍不住要乐出声。这家伙太好玩了，一个纯粹的好人啊。好人的身上那些让人钦佩、让人想追随的优点他都有，还放大了好几倍。好人身上那些让人不舒服的地方他也都有，也放大了好几倍。是吗? 老二是这么说的? 我没注意，那晚上我有点走神，就想着读书会结束了赶紧回家补觉。那之前半个月我都在出差，确实有点熬不住了。不管怎么说，《清单》由老五介绍给我们合乎情理，也可以说，这本书唯一有可能介绍给我们的就是老五了。老一看到这本书，她应该会忽略掉，因为"清单"这个词绝对在她的兴奋区域之外。老二倒是会对"清单"二字敏感，但他多半不会第一个把这本书拿出来。我嘛，翻是会翻一下，翻一下也就放在一边了。老四到现在还对《清单》有着轻微的排斥，认为它是意义不明的炫耀，虽然因为读书会，他也一直在读，但我总觉得他的读主要是出于对我们五个人的情谊。老六对这本书喜欢得最坚决、最彻底，如果他首先发现了这本书，绝对独享，不会拿出来分享了。这你错了，我不是猜疑他。是对他足够了解。我对老六以神遇之。而且，即使是我们这样的以灵魂相知的小团队，我也珍视每个人不愿与人分享的空间。这个空间甚至决定了我们关系的未来。

比起我们五个人，老五的鉴赏力绝对一流，可是老五又是极其愿意把他认为的好东西分享给大家，他乐在其中。老五这样的好人，我刚才说到他的优点和缺点，都在他的设身处地为他人着想上，这么多年来，他从来没有表现出一点侵略性，和大家说什么都充满着歉意，生怕给别人带来不便。给别人留出足够的转圜空间当然很好，可是空间留大了也是一种不便，尤其是熟悉到一定程度后，过于客气反而生分。这么多年相处，我们都明白了，老五一旦对某件事表现出百分之十的坚持，那绝对是因为他有百分之百的信念。而这百分之十的坚持，我们也只有幸在他推荐几本书的时候见到。如果读《清单》那晚老五真的喝了酒，那可以证明，他对《清单》的价值毫不怀疑，但他对《清单》是否适合我们不确定，他还是愿意冒一次险。

没错，对一本书的态度，更广义地说，对待特定物质的态度能见到一个人的本性。也可以再补充几句，以免你对老六的了解过于抽象。当年老六就是校园明星，古琴弹得相当棒，据说京城的整个民乐界都挺认可他，不管是江湖派还是学院派。他很奇特，有这个底不去音乐学院，来了我们这所综合大学，进了大学，也没有顺理成章去学校的民乐团，来了学术部。学术部的活动，他始终像个热情的新生一样把分配给自己的事情做好，可是在这之外，又没有多少和人交流的兴趣。离开学校之后，他的情况偶尔也能在大大小小的媒体上看到。据我所知，他现在是处于半隐居状态，在凤凰岭弄了个小院，一年做两三张琴，演出个七八回，足够衣食无虞。然后就弹琴、喝酒、读书，四处游走了。

4 号读者

对，还有一年就毕业了。谁知道呢？想留在北京的高校，不在国外读几年书，拿个学位基本没可能。其实我现在很厌倦和人打交道，就算是一茬茬青春逼人的大学生，也提不起兴趣。真去高校，也不过是躲清静。我跑来读博就是不想再和人打交道，至少也不要那么频繁、亲密，一点儿距离都没有。我现在就想，尽可能地一个人待着，喝喝茶、看看书、发发呆，像老六那样过着散仙的生活。

可以这么说。不，必须这么说。没有丝毫夸张的成分。那一段时间我到了临界点，我的工作本来就是和人打交道，受客户的委托，帮他们组织各种事项，勾连各种关系，解决各种问题，而这一切的一切都指向人，都需要揣摩人，找到最恰如其分、最当其时、最让别人熨帖的那个点。最初我感觉非常好，觉得自个儿就是万能的润滑油，只要在场就能消弭摩擦，保证运转。可是润滑油也会厌倦，也会明白实际上没人管润滑油在想什么，需要的都是你的功能。就像是掉进了一个黑洞，被吸附被耗蚀，慢慢变成了空空的皮囊。所以，再看见在眼前出没的那些脸，看见自己那张在不同物体上映现的脸，就总想拿出兜里的瑞士军刀，在上面打个×。

那天晚上老五固执地读了一会儿《清单》，他停下后，我是第一个鼓掌说好的，那时我压根儿就没太听懂。当然我也不是逢迎老五，我们六个人能持续这么些年在一起，就是因为彼此都放松。读几个小时书而已，不外乎是听别人的声音或者让别人听自己的声音，没有那么多需要纠结的地方。我率先反响热烈，仅仅是因为，这本书和我们之前读到的不太一样，让我一激灵。那天晚上离开的时候，我管老五借《清单》，问他能不能让我看一天，周一就递回给他。结果老五说，他刚好又从一家旧书店买到一本，那一本就送给我了。老五还很体贴地说，这样我就不用赶进度，囫囵吞枣地把它看完了事。我看书有个毛病，一本书要是没有一鼓作气看完，下一次总想从头看起。《清单》简直就是专门为了满足我这个毛病写的，很多地方经得起细读、琢磨，每次从头看起都有新的收获。比如说最开始的"可及"部分，我琢磨了一段时间，才明白是按照眼睛、耳朵、鼻子、舌头、身体、意识这六样分别可以抵达触及来列的，又过了一段时间，我才想明白这六样就是通常所说的六根。可是想到这里反而麻烦了，因为后面的"不可及"并不是简单把这六根颠倒一下，或者在前面加个"不"就可以。就好像玻璃杯，眼睛看得见，敲一下耳朵听得到，装上酒啊饮料什么的，鼻子闻得到舌头尝得到……它怎么就放在"不可及"里面了呢？

就是这么反反复复看翻来覆去琢磨，让我下决心从公司辞职，而且我还第一次那么草率地毫不顾忌别人感受地扔下辞职信就走，工作什么都没交接，直接把公司、客户有关的联系方式删除、屏蔽，就好像要从这一行彻底人间蒸发。说一本小说促使一个人辞职、考博显得很浮夸，可这就是我的实际情况。不是说《清单》的内容给我多大震动，内容当然很好，就算我还没有看完，给个"出色""佳作"之类的评价也还是适当的，它也可以用碎片化、后现代、东方奇观等一大堆词语来分析。但震动我、推着我做了一系列绝不回头的决定的，是它的作者章千里。能这么不在乎他人的评价，不关心他人的感受，就按照自己想要的写出一本书，做成一件事，这多了不起！

5 号读者

是，是我介绍给大家的。其实，这些年下来，我有时候很忐忑，因为我不知道把《清单》介绍给大家我究竟做对了没有。如果我们不是沉迷于这本书，而是把其他的书作为固定的读物；如果我们不是任由章千里的个人化的分类方式进入我们的生活，而是选择一本更宽阔、更接近生活本身的作品，是不是会不一样？我也难以确定那样的作品究竟是什么，但比如说《论语》《庄子》《圣经》或者莎士比亚的作品、杜甫的作品、歌德的作品，这些精神上古典倾向的作品呢？《清单》尽管提供了一种可能，每个人都可以把自己的生活无限次地纳入这本书里面，以个性化的罗列方式去接近生活，但它的琐碎它的个人化，这本身就是狭窄的，对不对？真正的古典是绝对不会貌似还原，实则放弃的，对吧？当然，我也没法说古典一定更高，这种由神判定的事，咱们凡人哪里说得清楚，我只是担心由于我的影响，人为地把大家的可能性给缩窄了。不能这么说，就算老三一腔美意，我也不能接受。做个好人并没有意义，重要的是，可以说唯一重要的事，是做个自足的人。更何况，所谓好人这件事已经困扰到我了。我对自己是个好人——在描述层面，我要承认老三说得对，我是个他妈的好人——这件事本身很困扰，进一步，我又对自己居然为此很困扰而困扰。这可真是个越系越紧的死扣，又是个再怎么都有继续往下系的空间的活扣。

不说这些，这么说下去就没法好好聊天了。回到你的事情上来吧，和他们聊得怎么样？哦，谢谢，你是个好人。我们不纠缠这个了，就让我自己纠缠吧。反正，这么些年我们都读了下来，都把《清单》作为每一次的结束朗读了。那个层面上的纠结就留给我一个人吧。说说这本书。我就知道你对这个感兴趣。说实话，我也很感兴趣。可是我告诉你，很奇怪，我也不清楚那本《清单》是怎么到我手里的，不过它是在 2003 年 6 月 25 日那天到我手里的倒是很清楚。前一天世卫组织刚刚解除对北京的旅行警告，将北京从非典疫区名单中排除，我们在学校里憋了好几个月，真的就像刑满释放一样，感到走出校门一步就是走进了自由。我上午和同学去了一趟三联书店，买到一套四卷本的《殷海光文集》，其中第三卷被删减得非常厉害，就想找到上海三联出的《中国文化的展望》，很奇怪，三联书店没有，我就又独自杀回海淀，去了万圣书园，总算找到这本书，心里踏实了。翻来翻去又买了包括柄谷行人的《日本现代文学起源》、哈罗德·布鲁姆的《影响的焦虑》等书。然后顺便去了趟海淀图书城，我经常去的三楼的那家野草书店，买了河北教育出版社那套著名的"20世纪诗歌译丛"里面的几本。

等我下午回到宿舍，完全是背包鼓鼓囊囊，钱包空空荡荡。结果，我一放下背包，就被同学拖出去喝酒。大家都憋坏了，痛痛快快地喝到晚上十二点，所有人都不知道自己怎么回到宿舍的。第二天上午我快十二点才醒过来，吃了饭洗了澡，我从背包里掏出书来，开始在扉页写上什么时间购于哪儿。没办法呀，那时候没多少钱买书，决定买的一定是打算长久保存、反复阅读的，在扉页上写这些信息一方面有点像记日记，留个线索，另一方面也是万一被谁借走或者顺走，也方便索回。一共十七本书，十六本我都记得在哪家书店买的，脑子里也有拿起书，翻看、购买的细节。就是章千里的《清单》，不但不记得究竟在哪家店买的，连见过这本书的印象都没有。

不是，不是，你肯定见过那本书，看一眼就忘不了吧？就是，那时候走这种极简风格的封面凤毛麟角。现在好多书都花里胡哨的，恨不得连装订线、刷胶都要设计一下，拿到手里早就不像书了，倒像是一团毫无用处、毫无营养的彩色棉花糖。《清单》呢？白纸、黑字，封面上就书名、作者名、出版社名。和当年的白皮书差不多。选了一种特种纸，这个千万不能用铜版纸，光溜溜的又刺眼又滑腻。有点毛糙的，吸墨性好，看在眼里，拿在手里，讲究，不做作，大道至简。这样一本书要说是我自己买的，绝对会有印象啊，可就是一片空白。我还问了同屋，是不是谁的书放混了，结果谁都说之前没见过这书。

好吧，就算是凭空出现的，我也没有理由拒绝一本书。我决定

把它据为己有，可是在扉页上我还是写着"2003 年 6 月 25 日，购于
三联书店、万圣书园、野草书店?"。加个问号自然是表示不确定，
不过也有点自得其乐的意思。直到毕业之前，我翻过三四次那本书，
没有一次看得下去，拉个清单把周遭的东西都敛进来。什么牙刷、
梳子、书签、镜子、自行车、棉线、碗、垃圾桶、眼镜……不管挨
得着、挨不着，都给放了进来，这种大杂烩也敢说是长篇小说？我
每次放下它心里都恨恨地想，我瞎了狗眼才会买它呢！后来我也就
没翻过它了，要不是毕业之后搬家搬得急急忙忙的，所有书全部被
我同学一股脑儿放进箱子里打了包，我估计那时候就把它扔了。

你别说，书和人的关系也真是玄妙，简直就像人和人之间一样，
也要靠缘分。毕了业都六年多，有天早上，我又是宿醉醒来，自我
厌弃最为强烈的时候，想在书架上找本书翻翻。平时经常翻或者用
来镇宅的书那时候完全没胃口，看到《清单》，我忽然想起了它也是
一次喝醉之后莫名其妙到了我手里的，鬼使神差地取了下来。这一
看居然就看进去了，不但看进去了，甚至还觉得，我毕业之后这几
年的生活简直就是在为了读懂它做准备。

6 号读者

这么晚了，咱们也别耽误时间了。问了五个人，想必你想知道
的都问到了吧？哦，不，不，不。不存在。他们说还是我来说没什
么区别，就别耽误咱俩的时间，更别耽误大伙儿的时间了。你怎么
会想着做这个？你和章千里熟吗？是这样啊。难怪这些年完全听不
到他任何消息，你们都不知道，我们这些读者更不知道了。但愿！
如果你真的见到他了，就替我问个问题，这个问题也是我能就这本

书，能就我们的读书会和你聊的最重要的事，不管他们之前有没有和你说起过，至少是我本人的关切。

你帮我问问，这些年他都在做什么。

书评人

1

敲门声响起时，姚翔打包书打得快累坏了。

是顺丰快递员，是最普通的快递信封，信封上硕大的 logo 字母 SF 如常醒目。姚翔签完字，关上门，也就此在椅子上坐下来，歇一会儿。他掂了掂信封，并不重，捏了捏，棱角分明，比通行的小十六开还大，也比一般的书薄。也许是本杂志。

撕开信封之后，是一本打印好的稿子。那种常见的用 A4 纸打印、装订成册，浅蓝色的纹理清晰的特种纸作为封面，封面上以三行文字分别写着"清单（增补版）/章千里　著/2016 年春·北京"。姚翔有点诧异地翻了翻稿子的前后，再翻开封面，翻了几页。没有目录，像是词条一样列出了一些内容，有的是日常用品，有的是想象性物件，有的纯粹是流淌的意识。

这会是谁递来的？姚翔拿过信封，细看贴在上面的单子。字迹模糊，收件人信息还勉强辨认得出来，寄件人信息勉强能辨认出"西三环"，姓名、电话那儿若隐若现的墨迹，也不知道是写得轻没透过来，还是根本没填，由笔头指甲留下的痕迹。

作为书评人，姚翔经常收到报纸、杂志、网站合作编辑递来的书，一些出版社的编辑也会递来新出版的书，希望他有空翻翻，有兴趣写写。没有出版的稿子很少，就算是出版社想要先期预热或约稿，递来的也都是试读本，再不济也是清样，或者干脆发来电子版，像这样一看就是找个打印店做出来的稿子，他之前真没有收到过。多半是作者递来的，可这个章千里是谁？喝完一杯水的工夫，姚翔也没有想起来。管他呢，他把稿子塞回信封，把信封扔在腾空的书架上。

还有客厅里两个从宜家买的书架上的书没有打包，姚翔给自己鼓了鼓气。书房三面墙上大大小小的书架都摆满，靠窗户的书桌前后都快堆得将姚翔淹没在里面时，小满发了善心，总算同意将客厅里本就小得可怜的空间挤出点地方来，让他新添两个书架。现在架子上也是横着往上一层层地码着，不像书房里的架子上，有着清晰的分类，什么书可能在哪里一望而知。

有什么办法呢？姚翔也知道自己对书完全是一种病态的占有欲，但凡看见喜欢的，就一定要买上一本，放在书房里、架子上，这样才能稍稍缓解百爪挠心的焦虑，可是他又没有办法，因为只要想到自己在看的书是经过了无数人的手，上面留下了他们的指纹、汗渍，可能还有唾液、皮屑和眼泪，他就无法在图书馆里安静坐下来，坐下来也无法面对在眼前摊开的书，身上一阵阵冷汗直冒。因此，凡是能够买下来的书，他都一律买下来，实在稀缺买不到或者过于贵重买不了，需要去图书馆查阅，姚翔都戴上口罩，戴上白手套，小心翼翼地接过管理员递来的书，轻轻翻着纸张。看他这副模样，不知就里的人都很感动，认为这个人对文化对书籍太虔敬了；知道他是为了避免别人通过文字、书籍与他发生身体—精神的双向接触，都会在心里骂一句"傻逼"。

"我也不想这样，可是我控制不了自己。你看我以进苍蝇小店为乐事，更是地沟油的坚定拥护者，就知道我不是纯粹的洁癖。我跟你说，作为男人，我对自己与男人接吻都能在想象中接受。可我就是忍受不了和别人共享一本书，更接受不了拿着、翻看别人摸过的读过的标记过了的书。"有一次面对小满疑虑的目光，面对她因为不解两个人并不轻松地租住着一套两居，他还非要拿出一间来纯粹当书房而且眼看着这些书籍就要越过界限、侵略到其他房间这一状况而不满，马上就要发飙时，姚翔费力地对自己的病症予以了解释。

不管怎么说，小满接受了他的解释。不接受又能怎么样呢？毕竟两个人都习惯了一起生活。不过比起那些纯粹藏书成痴，把自己变成只拜访不阅读的书橱、书架一类的人，姚翔还是好了很多，至少买回家的书他都会撕去塑封或者塑料袋，兴致勃勃地翻上几番，而绝对不容忍上架数年仍旧如新这等情况发生。更何况，他还在阅读中养成了很好的记录、分析的习惯，并且勤于笔耕，只用了几年时间就成了圈内颇有名气的新生书评人，卖文的钱除了买书，还能贴补家用。

就这样，姚翔再买书，小满也就睁一只眼闭一只眼。只是在添了两个宜家书柜后，客厅有一段廊道堪堪只够一个人勉强通过时，明确要求，今后屋里不许再添书柜、书架了，如果姚翔再买书，就自己想办法、找地方。就是这样，后来也买了不少书，以至于两个书柜都堆了码、码了塞得像个消化不良偏又收着腹的病人，每次一拉柜门，就噼里啪啦滚出、掉下好几本来。

现在还是照样，华莱士·史蒂文森的《坛子轶事》打头阵，然后是一套《酉阳杂俎校笺》四本挨次翻滚跌落，接着是厚厚的原版 *The Exegesis of Philip K. Dick*，最后是几本小书。姚翔站在那儿等着，看着它们都落在了他经过计算铺好的地板革范围内，等着终于没有书再掉出来，才一本本捡起，尽量按照尺寸码放在纸箱里。这样足足装了十个纸箱，才把两个柜子里的书装完。装箱子之前，房间被书架、书柜构造出了狭长逼仄的感觉，现在书都敛进箱子，房间不经意间呈现一种分裂景象：平齐望过去，书房也好、客厅也好，目光首先被空荡荡的书架和书柜夺去，因为那一排排狭长形的空荡，视野开阔了不少，可是一动脚，却处处不便，哪里都有装满箱子的书在等着。也难怪，毕竟书从架子上下来，占据的空间大小没什么变化，只能从房间里夺取。

姚翔叹了口气，小满晚上回来后一通抱怨是少不了的。好在搬过去的地方要大一些，而且离她上班的地方也近，估计以后她的心情会好很多。这么想着，他拿过手机，想拍两张照片从微信先发给小满看看，让她先有个心理准备。手机里有一条新的短信，估计他刚才忙着搬书，没有听见。

"姚翔兄，顺丰通知我，稿子你已签收。请兄多多批评。章千里拜上。"

姚翔愣了好一会儿，才含糊地回了短信，"章兄客气了"。

2

本就不大的房屋中介公司和上次姚翔来的时候一样，挤了不少人，那个喧闹劲头，和卖菜卖肉的早市差不多。姚翔走进了里间的办公室，一眼看见小田正在打电话，他早就扯开了领带，一只胖手扇着风。

小田也看见了姚翔，他说了句什么，然后捂住听筒，站起来说："哥，您来了！您请坐，我接完这个电话。"

这一侧的四个位子八把椅子上都坐着人，干站在那儿也尴尬，姚翔便说："得了，我出去抽根烟，你打完电话出来找我吧。"

一根烟没有抽完，小田就出来了。小田手里拿着一包软中华，略显做作地撕开，抽出一根，死活要递给姚翔，死活当场就要给他点上。看着姚翔吸了一口，再看着姚翔吐出烟来，小田才叹了口气。

"哥，实在不好意思，没想到会出这档子变故。我也是昨天临下班了才接到业主电话，说他刚刚回到国内，房子不卖了。我赶紧给小满姐打了电话，就怕给你们带来不便。"小田丧着脸，又递上一根烟，恨不得姚翔这一会儿工夫把整包烟都抽了。

"什么叫不便？你说得轻巧。我早就跟你说了，打算这两天就搬过去，家里都收拾得干干净净，搬家公司也找好了，你临时给我来这一出。"姚翔忍了又忍，才没有爆粗口，"我说我一直催着办过户你们不给办，是早就想好了的吧？看见房价上涨，反悔了。"

"哥，您冤死我了。您说，反悔对我有什么好处啊！就算这房子再卖，就算比现在多二三十万卖出去，就算还是我接这个单子，我总共也才多挣几千块。可您知道吗？本来咱们这一单已经算进我这个季度的业绩了，这样进公司三年来我第一次季度业绩可以评上优，额外能拿到两万块的奖励，现在倒好，业主反悔，这一单就得作废，我勉强能保住个中评就不错了。您给评评理，我为什么要折腾这个啊?!"

小田缓了缓，看姚翔始终铁青着脸不说话，递过烟去也不接，只好自己点上，结果一口吸猛了，反而呛得一通咳嗽，两只眼睛泪汪汪地望着姚翔。姚翔看着他的样子，要怒怒不起来，想劝慰又赶紧打住，好一会儿，才开口说："别给我演这些了，你告诉我，你们公司什么意思?"

"谢谢哥，拿我当实力派。"小田还是那副顺杆爬的德行，一看情况变化就油腔滑调起来，不过他也意识到了现在说这些不合适，因此真真假假咳嗽了两三声。

"昨天下午接到业主电话，我就赶紧去了小区，结果您猜怎么着，他已经把锁给换了，而且无论如何都不开门，说有事通过电话协商就可以了。没办法，我只能回来告诉经理实情，请经理帮我跟他通过电话协商。业主说，虽然他之前给了公司全权委托，也通过微信和我随时沟通，保持对房屋交易进展的关注，但是他不了解国内房屋市场的变化，受到了公司和我本人的误导，以至于以远低于国内市场的价格同意出售房屋，因此，为了维护个人权益，他决定终止本次交易，收回给予公司的授权。业主还说，他也是通情达理的人，之前收到的首付他会在大家达成一致后三个工作日内退回。同时，业主也愿意考虑对您本人造成的影响，酌情予以补偿。"

"也愿意，考虑，酌情，业主是外交部的吗? 说话这么字斟句酌，留够了退路，还一副我必须领情的架势。"姚翔听到这里又来气了。

"哥，哥，犯不着跟他计较，您想一个毁约食言的人，肯定鸡贼得要命，顾不上自己理亏也要把话说得滴水不漏不是。再说了，咱们也不稀得他补偿，对吧？咱们就是要一个'理'字，按理该怎么办就怎么办。"

小田赔着小心，姚翔还是听出来了他话里一层一层的意思，"小田，你老实告诉我，是不是有什么环节你做得不妥当，你们公司没法跟人业主较真啊？"

"哥，这个真没有，这么大的事，打死我也不敢啊！"小田猛吸了一口烟，又递过来一根，姚翔索性不搭理他，小田倒也真是练出来了，若无其事地收回烟。"我们律师分析了现在的情况，从法律上来说，咱们只要申请了证据保全，手机上的授权、沟通信息、业主对购房条件与条款的认可等等，这一系列就构成了完整的证据链条，打起官司来，咱们获胜的把握很大。"

"你等等，你等等。你说手机上的授权，你之前不是给我看过书面授权吗？还有业主的签名和日期。这怎么解释？"

小田的脸一下红了，"哥，授权书确实是业主同意了的，有微信往来为证，我也让他打印出来了授权书、签上字先拍照发来，然后再把原件快递给我。上次你看到的就是我根据照片打印的，原件一直没有收到，不知道他是不是那时候就留了一手，以便将来反悔"。

"不可能。当时我们看得很细，上面是手写的签名。"

"那个，那个是我照着他的签名描的。哥，哥，哥，您息怒，都怪我特别想做到优秀，所以描了一下签名，但您看，这个授权确实是他发过来的。"小田说着赶紧掏出手机，找到那张图。

姚翔扫了一眼小田的手机，他的目光久久地停在小田脸上。小田被他看得低下了头，然后畏葸地后退了两步。

"哥，我对您没有半点隐瞒。不是，我是说，我现在起对您没有半点隐瞒。我也和律师说了，律师说，整体上对证据链条不构成影响，但因为操作上的瑕疵，真要打起官司来，对方确实可以提出异议。这些异议对最终的判决不太可能有影响，也就是说，法院判决下来，咱们多半是胜诉的。问题在于，等到各个环节都搞清楚了，法院也判决了，说不定要一年半载的。就算法院判咱们赢了，房屋售卖有效，对方有心要赖下去，不腾不搬，咱们再申请强制执行，又是一年半载过去了。时间未必准确，就那个意思吧。反正只要对方铁了心，要耗下去，时间就短不了。您说，咱们谁耗得起啊。耗得起时间也耗不起心情，是不是？"

"你就别啰唆了，直接告诉我，你们公司打算怎么处理吧。"

"是。公司的意思，首先咱们不和他纠缠，同意他终止售卖，前提是有一个合理的能让您接受的赔偿。其次，公司建议您现在的房屋再续租三个月，这三个月的房租由公司承担。跟您说实话吧，哥，实际上就是由我承担。第三，公司会在相同区域、地段，为您寻找条件相近的房屋，以往常的情况估算，三个月内肯定能找到房源，完成交易相关手续。公司也承诺，这次售卖免收您的佣金。——这桩售卖仍旧由我办理，也就是说，佣金里面公司那一部分从我的收入里面扣除。"

"这么说，让你损失不小啊，我都有点内疚了。"

"哥，千万别这么说，都是我做事毛糙，有点损失也是个教训。

公司也是体恤我们跑腿不容易，因此这第二次售卖虽然不收取您的佣金，但仍旧算我季度业绩。我要是拼一拼，真拼到优秀，也还是能弥补不少。我们经理没说，但我也听得出来，他也不想我一拍屁股走人了，那样留下来的烂摊子就只能他收拾了。"

"小田，不错啊，苦肉计和恐吓威胁玩得都很转嘛！"——这句调侃的话姚翔到底没有说出口，小田一番话固然耍了些小心眼，但也是实情。其他不说，小田要真辞职走人，让他光和公司把事情扯清楚就得费一番口舌。业主既然反悔，肯定也是想好了对策，打算赖到底了，谁都知道，现在打官司有多费劲，赢了官司要执行有多费劲。

"好吧，小田，我也不为难你。你说的这些有个前提，就是我现在的房东同意我续租三个月。如果他不同意，我估计就得找你们扯大皮了。"

"这个您放心，你们房屋的中介虽然不是我们公司，但那边的经理我认识，我托他打听过了，你们不租了之后，房东打算把房子装修一下，明年儿子结婚用。因此，他没有再找新的租户。你们要是再租三个月，时间上正好。"

3

岳重像个总管一样，从兜里掏出钥匙包，打开桌子左边的抽屉，再从抽屉里拎出一串钥匙，转身、迈步，走到窗户边的柜子前，逐一打开左右三排、上下各二，一共六个的柜门。门户大开。

他伸手做了一个请的动作，说："蓬门今始为君开。"

"开开开。话说在前头啊，书归书，书评归书评。"姚翔没有一丝儿不好意思，以扫荡一样的细致与粗暴，从上到下、由右至左地挨个书柜翻腾，凡是看得过眼的就抽出来，放在另一张桌上。

"废话！你有工夫每本都写一篇，我也找不了那么多地儿给你发！"说归说，岳重站在那儿，跟随姚翔的身影，目光落在柜子里的书上，和一位随同红娘一起打量成群儿女的慈母相仿。姚翔的右手扒拉过去，他就一脸期盼、一脸紧张，交替着得意之作被发现的骄傲、被错过的不忿。

三个柜子扫荡完后，姚翔就挑出了十来本书，岳重扭成一团的表情也分不清是得意还是心疼。

"要不要这么贪心啊？"

"这算什么，大半年没到岳老师这儿扫荡一次，十本书都翻不出来的话，只能说明岳老师工作不认真。放心，十本为界，我会经过二轮三轮筛选的。怎么样，有没有参评好书已经进入最后阶段，哪本书被淘汰下来都很可惜的感觉？"姚翔正贫着，手机响了。拍了拍手，掏出电话，是个似乎有点儿印象的陌生号码。姚翔忽然有了一种异样的、不舒服的感觉。

"姚翔兄，你好，我是章千里。我的小说《清单》，昨天快递给你的。"电话里的声音有点干燥，后鼻音偏重。

"噢，章兄，你好，你好，你好。"三个"你好"，姚翔说得越来越轻，越来越冷淡，说完，他就握着手机冷冷地等在那儿。

"嗯——姚翔兄，我想问问，我的稿子你看了吗？"章千里显然感觉到了姚翔的冷淡，但还是坚持问了下去。

"噢，还没来得及，昨天今天都在忙，要搬家，杂七杂八的事，等我……"说到这里，姚翔恼怒起来，恼怒章千里也恼怒自己，"那个，章兄，我不知道你为什么要把稿子递给我，但你肯定搞错了。我只写书评，不评没有出版的稿子。要是你想，呃，想通过我写点什么有助于稿子的出版，我肯定没有那个影响力；要是你希望我把稿子介绍给出版界的朋友，那倒……那倒还不如你直接找上门去有用。"

"姚翔兄，你误会了，我把稿子递给你不是想请你帮忙介绍出版，也不是要麻烦你写两句……咳，是这样，我前一段时间看见你一篇书评，里面提到了《清单》的上一版，虽然是附带提了几句，也就一百来字，可是我看得出来，你真正懂《清单》。我正好完成《清单》的增补版，就想着也许你有兴趣翻一翻，所以，就，就给你递了一份。"

"什么?!"姚翔惊讶地问道，他搜索了一番记忆，没有丝毫印象。"不好意思，我确实忙晕了。恭喜大作增补版竣工……您，你，你预计增补版什么时候出？会在哪家？还是上一版的……"

"看情况吧，我想先听听反馈，我会请一些看过上一版的朋友，让他们看看增补版究竟有没有价值。出的话，我还是希望能在作家出版社出，不过都过去十多年了，得要看编辑的意思。"

"作家出版社当然好了，我，我正好来作家出版社这边看一个朋友，当时的责编是谁，说不定我可以帮你问问他?"姚翔急急地问了一句，转过身瞥了岳重一眼。岳重显然听到了他的话，正好奇地看着他。

"噢，你等等。"电话那边传来找书，翻书的声音，"责编是两个，一个是江林江老师，我一直和他打交道；还有一个叫岳重，我就没见过他，好像是个年轻人。"

"好的，好的，我要是看见岳重岳编辑，一定替你向他问好，问问他增补版出版的事。"

"什么情况？"姚翔挂完电话，岳重就问上了。

"没什么，你原来一个作者，说我在一篇书评里面提到过他的作品，非要把增补版递给我，追着问我读了没有，感觉怎么样。说老实话，他的名字和作品我都陌生得很，压根儿不记得会在什么文章里面提到过，可是别人一副特别领情的样子，我也不好说出口。不过，也向你带个好吧，虽然这个带好是我主动要求的。正好，你也别受之有愧，我明天就把那个稿子转递给你，你看看能不能出，给人回个话，这事也就算了了。"姚翔没有急着继续找书，说完看着岳重，一派重担转交的释然。

"了什么了？你往我这儿一推就算了。"岳重皱了皱眉，"这人叫什么呀？书名有没有？"

"有，有，有。章千里，立早章，千里马的千里。稿子叫《清单》，有点难分类，小说不像小说，随笔不像随笔。你有印象吗？他说上一版在你们社出是十多年前的事了，是你和江林老师一起责编的。那时候估计你刚到出版社没多久吧？时间啊，说起来真他妈快，转眼间你都来作家社十多年了，资深了。"

岳重站着没动，也没有接茬姚翔对时间的喟叹，他皱着的眉头仍旧没有舒展。

"你说的这个人，这本书我都有印象，你还记得我 2002 年到社里实习吧？实习接的第一个活就是《清单》，江老师让我看稿、填发稿单、写封面文案、送校对、核红，全流程都走了一遍。那是本补贴书，作者给些钱，也就印个三千册的样子，作者拿走五百，剩下的社里发。这样的书正好让我练手，第一本书，我多有热情啊，恨不得把对文学的理解都用到上面来了。发稿单、封面文案都写得像文学评论一样，虽然江老师后来把我的文案简化到了极致，但我还是给他留下了很好的印象，他逢人就说我做事认真。第二年我毕业能留下来，跟这本书做得好都有关系。"

"好吧，看来今天来你这儿真不是偶然的。"岳重这么郑重其事地回忆，姚翔只得先开了个玩笑，"对你这么重要的书，肯定还留得有吧？赶紧给我找一本，我拿回去对对，看这家伙这么些年增补了什么内容。"

说着，姚翔转身继续翻找柜子，而且夸张地直奔最下面的柜子，直接去掏最里面的书，好像确定那本书的藏身处一样。

"别找了！那本书根本就没有上市，别说我，江林老师和作者也肯定都不会有，这世上肯定一本都没有。"岳重说。

"什么?!"姚翔呆在了原地，纯粹是下意识地问一句。

"喂，喂，喂——"岳重也有点慌了，走过来在姚翔肩膀上拍了拍，"没事吧？脸色怎么这么难看。"

"哦……没事，没事。"姚翔轻轻甩甩头，"你刚才说那本书，章千里的《清单》根本没有上市？连一本都没有？"

"也不能说得这么绝对——你坐，事儿有点长，好在今天我屋里这俩都没来，有的是时间讲给你听——我不敢保证那个章千里有没有在其他地方出过这本书，但作家社是绝对没有的。这么说不严谨，严格说起来，应该是这本书在作家社拿到了准生证，也来到了这个世界上，但是未出襁褓就夭折了。"

"操！你让我猜谜呢？直白点。"

"唉，不是看你晕头转向的，先让你缓过来才好切入正题嘛。好，不闲扯。那本书确实是我到社里后经手的第一本书，校对、设计、印制都好了，毛书都看了，已经定好哪天送样书，然后入库了，你猜怎么着？"岳重又卖起了关子。

"我上哪儿去猜？"姚翔没好气。

"给你点提示。之前说过，我是 2002 年到社里实习的，这本书下厂是 2003 年春，想到什么没有？对。正是非典。这本书下印厂的时候满北京就已经人心惶惶了，好不容易印制完毕，都定好 4 月 22 号送样书。因为印厂车辆安排不过来，作者又着急，就说好 20 号作者自己去厂里取他那五百册。结果，作者不知道为什么，20、21 号两天都没有去印厂。到了 21 号晚上，印厂有个工人发烧，整个印厂都被隔离了，社里的样书送不了，作者取样书也进不去。更倒霉的是，隔离还没结束，印厂隔离的工人因为喝酒、抽烟，把工厂给点着了，虽然没有伤着人，没有弄出太大的事来，但有一批印好的书连同胶片都烧了个精光，其中就有这个章千里的《清单》一书。你说背不背？哥们儿的第一本书哇！那书挺好玩的，要不是烧了，还可以写到工作简历里。"岳重说完，往椅子上一靠，看过来。

"这就没了？！"姚翔难以置信，"人作者的心血，都到了最后一步，烧了就没了？人又没有什么过错，烧了也不赖他啊。总不至于因为说好了去取书没去就要承担所有的责任吧？再说了，都到了印刷阶段，前面的工作都做好了，大不了重新出片，重新印刷嘛。"

"是，大不了重新出片印刷。可是你也知道，接下来两个月时间，全北京几乎完全停止了运转，社里也就是安排人轮流值一下班，谁还顾得上这些零碎。等到6月底解禁，7月开始恢复生产，一切完全正常都快9月了。那时候全社的重心都在抢畅销书、发货、回款上面，谁还有心思来管一本夭折的补贴书啊？印厂老板也认账，说所有烧了的书、由此造成的直接损失他都赔，但也希望社里时间上宽限一点。这种情况下，谁能不宽限呢？我后来忙着开题，写论文，答辩，一周到社里也就一天，最多两天，帮着干点琐碎的事，一直到2004年5月，已经定了来社里，才又开始完整地编辑一本书。"

"你没有再问《清单》的事了？"

"问过一次，江老师说解决了，他说作者挺通情达理的，工厂把他补贴的钱退给他就算了。再多我就没问，江老师也没说。"

"江老师今天来了吗？"姚翔说着，站了起来。

"你想见江老师？他都退了好几年了。四年，对，退了四年了。真要问的话，我给他打个电话？"岳重也站起来。

"不用，不用，那倒不用。也不是什么大不了的事，我就是奇怪，如果这本书根本没有出过，章千里为什么非要说我看过，还在书评里面提到过呢？"

"这有什么，你回去看看最近写的文章里面怎么说的不就得了。也许你就是顺带一提呢？当然也有可能，你现在名气这么大，人家通过这种方式和你套近乎吧。"岳重又露出了他有点吓人的坏笑。

"滚！反正我明天就把稿子递给你，下次他再找我，就把你的电话给他。你欠的债也该还了。"

4

晚饭时，姚翔一五一十地向小满讲了上午和小田、小田的经理就房子沟通的情况，小满又把上午在电话里没有问到的细节都问了一遍。

"得，反正都这样了，那就顺其自然吧。再住几个月也没什么，我也跑习惯了。"小满说。

"我之前还发愁呢，你这么多书，一个卧室都搁不下，都要挤到客厅里，真的只给半个客厅，最多多半个，能怎么放。我今天在网上找到一家定制书柜的，宽可以做到六十，高可以做到两米六七，格子的高度可以减到二十多一点。反正就是上门测量，根据需要定做出最有效利用空间的书柜来。这样一来也好，可以让他们早一点去做，还能放放味。"小满说。

"我在想，咱们现在这个时候买房是不是合适？毕竟都租了这么多年了，再说，现在房价又疯涨起来了，等一等也不算坏事。降是不可能降下来，涨幅慢一点总没问题。事情总有个尽头，等它涨到不涨了，咱们再看情况定也不迟。现在变化这么大、这么快，北京又要搬到通州去，那时候咱们住的地方就不是北京，而是首都了，谁知道房价会怎么变呢？等等就等等，你千万别着急。啊——"小满说。

"居者有其屋的思路是不是一定对？一定要买套房子，一定要把名字写在房产证上，要按照百分比来约定两个人对一套房子的分割比例，咱们是不是一定要这样才能安心？买房子的思路也许从一开始就是错的，就是对约定俗成、对世俗眼光的屈从。你想，买了一套房子，就算多一点，两三套房子，那意味着什么？财富。当然可以这么说。有恒产者有恒心嘛，可是咱们要这个恒心干什么？人生短暂，难道就应该用来束缚在一套房子上？难道我们就应该以一套房子为圆心，余生就围绕着它来转圈？就算半径长短可以伸缩，核心不还是在这里吗？往远一点说，所谓财富不也是生不带来死不带去，随聚随散的浮云吗？那还有什么必要把房子作为财富符号，一定要放在名下？这么一想，能够租房子才是更大的自由，对不对？比经济自由更大的行动自由。咱们可以离开海淀，去朝阳，去丰台，东城、西城、宣武、崇文，想去哪里，哪里还陌生，都可以租上一年的房子，搬过去。再远一点，密云、门头沟、顺义、大兴、石景山、延庆，都可以去住啊。是不是还没有听说谁在北京各区都住过的？胡同啊，社区啊，酒店式公寓啊，乡村房屋啊，各种房子咱们都可以去住。"小满说。

"咱们以前总想有个自己的房子，除了根深蒂固的汉民族文化心理的积淀影响，也因为你越堆越高的书让我焦虑，一想到搬家就头疼。现在再想想，那也不算什么，是不是？就算一年搬一次，再频繁一点，半年搬一次，无论如何，不也都能在一天之内搬完吗？这种并不能经常遇到的变化，我怎么还会想去拒绝呢？要从便利的角度考虑的话，我们完全可以把这些书都放在箱子里，随时做好动身的准备，我们可以做个目录，把每个箱子里装了什么书标示清楚，这样你再找什么书就完全有的放矢，比把书放在架子上效率还高吧。

要是你不想这么有条理，更好了，就让它们待在箱子里等着你挨个找过去。是不是保留了很多的未知，每一个箱子都充满了惊喜和可能性？"小满说。

"是没错，这一次咱们考虑买房子的主要原因除了虽然房价一涨再涨，但咱们工作这么多年后，攒下来的钱终于付得起首付之外，还因为现在住的地方离我单位太远，你不忍心让我每天再消耗这么多时间在路上。刚才说房子是固定死我们的圆心，单位又何尝不是？换个模式，房子、公司不就是固定的两个焦点，咱们每个人不就是在围绕这两个焦点构成的椭圆形面积里活动？既然房子可以不必固定在一点，单位又有什么必要固定在一个点？说实话，这个工作我也腻了。天天见客户，随时都准备接电话，我本来挺喜欢跟人打交道的，挺喜欢听别人说他们的生活，在不那么功利地来往后，建立起信任，对方给你讲讲他的开心、烦恼，你看到对方皱着眉、流着泪，听到他长吁短叹、欢声笑语，你不奇怪，对方也不奇怪，在这种时候，让我觉得和别人有关系，关系还很紧密——我喜欢这样和人打交道。现在呢，都是标准化的表情，一个模子里造出来的一样，说的都是无缝对接的事务性的话，没意思。你说，我是不是可以考虑换个工作？去做一个调解员，拿着大桶接别人倒过来的苦水。我也可以去做一个图书馆的资料员啊，只和图书打交道，目光就落在纸上，走在一排排的书架间，安安静静地。做个技术人员也行啊，小心翼翼地以毫克为标准地把试剂滴进要观察的器皿里面，在显微镜下观察让人又紧张又兴奋，恨不得窒息的变化。这些不是都挺好的吗？"小满说。

"说起换工作，它就不只是一份工作，对吗？做自己想做的事，这不是最重要的吗？大学的时候你和我说过的很多话我都记得。比如说，你想去支教几年，就像马骅一样，在一个完全脱离了之前生活的地方，踏踏实实，每次只做一件事。比如说，你想去海边，是不是三亚不重要，反正眼前是一片汪洋，然后拿起画笔，用一年时间画一幅油画。不要笑嘛，这些想法当然有些孩子气，不是想做的事孩子气，是想做这些事的原因、去做它们的方式孩子气，但是有什么呢？一辈子能孩子气地活着，至少活上一阵，这多开心啊。为什么不可以呢？需要离开北京我们就离开北京，需要在什么地方停下来就停下来，需要停多久就停多久。这样多好！我们还可以买一辆房车，买一辆依维柯把它改造成房车，我在网上看到过，有个人把他的车改造成了一居室的模样，有床有厨房有卫生间，开着就上路了。我们也可以啊，那我们就真正是以路为家，永远在路上了。再简单一点，我们可以把帐篷塞进大背包，就这么上路。"小满说。

"抛开这些一成不变的、僵死的生活。不要确定，不要固化，兴之所至地生活。彻底把我们的观念更换一下，迎接新的局面，这样好不好？我不是说新就一定好，况且，也没有什么日日新的生活。但是至少保留开放、变化的机会，每天早上睁开眼睛的时候，都不知道这一天会怎么结束，这种刺激，总能让人保持新鲜吧？当然会疲惫，但是不会麻木，对不对？这种生活的轮子一旦转动起来，根本就不允许我们麻木。不要房子，不要存款，不留退路。稍稍停下来就会被锋利的刃口划开一条口子，无法止血的口子。没有必要把这事浪漫化，也没必要把它恐怖化，对不对？所有的生活能够有效

地进行下去都只有一个前提，那就是对它的原理一清二楚，可并不
因此心生畏惧。"小满说。

"那自然也是一个选项，一种可能了。为什么要回避呢？选择固
定的死沉的生活是为了避免激活它们，一旦上了路，就无法排除。
我也没有说必定，对不对？不喜欢就不喜欢，不爱就不爱，没法在
一起就分开，这正是不畏惧的本义啊。就让我们如实地上路，如实
地迎接未知吧。肯定不会故意迎着这种我们都不愿意出现的局面撞
上去啊。在路上，我们肯定会是更亲密的爱人。因为我们都向彼此
脱去了伪装啊，那种惯性局面下的伪装，在确定的生活轨道上不可
能会被甩掉，在未知的撞击下，它们很快就会粉碎。伪装下面的面
目，我们那少见阳光的鲜嫩苍白的面目，是不是还能相处融洽？谁
都不知道。但有什么要紧！这一路上我们不要恐惧，不要因为恐惧
而压缩我们的选择。为人父为人母，只要我们想，只要我们觉得合
适，就可以去实现，我们就可以有自己的孩子。这不是自我放逐，
不是内心的流放，外在的也不是。我们也不维持外在的形式，为了
显示生活没有缩减而放纵虚荣心，去过多占有不必要的生活元素。
一句话，我们要必要的、充分的生活。这样当我们回过头来翻检时，
会发现一切都在它应该在的时间、位置，从来没有缺席过。即使一
时没有找见，也只是因为一时没有看见，迟早都会发现。"小满说。

5

趁小满睡着，姚翔擦去了她挂在睫毛上的泪水。他回到客厅，
看着码成堆的纸箱，下意识地掏出手机。

只要回到家里，姚翔就会让手机静音，一来避免来电打扰他写

稿的思路，二来也不想让铃声粗暴地闯进他和小满的生活。现在，屏幕上显示，他有三个未接来电。三个都来自一个号码，今天下午和他通过电话的号码，章千里的号码。姚翔看着手机屏幕上标识未接来电的红色数字，一阵恐慌不由自主地涌上心头，他抬头看看天花板，仿佛那里有一双眼睛正注视着他，他的一举一动都无所遁形。

压制住被窥探被监视的恐慌，姚翔放下手机，走到码放打好包的纸箱堆前，他搬过来一个纸箱，撕开封口的宽胶布。一本书一本书地拿出来，放在地板上。每一本书他都把注意力完全放在书名上快速扫过。只花了一个来小时，翻找了十多个纸箱，他就找到了章千里那本《清单》。

等到姚翔看完全书，已经是第三天的下午八点了。放下书，他给自己煮了一碗酸辣面，吃完面倒头就睡，一睡就睡了十四个小时三十七分钟。醒来后，姚翔拿过手机，和他预料的一样，过去的六十多个小时里，没有一个来电，短信、微信统统没有。

但姚翔还是毫不迟疑地，或者说，他还是急迫地拨了那个电话。电话接通，不待对方说话，不待确认对方的身份，姚翔就径直说。

"我们需要见上一面。"

清单（选）

可及

远山　在固定时间、固定位置，安达每天都从窗户这儿拍一阵。十八楼，可以保证他的视线、镜头越过渐次推远、起伏不定的楼群，落于远处的西山。西山自然不是一座山，而是连绵错落的山峦勾勒出的山群，成了西边的地平线或者视线没收处。气候不同，远山的面目便也不同。有时候只在烟霭雾气中，模糊的轮廓若隐若现，有时候也缀饰以白云，堆垒出更见庞大、涣散的体积。然而，也把远山推得更远。

　　每天安达拍的时候，郭阳都还赖在床上，闭着眼睛，懒懒地哼出"天气怎么样""你今天中午来一趟我们公司""穿那件浅蓝的衬衣就行""小李的事你帮我问了没有""晚上别等我回家吃饭了""九点到地铁站来接我"诸如此类的问题或者话语。安达拍完，把所有照片导进电脑，一张张对比下来，选定一张命名后放入专门的文件夹里时，她才从床上爬起来。等到安达把这一张照片再重叠进往日所拍的照片重叠而成的图片里时，她已经洗漱完毕，走了过来。

　　郭阳会站在安达后面，看着那张每日重叠而成的新图，仔细得就像在玩高难度的找不同游戏。看完后，她会伸出手指，在屏幕上指着几个点，或画出几条线，予以点评。

　　"这是今天新增加上去的。"

　　银幕　这就是柏拉图那个洞喻的现实版。记不清是多少回进电影院了，但是产生这样的联想，一旦想到就无法更改移动，这是安达第一次。痴想了一会儿光的投射、影的产生，真实究竟有多少重之后，她的思路跳到了银幕上。那还能算幕吗？安达吃不准。就算是幕，也是会如墙一般纹丝不动的幕。她想起小时候，放露天电影的时候，哥哥总是带着她去银幕后面。他们躺在稻草堆上，半仰望着有一层楼那么高的银幕，人和物的方位都是反的，但是大多数时候都毫无影响。很多时候都有风，大的小的，刮得银幕起皱或摇晃，就好像银幕上的一切、银幕下的她，都在一艘船上。船，则行在海上。

…………

不可及

他人　手顿了顿，刮胡刀错了错，一丝红色从剃须膏的泡沫里渗出来。安达怔了怔，刮胡刀交到左手，右手擦掉泡沫，脸上拉开了一道五厘米左右的口子。血还在往外流，不紧不慢，流出的都被泡沫稀释了，那红色显得一点儿都不真诚。打开水龙头，用清水冲了冲，这下看得更清楚了。这么快，口子两侧的皮肤都有点翻卷了，短时间内留下一道浅疤在所难免，但愿慢慢地疤痕会变淡，很快消失。然后，安达就看见了那个人，那个在他脸上剃须的男人。男人刚刚拿出剃须膏往脸上抹，抹到了耳垂附近才停下来。他也是先从右边开始，一下一下，就像是在用镰刀收割麦子。然后，男人停下来，他把刮胡刀交到左手，右手擦掉泡沫。看着男人擦掉泡沫，安达注意到自己的脸上再度流血了。只不过，这一次他分不清是从原来的伤口上流下来的，还是从男人的脸上流到他的脸上的。安达屏气敛息，一动不动，他告诉自己，千万不要回头看。这样僵立了一会儿，安达开始恨在脸上看到的那个人，也开始恨能看到他的自己。

玻璃杯　"有没有这回事，手握玻璃杯就能把自己注入其中？

其中是哪里，是杯子里空的空间，还是成为杯子的玻璃材质？如果是后者，那究竟是杯壁，还是杯底？"安达握着玻璃杯，问蔡霞。蔡霞从鼻腔里哼出了"不知道"。

············

占据空间的

啤酒　安达反复说："这是最后一杯了，最后一杯。"陆丽就笑，笑完了她就和安达碰杯。终于，又喝了四杯之后，陆丽再一次笑的时候，安达生气了。

"你他妈的不相信我，是不是？你以为我说话真和放屁一样？"安达问。

"我不是笑你说话不算数，我是笑你为什么要反复说，没什么必要嘛。"

"不，你不懂。"安达右手的食指摇了摇，"我是在说服我的胃，也不是说服，是骗它。啤酒是什么？是味蕾与胃囊分离的东西。从口腔到咽喉，都享受啤酒的冲刷，但承受的是胃。小小的胃如何能够盛得下这么多的啤酒，这么冰凉，味道怪异的啤酒？如果我不告诉它是最后一杯，它就没法放松警惕，更没法放松束缚，一旦胃拒绝接受，别说一杯啤酒，就是一口也休想灌进去。'最后'这个说法总是能提升耐受性，既然是最后一杯，那就不妨接受了吧。"

"说得真像那么回事。"陆丽大笑起来，笑完自己喝了一杯，喝完之后说，"这是我的最后一杯了。但愿我的胃能像你的那样不长记性，被一骗再骗都安之若素。"

"你算是抓住要点了。胃是人体中记忆力最差的器官，记忆时间还不到鱼的一半，所以你看，我只需要说两遍'最后一杯'，时间就过去了。"

"这是最后一杯了，最后一杯！"安达说完，抓起桌上的啤酒，一鼓作气吹掉了一瓶。

短信　梳妆桌的抽屉里，放着一只老诺基亚手机，那时候只能存下 30 条短信，安达经常斟酌哪些短信必须删掉。一段时间后她养成了习惯，手机里始终也就保存了 6 条短信，还都是女儿发来的。女儿当然在不断发来短信，但是取舍也始终在进行。一直到不用这款手机，它也就和 6 条短信一起保存在了抽屉里。那 6 条短信，每一条的开头都是"妈妈"。

············

可建筑的

城墙　安达想老老实实地建起一堵城墙来。这个愿望的生发没有任何深层次的缘由。建造城墙并不容易，需要先找到可以建筑的地方，还必须是在边界上，一堵城墙如果没有实际的用途，还有什么修建的必要呢？好在，安达有他的房子，连同房子外面的院子都是他的。安达不想马虎，他按照明代人修筑长城的方式，买来青砖、石灰、沙子、糯米，然后一层一层地把青砖码上去。城墙当然在必要的地方拐弯，垛子、瞭望口、射口也都要保留。这样的工程耗时费力，从院子里修筑一圈就花了二十年，再修进房间里面，沿着客厅、厨房、主卧、卫生间、次卧、客厅的顺序修出来，又是十年过去了。当再一次修进、修出后，房间里面已经只在局部留下容人侧身而过的空间。院子里面再修了一圈之后，城墙大功告成。不需要爬上城头，就能想象到城墙为他构筑了无穷无尽的世界。垂垂老矣的安达欣慰地倚靠在城墙这边，作为守城者，等待着攻城人的呐喊声响起。

....

可拆毁的

图书馆　接到拆掉图书馆的通知，安达很不安。虽然这座社区图书馆和他没有关系，他以前甚至不知道在这个将要拆除的小区院内还有一座图书馆，但他还是很沮丧，因为他总觉得，图书馆里一旦放上书，就像庙里塑了像请了神，已经有了灵气。不管放的什么书，不管放了多久，最多是灵气大小，就像神的高低。而灵气和神，总是高于人的。孟小萌也不赞同，她的理由要简单一些："儿子下个月就高考了，现在去拆图书馆，不是好兆头。"

是不是好兆头也都得拆，这个道理安达当然知道。孟小萌劝他干脆装病躲过图书馆，他没有听，她也就没再说什么。背地里，她当然没少唉声叹气。

真拆起来倒挺顺利的。安达亲自进到图书馆，本就不大的三个房间、十九个书架挨个检查了一遍，还都敲敲打打一番，以免遗漏下任何字纸，甚至连洗手间他都搜罗了一遍。所有找到的不便于带走的字纸，他都拜了又拜、念了又念，才一把火给烧了。然后钻孔机上前，从房顶开始，逐一将图书馆的各个房间推倒。在腾腾而起的尘土中，安达看见有一块醒目的黑色物体掉下，落进了瓦砾堆中，他挥手让钻孔机和推土机的司机都停下来。

扒拉开盖着的尘土碎砖，安达看见那是一块黑色的大理石匾额，已经破碎，他刨出来的是中间一截，上面一个鎏金的颜体字：書。

智齿　难道这时候它还在长？以什么速度长，会在这一刻长到触发疼痛的临界点？——疼痛是延后的。安达可以确定。因为他感觉到了疼痛来临，却仍旧有时间问了自己这样两个莫名其妙的问题。然后疼痛才像潮水一样，覆盖他的意识。猛烈的、爆炸的、灼烧的疼，沿着右腮下侧扩散，扩散中一根粗直的线轰然上蹿，直抵脑门。安达"啊"的一声尖叫，连自己都被这声音吓着了，右手原本要去捂住右腮，却因为声音太大，转而去捂住了自己的嘴。

捂住嘴却似乎阻断了疼痛蔓延的趋势、深入的烈度，安达有时间发现自己已经坐了起来，睡衣已经沾了一层汗，贴在身上。右手再偏移一点，到了腮帮子上，那里已经被肿胀撑得硬邦邦的。指头摁下去，有一点凹陷，疼却再度被点燃，让安达一个激灵，将他从床上赶了下来。安达绕着床转了两圈，无计可施，无可奈何。那强悍的疼痛让他手足无措，他只好开了灯，仿佛光亮可以缓解疼痛；他只好走到窗户边张望，仿佛深沉的夜里同一个小区还没睡的人能缓解疼痛。

然而听着上下牙床因为疼痛而战栗般地发出轻微的磕碰声，安达最终还是只能在桌前坐下，他拿出一面小镜子，找到一只小手电，准备张开嘴巴，查看一下那一颗之前一直安分，甚至不为他察觉的智齿，为什么会突然发作，引起这样严重的后果。就在嘴巴张开的那一刻，安达犹豫了，他不知道，是不是应该等陶乐回来让她来看，毕竟她是牙医，毕竟这么多年，他的牙齿都是她在照看，也是她告诉他，这颗智齿不用拔不用理。安达担心，没有得到陶乐的指引，那颗智齿将会混迹于其他牙齿，让他无处可觅。甚至，它转移到其他地方，兴起更大的疼痛与灾难。

　　记录仪　叶咏珊最后的身影是在记录仪上，安达久久难以接受这个事实。当然，他之前知道，咏珊在记录仪上留下了身影。但没有想到的是，他居然没有在其他的设备上留下她的视频。手机上没有，相机里也没有。

　　每天早上，车在离咏珊公司三百米远的路口停下来，咏珊下车，都会在说了"拜拜"后，有点刻意地走到车的右前侧，回头冲安达一笑，再挥一挥手。这是两人生活中近乎仪式的一幕，已经习焉不察，激不起丝毫的情感波动，然而却又是那么地不可或缺，以至于谁都不敢马虎过去。

　　而现在，咏珊一天早上道了别就了无踪影之后，它们成了安达可以最后摩挲的影像。因为是咏珊失踪三天后忽然意识到记录仪里面内容的可贵，那时候循环录制的内容已经覆盖了之前不少内容。尽管每天开车时间不长，上面也只能看到两个早晨的咏珊了。安达特意把两个早晨不足三分钟的影像剪出来，剪到一起，设置成循环播放。这样，他每天回到家里，一打开电脑，播放那段视频，就能看见咏珊无休止地往前走三步，以右脚为轴，转身、回头，挥一挥手。打开的车窗传过来她不高的声音"开慢点"，一次她笑了笑，一次她把垂下来的一缕头发抚了上去。

两次的后续是一样的，咏珊招了手说了话之后，转过身去，从容地一步一步离开。更一样的是，两次咏珊完全消失在记录仪镜头里之后，视频都晃动了一下，然后她先以声音，后以身影再度出现，不知疲倦。

....

有缝隙的

书架上的声音　连续第三个晚上了。因此，声音一响起，安达就确定是书架上发出的。他放下手里的书，声音没有像第一个晚上那样停止；他走到客厅，声音没有像第二个晚上那样停止。他打开客厅的灯，声音仍在响起。哔哔剥剥，轻微的，并不连贯的，然而保持了某种持续性的声音。会是什么地方响起的呢？安达自问却无法自答。他走到书架前，厅里就这么横着的两排书架，充作屏风，分隔出客厅、餐厅的功能。无法断定声响来自哪一排书架，也有可能两排都有。声音并不因为安达离得更近而停止或提高，仍旧是哔哔剥剥，但是因为离得近了，安达不禁想象着有一只手，甚或是一只女人的手，以纤细的手指，葱白的指尖在书架上划过、敲打。你不要藏着啦！安达说，说完自己也笑了一下。如果此处的"你"指声音的源头，具体发生的地方，也没有错。可是不管是哪种，显然对方都没有听从他的招呼。安达试探着从书架上抽出一本书来，声音丝毫不受影响，无视他的举动。抽出第二本，没有影响。抽出第三本，没有影响。抽出第四本、第五本……安达尽量不要让自己气急败坏。他也没有工夫气急败坏。因为他全身心都投入到那个声音上面了，因为他需要核实、比对，只要声音有一点点差异、变化，他就逮着那个制造者了。没有。那声音自顾自地进行，连提醒安达这一切是否和书有关都没有，也懒得就此嘲笑。安达不死心，也别无他法，他必须坚持下去。于是，这个书架从上到下六格，那个书架从下到上六格，所有的书都被他搬到了沙发上，堆到了地板上。最后一本书放在书堆上时，安达猛然转过身，正对着书架。那声音停止了，停止得很决绝。安达再拿起一本书放回书架上，声音也不再响起。安达拿起第二本书，准备再放回去，可是看着那书牛皮纸的封面，他又想用手指在上面轻轻挠动，挠出还存储在他脑子里的声音。

　　背影　最初纯粹是赌气。一整天，明阳都能注意到安达在拍自己，一旦意识到被她发现，安达就会讪讪地把手机的镜头往旁边移，装作在拍花草树木、山水云雾，或者干脆收起手机，仿佛拿出来只是为了接一下电话、看一下微信。明阳讨厌拍照，讨厌被人拍，更讨厌的是这样的鬼祟。白天她忍住了，晚上躺在床上准备睡觉时，她到底还是忘不了。硬从安达那里要过手机，里面近百张照片全是各种背影，直接对准后脑勺的，侧拍的，实拍的，虚拍的。这是什么意思？明阳问。背影的表情更丰富。安达答得曲折、含糊。更让明阳气愤的是，说了这句话后，他居然心安理得地转过身睡觉了，扔下后背给她。明阳决定了，从此以后，她只背对安达，给他背影，让他丰富去吧。让他再也见不到自己的脸。这么想定后，明阳也转过身，背对着安达。她列出了详细的计划，怎么样在两个人共同生活的时间里完全做到只给安达背影。但是她还来不及去想象这样长此以往的后果是什么就睡着了，但是做了这个决定不到三个小时，明阳就在梦里预见到了后果，那就是当她想要找到安达的时候，也只有他的背影。安达的正面已经被明阳搞丢了。

·············

被锈蚀的

失真　"啊?!"安达把目光从医生的胸牌上抬起来，注视着医生的眼睛，想从那里确认她刚才说的是什么。李玉丽，主任医师。那上面写着，还有一串编号，他没有看清楚。

李玉丽医生显然见得太多了，安达连续的"啊?!"和总是重复的无辜表情丝毫不令她意外，她低头在病历本上写了两行字，安达瞟了一眼，只勉强辨认出了"迟缓"两个字。

"我是问你，有什么症状吗？有没有什么地方觉得不对劲的?"李玉丽医生问道。

"我说不好，医生。我在网上查了，也和患过抑郁症的朋友聊过，那些典型的症状，什么心境低落、思维迟缓、意志活动减退、认知功能损害等等之类的，我都没有。所以，我也不知道自己是不是抑郁症，可如果不是，我更加不知道它能是什么了，所以就请你帮我确定一下。"安达一气说完，探询地看着医生，想从她脸上获得认同。

"哦，这个你倒不用担心，现在抑郁症已经快被妖魔化了，导致很多患者有不必要的恐慌。既然是症，就有表现，就分不同阶段，就因人而异，最重要的是，也就有应对方法。这些想必你也很清楚，所以，我们现在不妨抛开抑郁症这个词，来说说，有什么让你感到需要来和我聊一聊的。"

"你说得对。我现在的问题是失真，嗯，不是那个失真，而是说，我失去了真实感。你明白吗？也不是失去了真实感，认为自己活在梦中，感到恍惚。是我自己，怎么说呢，让我继续拿梦来做个比喻，我不是似梦似醒，不是怀疑自己身在梦中，我知道自己是醒的，可是我没法从醒当中醒过来，你明白吗？我丧失了对真实的感知，现在的我离完全的我还差了一层，那一层用比喻来说，就是醒过来。"安达说着说着，目光又落在了医生的胸牌上，他想看清楚她的名字是什么。

....

梦内

蜘蛛　那蜘蛛呆呆地朝着安达，没有行动的意图。安达无从确认蜘蛛的八只眼睛（是的，他确定它有着八只眼睛）是否都看着自己，如果看着它们是聚集于自己身上的某处呢，还是分工协作，分别看着特定区域，他也无法辨别八只眼睛中有几只里面映现着自己的影像，但安达还是被蜘蛛目光中的空蒙所慑，心里一阵阵发寒。

安达知道所谓目光、所谓空蒙，多半都是自己的想象，是恐惧的结果，可是他没法不想象下去。安达分明感到，自己的恐惧是食物的恐惧，是面对享用者，毫无挣扎、反抗能力的恐惧。安达鼓足勇气，才能一点点偏移目光，看了看四周，没有任何可资使用的工具、武器，恐惧有根有据。能怎么样？刚才已经试过了，如果再次伸出手去，再被别的蛛丝粘住，多半就没有那么幸运，可以趁着月亮被乌云遮住而挣开，缩回来。

真的是幸运吗？安达哪里敢断定。蜘蛛是借助月光来看护蛛网，来明确猎物的？安达无法说服自己。可是蜘蛛就那么望着自己，可是现在月光明亮，可是他的双手已经举累必须放下来了，可是他背上的交错的蛛网仍旧那么柔韧、敏感，只要他动一动，必定会被传递给蜘蛛，而蜘蛛的八只眼睛，随便哪一只都能够看清楚他的意图。

猫眼　安达扒在短促的管状窥视孔的这边暗暗断定猫眼外什么都没有，随之而起的是质疑声在心里响起，真的什么都没有吗？如果没有的话他会看见什么？毫无疑问，是正对猫眼的邻居家鞋柜上的白墙，即使光线黯淡，也应该是暗灰，隐隐约约的白，而不是现在这样，一团空茫。可是在这黎明晨光，窗户外面都厚重晦暗，别说狭窄的楼道了。干脆不理它，滚回床上继续睡觉，要不打开门一看究竟，可两者安达都不敢。安达不禁悔恨交加，起来喝水就喝水，发什么神经，要扒在猫眼上往外看?!悔恨归悔恨，他仍然不敢贸然离开，不敢承受接下来的变化。咚咚咚，安达右手在门上捶了三下，楼道里的声控灯应该开了吧，就算开不了，至少也能告诉耳朵贴在门上偷听屋里声响的家伙，我安达，发现你了——出其不意，吓对方一跳总是好的。没有灯光，也没有声响。外面那个家伙真沉得住气啊！安达恼怒加恐惧，发疯一样在门上连续捶打，咚咚咚咚咚咚咚咚咚，门外照样毫无反应，但这阵敲门声可能吵醒了楼里其他人家，因为安达很快就听见一阵猛烈的咳嗽声，与此同时，还有一双拖鞋在地板上趿拉的声响，再过了一会儿，就听见了楼上那家冲马桶的声音。你总该知道，不是我一个人醒了吧？安达简直得意起来，他再往前凑一点，猫眼外面仍旧什么都没有。等等，安达心头一阵狂跳。猫眼外面果然有东西在动，那是正对着猫眼毫无偏差地直直向后移动。安达先是看见一点黑色的瞳仁，然后是琥珀色的眼睛，然后是上面黑毛下面白毛的眼眶，然后是鼻梁和鼻头，然后是另一只眼睛和嘴巴和挺在嘴巴两侧的长长白色胡须。一整张猫脸在猫眼里露出不到五秒钟，在楼道里的灯光熄灭之前，再度向前移动，移动到猫眼外侧。

....

梦外

　　独角兽　"安达，你看那是什么呀？"徐嘉忽然指着右侧人行道前方不远处。安达顺着她的手指，再三辨认，才从弥漫的晨雾中看到两条稳步迈进的后腿，后腿间还垂着什么。不用说，肯定是尾巴。

　　"马吧，要不就是骡子，或者……"安达本来要说"驴子"的，但是他对驴子有没有可能是白色的吃不准，"你说也够辛苦的，这么一大早，这么大的雾，还要出来驮东西。不过也是，再过一小时，不管是马还是骡子，都得回到主城区外了。再不济，也不能大摇大摆走在主干道旁吧，还是人行道。"

"我看不像！"徐嘉没有搭理安达后面那一串嘟囔，"你看它迈步的动作，再看它毛色的纯净，哪儿像是干活的牲口啊，哪儿像是马啊骡子啊这样的牲口啊……"

"嚯，你又懂了？！你什么时候懂得这么多的啊，还动作，还毛色，还看不起马和骡子，真要给你各来一匹，我敢保证，哪个是马哪个是骡子，你都分不清。还跟我说什么'牲口''牲口'的。"

"得了吧。我就算分不清，也知道前面那绝对不是马也不是骡子。废什么话啊你，踩一脚油跟上去看一眼不就得了嘛。"徐嘉指挥着。

"踩踩踩，说雾大加小心开慢点是你，说给脚油赶上去也是你。"安达提了速，但注意力都落在了前面的雾气中，就好像那里随时都可能有不明飞行物坠落。

"你看！你看！"徐嘉兴奋地指着车窗外面。

车已经追上那稳步行进的家伙，"真是一匹好马！"——要不是一眼就瞥见了它额头中间那根长长细细，呈灰白色，如一件法器一样斜指向天空的角，安达真要这么感叹一句。

···········

从人

吃梦人　"昨天晚上怎么样？几个？有没有遇到什么问题？"一如往常，两个人都醒了之后，在床上躺了一会儿，确定彼此都清醒了，安达问。

陶乐思没有吭声，她眼睛瞪得大大的，目光却是轻飘飘的，过了好久，才长长叹了一口气。"不好。三个，哦不，四个。一个纯粹是异想天开，发了一笔来历不明的大财，就算是在梦里他也不知道拿这么大一笔钱怎么办，全部堆在房间里，我先吃了那些钱，再吃房间，最后吃掉他在其中的痕迹。干干净净，他醒过来也不会留下丝毫记忆。一个乱是乱点，也还是日有所思夜有所梦的套路，全是白天经历切碎后的组装，你知道，这种梦不对我的胃口，吃起来难受，又总是有遗漏，但想必他醒了之后也就是怎么想都想不起细节，然后就放弃了。一个是一团黑，黑里面像沾水蛛网一样，有丝丝点点光，搞不清楚来历，弄不明白去向，简直就是特等的梦，我吃了好长时间，没有放过任何一个角落、任何一团阴影，要是刚开始，估计我会追着往上吃，搞得她第二天脑袋疼。"

"好，干得不错。下次再遇见第二个那种情况，可以放在一边，如果整个晚上没有更合适的梦，再回来吃它，就算完全放过它，也不会造成多少位移。第三个的取舍最重要，从你的描述，这个尺度你已经掌握。我留意着，下一次有类似的梦跟踪一下你的处理方式，如果没问题就可以向你开放更深重的梦了。第四个梦呢？"安达逐一点评后又追着问道。

陶乐思再次不吭声，知道沉默对付不下去了，她赌气地说："为什么总是我来说，你来听，你来判断？说说你的。你昨天晚上怎么样？几个？有没有遇到什么问题？"

后面这几句话，声音和语调都很像安达，也不知道她是刻意模仿还是无意识带出来的。

"乐思——"安达喝止了陶乐思，他侧身看着她，左手抚摸着她的脸颊，"第四个梦呢？"

"第四个，第四个，第四个肯定是你的梦。"陶乐思没有理会安达的手，带出了哭腔，"我走进一间房间，房间六面都是我的脸，墙壁、天花板、地板，都是我的脸，不是画上的，就是我的脸，只不过是平面的。我一进去门就关上了，关上后门就消失了。那些东西，只要我看见了，就是我的脸，那些桌子、椅子、电视、空调、沙发、书柜、书柜里的书、桌子上的杯子、饼干、空盒子，所有的东西都是我的脸，我也不知道为什么，不是我的脸的样子，是我的脸，我也不知道为什么，反正它们就是我的脸。"

说着说着，陶乐思的眼泪夺眶而出，顺着脸颊向耳朵流去，她不管安达正擦去那些泪水，哭得越来越厉害。一边哭，陶乐思一边说："你说，那是不是你的梦？你的梦里为什么只有我的脸？你去哪里了，为什么只有我的脸？"

读经人　站在窗户这儿，不踮脚、不伸长脖子，安达就能看清楚楼下地铁站 B 出口的全景，自然也能看见那个西装革履、皮鞋锃亮的中年人。和早上安达出地铁口看见的一样，他还是身子笔挺，双脚并拢，手里捧着一本中华书局版的《维摩诘经》在读。他声音朗润，咬字清脆，因而尽管念得很轻，路过的人稍一留意仍旧能清楚听见他读的是什么。

安达就是听见他念"从慈悲喜舍生。从布施持戒忍辱柔和勤行精进禅定解脱三昧多闻智慧诸波罗蜜生"时，停住脚的，听到他接着念"从方便生。从六通生。从三明生。从三十七道品生。从止观生。从十力四无所畏十八不共法生。从断一切不善法集一切善法生……"知道是在念"方便品"，他本来想等着对方读完第二品聊两句的，可是那人毫无间歇休息的意思，紧接着就读起了"弟子品"，他也就不便打扰，转身上了楼。

现在离下班都只有一个多小时了，那个人还一直站在那里，如果只读《维摩诘经》，想必读得也该有五六遍了。安达确信那个人没有换书，不只是因为他每过十来分钟就站起来往下面望一眼，没有看见丝毫更换的迹象，也不只是因为他午饭的时候出去确认了一眼那人手里的书仍旧是《维摩诘经》，更主要的是因为，他断定那个人就是为了读这一部经才会始终站在那里，以安达看来被关禁闭、受刑般一动不动的身姿，以不喝水、不吃饭、不擦汗等苦行的方式一直站在那里。

现在，安达就站在楼上看着那个人，看着他似乎挺拔稳重如标枪又似乎在微微晃动随时可能倒下的身体。他只希望，等他下班的时候，那个人还在那里。这样他可以走过去问问他，为什么要以这种方式读这部经。也有可能，安达也只是再次从他身边经过，听听他读到哪里了，比较一下声音和早上的差异，然后什么都不说，下了扶梯，经过安检，检完票，走进地铁车厢。

•••••••••••

可苦笑的

鼠尾 老鼠不知道从哪里钻出来的时候，艾诗诗没什么特别的反应，她还指着老鼠让安达看。既然这样，安达想索性把《V字仇杀队》看完再说，反正卧室、厨房、书房、洗手间的门都是关着的，也不怕它能跑到哪里去。

大概老鼠也不习惯被如此无视，它从客厅的这头跑到那头，比一只猫还活跃，艾诗诗的双眼仍旧落在电视上，顾不上它。老鼠又钻到沙发下面，发出吱吱的叫声，弄出像人磨牙一样的啃啮声。安达不知道沙发下面有什么供老鼠啃，但他相信老鼠不会单纯地磨牙，于是，使劲在沙发上拍打了两下。

也许是害怕，更有可能是兴奋，老鼠噌的一下从沙发下面窜出来，一溜烟跑到电视柜面前，再三下五除二，以刷新安达想象的方式，沿着柜壁爬到了电视柜上。

"这张面具下不只是肉体，这张面具下是一种思想，克里蒂先生，而思想是不怕子弹的。"V的这句话一定对老鼠也具有十足的诱惑力，因为安达看见老鼠先是愣了愣，然后从电视柜边缘以一种称得上如履薄冰的方式，战战兢兢地走到电视前面，站在了电视的左侧。V接下来向克里蒂先生逼了过去，而老鼠则完全如同一个受到惊吓的人，它先是向后退了两步，然后竖起了尾巴。老鼠的尾巴尽管只是细细的一条，仍旧从根部至尖部均匀递减缩小，在灯光和V的面具的映照下，尾巴呈半透明的肉红色。现在那半透明的肉红色细尾正竖着，尖部蜷曲，整体上轻轻摇晃，像是一根不禁风的草。

"啊——"安达来不及去想老鼠尾巴平常是否可能这样，这样又代表什么意思，艾诗诗已经在沙发上发出了爆炸和破碎的恐惧尖叫，她僵直的右手上僵直的食指指着老鼠尾巴，随着它的摆动而移动。艾诗诗的身体，则是被尖叫所引导，所开启，在沙发上抖作一团，完全失去了控制，就像一头老实的耕牛面对一把刀尖已经折断、刀刃上已是一排深深浅浅的口子，但仍然坚定地捅了过来的屠刀。

∙∙∙∙∙∙∙∙∙∙∙∙

37号读者

　　姚翔检完票，进了站，从一号线国贸站空荡荡的站厅下到站台。站台上同样空荡荡的，没有一个人影；两侧地铁车道的屏蔽门关闭着，听不到列车进站的声响。看到一切不出所料地按部就班，姚翔平静下来，走到站台中间，在一台地铁电视下面站住。地铁电视上面正在播放一款洗发水的广告，画面的下方分别写着"本次列车3分钟，下次列车8分钟"。

　　同样不出所料，没多久，姚翔就看见一个男人在不远处露出身影。那个男人也第一时间在空荡荡的站台看到了姚翔，他迟疑了一下，抬起右手挥了挥。姚翔没有回应，他只是看着那个男人走过来，在他面前停下。此前，姚翔始终无法想象章千里究竟是个什么模样，不过眼前这个瘦削的、脸与眼都透出几分憔悴的人，一旦来到面前看清楚，也就觉得，他就应该是这个模样。章千里也打量了姚翔几眼，他的眼中满是惊奇，这惊奇又慢慢转化为满意。姚翔看到一丝笑容浮现在章千里脸上，他的嘴角向上扬了扬。

　　"姚翔你好，我是章千里。"章千里伸出右手，姚翔也伸出右手，不过他没有握住章千里的手，而是将它往旁边挡了一下。

"咱们还需要来这一套吗？真要握上了，你不会吓一跳？"姚翔语带讥讽，面露嘲笑。

"应该不会吧。接到你的电话我就在想，见面了咱们能说什么，是不是应该握个手，甚至拥抱一下。但我想，你可能会拒绝，看来我果然还是了解你的。"章千里缩回右手，插进裤兜，然后又很不满意似的抽出来，双手交叉着抱在胸前。

"你当然了解我，你比我还了解我，不是吗？"姚翔如同镜像一般，也双手交叉抱在胸前。"你为什么会给我递你的稿子，为什么会给我打电话，发短信？"

"我说了啊，希望得到你的批评、指正，我想把这个修订本做得更好。你有所不知，年轻的时候，我有很多写作计划，也认为自己会一本接一本地写书、出书，以毫不重复的小说，把我周遭的世界呈现出来。可是时间流逝得太快太无情，还没怎么着呢，这一生就已经大半过去，我想写的也就勉强完成了一本《清单》，我愿意一再修改、增补的，也就这么一本书。所以我放下其他念头，索性重拾本书，把它增补、完善。一个人一生能完成一件事就很好，一个作家一辈子能写完、写好一本书，也就算对得起时光。"

"不要说这种抒情、滥情的话。"姚翔阻止了章千里，"我想问你的是，你为什么会想到联系我，这样有意义吗？你不要装作听不懂好吗？好，就算你听不懂，我换一个角度。我问你，为什么要耍这种低幼花招？你明明知道，上一版的《清单》完全毁了，一本都没有流出，为什么还要安排一本给我？不对，不是给我，是给我们37个人。更关键的是，这么一个轻易就能核实的谎言，你为什么要用?"

　　章千里沉默了一会儿,也许是无言以对,也许是不知道从何说起,他抬头和回头看了看,站台里仍旧没有别的人出现,地铁电视上面正在播放一款洗发水的广告,画面的下方分别写着"本次列车3分钟,下次列车8分钟"。

　　"你认为我是为了什么呢? 我还可以要什么花招不成? 要花招对我来说有什么意义?"章千里也是一串反问,但是他的语气很虚弱,"作为一个作者,好奇读者究竟怎么看待他的作品,想和读者更深入地交流,这难道也不可以吗? 我已经很克制了,我只是悄无声息地、借助偶然因素地把书放进去,就像赠送一份礼物一样,我不想打扰你们的生活。但是能不能请你也理解一下我? 你说得没错,上一版所有的书都毁了,我连样子都没有见着。我遵循事物自然发生的顺序与逻辑,毁了也就毁了,说明它们不应该来到这个世界。可毕竟是我一个字一个字地将它想出来,敲出来的,我难道连想象一下读者的反应都不可以吗?"

　　"你当然可以。你可以用你想要的任何方式,索求、安排我们的反应,比你更粗暴的作者我也想象得出来。你说你很克制,好像很委屈我没有为此向你致谢,如果能够稍微安抚一下你的内心,我愿意向你致谢。可是这并不妨碍,你这件事情做得简单、粗暴,纯粹的虚荣心作祟。"

　　姚翔毫不留情面,他说的话每一句每一个字都像是尖利的刺,一下一下扎在章千里的心里。有那么一会儿,章千里摇摇晃晃,仿佛随时都可能支撑不住,倒在地上,但他还是双手撑在膝盖上,弯腰连着深呼吸几次，缓了过来。

"姚翔，我们能不能不纠缠在这些上面，直接说说这部小说？能不能请你直接告诉我，你觉得小说怎么样？你翻过的原版，你看过的增补版，它们是否有写出来的必要？尤其是这次增补，究竟有没有价值？是纯粹的画蛇添足，还是更趋丰富，更接近应然的面貌？"章千里大口喘着气，问得有点乞怜。

"好吧。既然我的回答你都知道，你还是要问，那就由我来亲口告诉你。这部小说当然有价值，有意义，可是它的价值和意义也仅仅在你起念的一瞬间。你想写一部小说，用拉清单的方式把这个世界清理一遍、整理一遍——有这个念头就够了，就足够伟大了。任何付诸实际的尝试都是不知趣，是面对事物本身自取其辱。如果真的用写小说就能完成这样的目的，还要这个世界做什么？每个人来写一部，来清理、整理一遍不就行了？所以，不管是上一版的《清单》还是这一次的增补版，小说本身都毫无价值，它们只起到一个作用，就是证明你是个妄人，狂妄至极，令人发指又令人怜悯。"姚翔本来是抨击，后来对章千里已经有了怜悯。

"没错，你说得很对。可是所有的写作不都是妄吗？狂妄也好，虚妄也好，写作本身不就是妄执一念、自以为是吗？念头生发的一瞬间当然是重要的，也可以说是最重要的，可是我们是人，不是神，不能凭一个念头、一句话来创世对吗？把念头付诸实现，把构想落实到纸上，这自然是对在那一瞬间所念想的世界的损耗，从起念到完成作品，也必然是对纯粹的大脑中的世界的降格，多层次多等级的降格，可这不正是人的宿命，不也正是写作者的宿命吗？说到底，哪个写作者能够把脑子里生发的念头拿出来，可以把大脑里的世界敞开来，供他人出入、参详呢？写作不就是这种敞开吗？作为人，作为必死的凡人，如果认为只需要念头的生发，以为起念就能逼近伟大，就是完成，这才是最大的妄念吧。这还不仅仅是妄念，这是僭越，对神的虚假想象，然后再凭虚假想象来代替神，取代神的位置。我为什么要用这么拙劣的方式？因为我知道人的有限，无论我用什么方式，只要我想就《清单》有所交流，必然都会留下破绽。既然如此，我还有什么必要耗费精力，来把它遮掩得像真实发生的一样呢？我不过是进行一些必要的遮掩，以免你们过于受惊吓而已。"

说完一大串，章千里伸出右手搭在姚翔肩膀上，"姚翔，我希望你能理解，理解我的苦衷，我的善意"。

姚翔缩了缩肩，没有让开章千里的手，举左手推开了它。

"说得真是悲情啊！你的苦衷，你的善意，你作为凡人的卑微，对神的恭顺。可是你搞出来的这一切，你强行进入我们的生活，这些不都是在行神的事吗？暴躁的、任性的神，为所欲为的神。让我搬家我就搬家，让我买房的事告吹就只能告吹——我得提醒你，这件事你推进得并不符合现实的逻辑——我敢断言，其他人被你打扰的程度不比我轻吧?！你为什么不让我们直接对你的小说说话，要搞出这么多事来？"

"我真不是要从中得到什么不当的乐趣。"章千里不得不再为自己辩解，"我总得遵循基本的逻辑，模拟一种不让你们世界坍塌的真实啊。你看，我为了让一本书出现在你的书架上都已经费尽苦心，我还得在某种程度上变动整个世界的运行方式，微调它的法则，才让你们对这本书产生兴趣。你以为我真的能够随心所欲吗？就算是神，不管哪个神，你有听说过能够随心所欲吗？他不首先也得回应下界的呼告和索求，才能顺势而为吗？"

"好吧，好吧，算你说得有道理，也算你遵循了应该的伦理法则吧。"姚翔的表情放松下来，他看了看仍旧紧闭的屏蔽门，仿佛它们随时可能融化，但是融化后会带来流淌的蜜汁。

"你能不能告诉我，你怎么想到 37 这个数字的？为什么一定要是 37 个，其他的数字不行吗？我不相信这完全是随机决定的。"这么问的时候，姚翔基本上已经是笑着的了。

"不是随机的，但也没有太多玄机。"章千里露出了羞涩的表情，"不过是某个我喜欢的作家，他的第一本书只卖出去了 37 本而已。当然，还可以是 12、26，甚至 117，它们是我喜欢的其他一些作家第一本书在几年内卖出去的数量，选 37，可能是因为不多不少吧，足够引起我的兴趣，又不至于多到让我厌烦。你知道，如果作者对读者和他们的阅读反应感兴趣的话，这个兴趣一定只在极其有限的数量内。"

"好吧，你们真是一群奇怪的生物。"这一次姚翔大笑起来。

"姚翔，"这一次轮到章千里郑重其事了，他的语气严肃得迅速冰冻了姚翔的笑，"姚翔，你能不能告诉我，你是怎么知道自己只是我虚构出来的？如果这样说不礼貌的话，你是怎么知道自己只是被我召唤出来的？"

"这个重要吗？"姚翔反问，他现在饶有兴味地看着章千里，仿佛没有听明白章千里的话，没有意识到自己只是对方虚构的产物。

"当然。这个对任何人来说难道不都是致命的打击吗？自己只是别人的幻念，连承受毁灭的实体都没有！对不起，我一时情急，不是故意要说得这么凶狠。虽然你看起来毫不在意，但是我想知道，其他的 36 个人是不是也像你一样，意识到了这一点。我想知道，他们意识到了这一点之后，是不是也像你一样这么淡然。"

对章千里的焦虑，姚翔没有说话，他伸出指头竖在唇上，做了个"嘘"的动作，他又指指地铁电视，上面正在播放一款洗发水的广告，画面的下方分别写着"本次列车 3 分钟，下次列车 8 分钟"。

章千里莫名其妙但仍旧耐心地陪着姚翔盯着地铁电视，两个人看着洗发水广告切换成一周电影票房回顾，看着 3 分钟变成 2 分钟、1 分钟，看着 8 分钟变成 7 分钟、6 分钟。随后，章千里从他正对着的涵洞里看见了黄色的车头灯光，整个站台都响起了车轮撞击轨道的声音，两边的车道都驶出了一辆地铁，进站停靠。章千里能看见地铁车厢里乘客的身影，但是屏蔽门并没有打开，因而也没有一个乘客走出来。

"我本来可以回答你的问题，但是时间有限，我想换一个方式可能更好。"姚翔说，"你有没有想过，你的问题不应该是我们为什么会知道自己只是你虚构的产物，而是我们——对，这里是不折不扣的我们——我们为什么意识到了这一点，还约你来这里？"

"我，我，我是很好奇你，你们为什么能闯进我的生活的。可是这一点对我来说太不可理喻了，也许我是第一个在现实中被他笔下人物打扰的作者吧。但是我怕这个问题太玄妙，直接问出来会损害这个世界的真实性,所以,我才那么问的。"章千里已经激动得有点语无伦次了。

"现实?!你现在还以为我是进入了你的世界吗?"姚翔强烈的嘲弄语气中流露出了鄙夷,"你刚才也说了,即使是小说,即使是虚构,也有它运行的基本逻辑。想必你也同意,一旦你虚构了我,我的世界就有机会脱离你的意识,按照自身的逻辑运转,对吗?尤其是在你没有写到的地方,你以为我们就会站在原地,如同时间停止一样,等候你的再度调遣吗?你不要插嘴,我知道,我知道,我说的这些都是老调,是常识,散发着腐烂的恶臭。我只是想告诉你,这是我的世界。你不相信吗?难道你就没有发现有什么不对劲的地方?"

姚翔伸出手指,每说到一个地方,就指过去,生怕给予章千里的冲击太大,他反应不过来一样。也有可能,他是生怕章千里忽视了什么,受到的冲击不够大。

"你看看这些屏蔽门,你不奇怪吗?一号线的国贸地铁站什么时候有过屏蔽门的?难道你忘了,你昨天才在这里换乘去了南礼士路?你看看电视上的广告,不是在一条内容上循环播放吗?你再想想列车到站时间提示,我要求和你一起看之前,它们不是一直不变的吗?你再想想,之前那段时间,是不是毫无地铁列车进站的声响?你再看看,这两列列车进了站,不是仍旧和静止一样,不打开车门,没有人进出?光是这空荡荡的站台,难道就没有让你起疑?"

姚翔伸手制止了章千里张口想说的话,"你是不是觉得我故弄玄虚?没错,我也承认。可是我必须让这一切和你习惯的东西,你刚才所说的现实，区分开来。我要告诉你，这一切都是我创造的，是你，进入了我的世界，我创造的世界。"

"可是，你这么大费周章做什么？你直接告诉我不就行了。"章千里到底还是说出口了，说出口连自己也都觉得太勉强，"确实，口说无凭，没有这些异于我日常生活的细节变化，我很难相信。可是，你这么扭曲现实，尤其是对时间的任意扭曲，真的不会造成灾难吗？就算这是你的世界，一切完全由你创造，可是我真的进来了，哪怕在你的世界，我也并不完全由你控制，对吗？我也必然是这个世界的逻辑无法完全消化的，对吗？我自然有我的冒昧，有我的唐突，可是我们以这样的方式见面，这一切将如何收场？这个世界将如何收场？"

姚翔静了下来，他沉静地看着章千里，微风一样的表情都没有。

"你不还想听我对你小说的看法吗？我现在告诉你我自己的想法，不是你设置在我脑子里的。你在一部小说里面，同时进行同名者和异名者的游戏只会显得啰唆、烦琐，那些叫安达的人，他们以不同的身份享用同一个名字，可他们真的就不是同一个人吗？那些不管是叫郭阳、蔡霞、周玉梅、黎芝、叶咏珊、陶乐思，还是其他名字的女人，两百来个女人，真是难为你了，取了这么多的名字，甚至不让她们姓氏相同，可这样她们就是同一个人了吗？你不觉得你的同名者游戏、异名者游戏都玩得太小儿科了吗？如果你真的想要给世界拉清单，如果你的愿望真的想要通过《清单》这部小说来实现，我告诉你，你的清单上面最多只列了两个条目，这两个条目还是互为镜像。所以严格说起来，你的单子上只有一个条目。不管是一个还是两个，比起这个世界，比起你的雄心，不都太过贫瘠了吗？"

说到这里，姚翔拍了拍手，两列地铁的车门以及与车门相对应的屏蔽门全都打开了，从车上下来的人远远超过了车厢可能装下的人。这些刚刚走出地铁的人，全部沉默着，迈着无声的步子，像被光源吸引的飞蛾一样，向姚翔和章千里站立的地方走来。一阵强烈的恐慌涌上章千里的心头，这些人会把他撕碎吗？这种恐慌随着他投向众人面孔的目光而加剧，他不解地几乎是求助地把目光从众人的面孔上拔出来，看了看姚翔。

"你看得没错。人虽然多，但是只有 36 张面孔，因为他们是另外 36 个读者的复制品。很抱歉，我并没有办法找到你设想的另外 36 个读者，专为你存在的 36 个读者，他们和我一样，只存在于一个互不辖属的区域，无底的牢狱。也许，为了增加乐趣，你会把其中几个人关在一个牢狱里，可本质是一样的。这正是我最痛恨你的地方，你创造了我们，又让我们孤独自处，自生自灭。所以，我只能依据我的原则，想象出了另外 36 个读者，然后用他们复制了这个场面所需要的乘客、观众、反转的压迫者。"姚翔这番话说得并没有想象中那么痛快，他的脸反而因为痛苦而扭曲，他的声音也第一次发颤。

那些围上来的人已经走到很近了，他们只在姚翔和章千里周围留出了半径不超过一肘的空间。他们逼迫的面孔几乎就要贴在章千里眼前，他们悄无声息的呼吸让他如坠冰窟。

"你刚才问我，这一切如何收场，这个世界如何收场。我现在告诉你，这一切不需要你操心。我会带着他们离开，而你，就留在这里吧。想想你的小说，想想为什么你的条目只有实词吧。"

姚翔说着，抬起手腕看了看表，"我对这个车站随心所欲太久了，我不能停留太久。我们必须离开了，再见。"

说完，姚翔再度拍了拍手，那些围在周围的人，那些他称之为"乘客、观众、反转的压迫者"，他们转身和来的时候一样，分别上了两趟列车。然后，没有任何提示，两辆地铁冲着相反的方向，疾驰而去。

紧接着，站台上悬挂的地铁电视没了信号，站台里所有的灯也一下熄灭。

留给章千里的，只有黑暗。黑暗从站台两侧向他涌来。

国王与抒情诗 （节选）

醒： 醉解。 酒之后。

乔伊娜走了之后，黎普雷又在黑暗中静坐了很久。她到底没有将这瓶酒喝完，留下一小半在瓶中。想象着乔伊娜摇摇晃晃下了楼，被自动驾驶的汽车带回住处，她心里一定充满着只有酒精才能带来的安稳吧。他没有问她住在什么地方，可是也不重要，相信他们不会再见面了。

再说，只要乔伊娜想了解他究竟做了什么，想知道她提供给他的信息是否起到了作用，她完全可以在第一时间知道。

黎普雷从沙发上拿过移动灵魂，打开它，连接上意识共同体。既然你们都能看见，那就看吧。不要再假装尊重我的隐私，也不要再遮遮掩掩了。

黎普雷起身收起酒瓶和杯子，原本他要把乔伊娜留下的小半瓶酒倒掉，以免自己忍不住倒进胃里。现在毫无必要了，在帝国的注视下，也许像乔伊娜那样在酒中寻找稳定与忘却是最好的。不过，他暂时还不想喝，他心中沉睡多年的什么东西醒了，他得清醒地看着它。

原委触手可及：国王设计、导演了宇文往户的生活，就像老电影《楚门的世界》一样，宇文往户成了一切都被设定与执行的楚门，只不过，他比楚门还惨。楚门被限定在世界一隅，在他被导演的生活之外，还有真实的生活。这个真实的生活也可能是幻象，但至少是更高层级的幻象，是人没有办法绕到其背后的幻象。宇文往户没有，他的生活被国王做成了"只此一层"，察觉到自己被设计的那一天起，他就摆脱不了被设计的感觉。理论上，他可以关闭移动灵魂，摘除意识晶体，可是，且不说这会让习惯了现代生活的人几乎无法立足，光是以往摘除掉意识晶体的人产生的"意识晶体幻在感"，光是它带来的种种让人生不如死的传闻，就足以吓阻任何想要这样做的人。因此，宇文往户只能选择死亡。这就是故事的核心。

剩下的几点疑问，就算猜不对细节，也不会有大的偏差。

比如，国王如何能够完全设计活生生的人，尤其是宇文往户这样自我意识强大的诗人的生活？别忘了，帝国的能量是当今世界上任何国家与组织都不敢轻视，都要礼让三分的庞然大物。假如帝国已经实现了技术突破，有了移动灵魂和意识共同体，帝国对一个人的行踪与思想了如指掌，这就像掌握了一个人的大脑与情感迷宫的图纸，要予以规制与引导，基本上不费吹灰之力。只要找对路径，自我意识强大的人可能也是最容易被催眠，最容易被控制的。

比如，国王与帝国花费如此漫长的时间，如此庞大的人力、物力，指引宇文往户成为诺贝尔文学奖得主，究竟想做什么？换句话说，国王的试验目的是什么？原本，他和乔伊娜猜想的一样，认为就算难以准确把握国王的心思，但国王终究是从商之人，从商之人就会受到资本逐利的控制，这项试验一定能为帝国带来无法计数的商业回报。可又确如乔伊娜所言，宇文往户的死让这个商业模式露出破绽，谁愿意享受被操控被设计的人生呢？那样的模式下，只有国王能真正享受上帝一样的操控感吧？

　　另外，乔伊娜这样一个离开很多年的前员工，都能轻易知道自己，噢，还有其他好几个人，在调查这件事，帝国怎么可能不知道？帝国明知道如此，为什么会任凭调查进行？之前黎普雷对这一点最为费解，现在他明白了，费解是因为自己身涉其中，是因为他认为自己特别，而不愿意接受自己也只是国王的小小设计。一旦接受这一点，真相就昭然若揭了。帝国的运作自成体系，但是这个体系是否稳固，需要不定时检查，最好的检查方式就是从外面对它进行"攻击"，就像杀毒软件的效果只能通过病毒来检验一样。帝国此前一定也通过其他方式邀请"攻击"，只不过不为他所知。这一次，以宇文往户之死为契机，帝国再一次启动检查模式，而黎普雷碰巧成了被"邀请"的人。他的调查路径、调查所得，他最终调查的结论，都将被帝国作为参考以进一步提升帝国系统的运作能力。也因此，帝国对他的一举一动了若指掌，但并不干涉。也许，他们还在盼望他能够发现更多漏洞呢。说不定，他们在他一筹莫展的时候，还会提供线索，予以点拨呢。尽管，这种作弊方式不是一场检验应该有的。

就是这样吧？国王在享受上帝般置万物于股掌的操纵感的同时，还对意识共同体的架构进行一次检修。还有必要继续下去吗？黎普雷问自己。明知是别人手里的棋子，还能不管不顾地埋头向前冲吗？自己每迈出一步不都能听到隐隐的嗤笑声吗？黎普雷到此进一步理解了宇文往户。如此短暂的被设计感自己都受不了，宇文往户可是陡然发现几十年的生活，甚至全部的生活、生活的全部，都是被人早就描画好了的。

　　——就此断绝。保重。

　　这六个字又突然蹦了出来，让黎普雷一惊。是的，他一直站在自己的角度猜度国王的意志，怎么就忘了宇文往户的意志呢？他当然是因为察觉了自己被设计的人生而自尽，可是他临终前发来的这封邮件才真正引导自己开启这次调查。

　　宇文往户为什么要发来邮件？为什么要让自己去他的家乡，参加他的葬礼，拿回他写好的受奖演说词？黎普雷之前以为，宇文往户是以此促使自己调查清楚真相。但以宇文往户对帝国运作的了解，在收到国王那张几十年前就已写好的提纲的那一瞬间，他一定洞察了帝国的设计能力与执行能力，他怎么会想不到黎普雷的一举一动早在帝国视野中，甚至这些举动都为帝国所推动。既然如此，他为什么还执意布置接下来的步骤？他在暗示什么？又在指引什么？

　　还有"凡人如何不死？"，此前以其过于抽象让人无从着手，现在看来，是有具体所指的。会是什么呢？认清自己是凡人一个，坦然接受死亡？

　　黎普雷越寻思，越认定宇文往户的举动有着精密的考虑，他的设计可能不下于国王的设计。别忘了，宇文往户与国王有着这么多年的交往，用"争斗"都未尝不可。这么多年纠缠下来，国王固然熟知宇文往户的一切，宇文往户对国王的招数也洞若观火。以此，他临死前决定发起绝地反击，甚至，黎普雷猜想，宇文往户的死本身就是这个反击的一步。

　　想到这里，黎普雷精神一振。如果说，在此之前，自己是帝国选中的自我检验的棋子，是宇文往户选中的发起反击的棋子，这种双向的角力让他感到严重的撕扯，那么现在，他慢慢感到，这种撕扯完全可以归拢成一股合力，而合力抵达的，将超越宇文往户的意图与国王的图谋。

　　来吧，让我们看看真相和真相背面的样子。黎普雷说。对自己，也对想象中的国王和宇文往户。

冷：　寒。　生僻。

　　睡觉之前，黎普雷想最后一次登录信息游击群，告诉群主这个群可以解散了。因为信息游击群不过是帝国允许的异己，它的存在不过是帝国为了自我检验的方便。

　　可是，黎普雷登录之后，收到的唯一信息就是"解散"。群主没有多余说什么，连"道别"都没有，他只接收到"本群已经永久解散"这样冷冰冰的消息。过了设定的五秒钟，这条信息自动消失，信息游击群也不存在了，完完全全消失了。由于信息游击群采取的反存储技术，他再也找不到任何可见的证据，来证明这个群存在过，证明他曾经有不少时间花在这上面，和别人探讨、辨析种种信息的真伪、影响与意义。

"群主遭受了什么压力或不测吗？"即便是，他也无能为力，何况，信息游击群是倡行"为自己的信息负责"的。就随他吧，在始终被窥测以致被设计的人生中，有一件可以负起责来的事，也未尝不是幸福。

"说不定，这是命运偶尔方向正确的一次随机摆动呢！"黎普雷这么宽慰自己。

这个晚上并没有如黎普雷预想的那样失眠。白天的所见、所闻、所思，尤其是刚刚忽然看到合力可能的兴奋，尽管经过了梳理，仍旧在他上床后纠结成一团，互相牵绊着想要露出更多的面目，但恰恰是它们的纷乱，超过了他在疲惫状态下的承受，反而有了催眠效果，使他很快睡着了。

不过睡眠很浅，他就像在冰面和水面之间那薄薄的一层空隙里面滑动，同时体贴到睡眠的坚固摩擦与睡梦的柔软动荡。一张张脸，一件件事，一个个念头，都融化成了一体，要沿着意识的口腔、鼻腔往里灌，时不时都呛他一下。因此，黎普雷很长时间都不得不浸泡在睡梦里，从这一摊挣扎到那一摊，浑身湿漉漉的就是摆脱不了。

更关键的是冷。无论睡眠还是睡梦，都冰冷刺骨，浑身不由自主地颤抖。当黎普雷在床上睁开眼睛，觉得如同身在冰窖时，他无法判断自己是醒了过来，还只是又滑入了另一摊起了冰凌的梦。他睁大眼睛，瞪着天花板，通过辨别黑暗的层次，调整目光的距离，来一点点恢复清醒，恢复对床铺温暖的记忆。

终于确定是醒了之后，黎普雷有些庆幸，也有些失落。就是在这时候，他听到一丝异常的声音。声音从客厅传来。

黎普雷的房子很小，区域倒是划分清晰，客厅、厨房、卧室，功能也完备。卧室除了一张床一个衣柜，就只剩下开门、关门的空间，因而所有的日常事情，他都放在了并没有多大的客厅。现在客厅传来的是轻微的翻找物品的声音，并不持续，过一会儿响起一两声。

黎普雷也不知道自己家里有什么值得让人光顾的，但他还是尽量压制着不发出声响地下了床，耐心地打开门。

那个身影蹲伏在地上，椅子上放着一个小小的光源，照着他的举止和他手上的物品。他已经打开了地板上的铁皮盒子，正往外拿黎普雷每天晚上都会写一个字并随意加点注解的那一沓纸。他翻看得非常仔细，每一张纸每一个字都不放过，因此动作缓慢，黎普雷从门边看到他的侧影就像是一具冰冻的雕塑。

不用问，黎普雷很快明白这个人是在以翻看的方式将这些纸张上的内容扫描、存储。他这是要做什么呢？黎普雷很是费解。难道是帝国派来的人？他们监控到自己今天（昨天）的行踪，担心乔伊娜会留下什么于帝国不利的物品给自己？黎普雷难以相信。他不是不相信帝国的品格，他是不相信帝国的技术如此落后，如果他们能完全监控自己的举止，乔伊娜和他的会面就是完全无遮掩的，那他们也必然知道她并没有留下什么。

难道是冲着宇文往户留下的两份资料？同理，他们也应该知道资料并不在他手边。况且，堂堂帝国，需要用出这么低级的手段吗？此前一天的经历，他受到的冲击已经足够，因而房间里出现一个辛勤翻找的人，就像是缓释胶囊，连带缓解了他在床上经受的冷。

黎普雷站在门边，看着那个身影一页一页地翻，不准备有任何遗漏的样子，而他知道那些纸并不具备指向功能，因而没有什么价值。没多久，翻的人不厌其烦，看的人难以为继。

"你想找什么？我帮你。"黎普雷轻声说。

"不用。"蹲伏的人回答。随即，他浑身一震。但他没有失态，而是像开始融化的冰雕，动作上不失尊严地把那些纸整理好放回铁皮盒，慢慢站起来，向门口走去。他没有回头，也没有任何慌乱。

"不留下来聊一聊吗？告诉我，你在找什么，说不定我能给你。你应该也能回答我的一些问题。"看到他伸手抓住门把手，黎普雷声音提高了一点，说道。对方停顿了一会儿，显然是在评估黎普雷的建议。

字：　契约。　生育。　乳。

"你好，我是阿尔法。"那个人转过身，伸出一只手。黎普雷握住他的手，看着对方那一脸的颓丧，琢磨究竟是在哪里见过。

"别想了。咱俩就见过一次，是宇文往户爆出自杀消息那天下午。我和你一样，都赶了过去，也一样只能在宇文往户的院子外面，看着警察和医护人员带着他离开。"阿尔法说完，转身几步，走到客厅里黎普雷通常建立自在空间的角落。

黎普雷想起来了。那天下午，载着宇文往户的车离开之后，他也开车离开。在掉头的那一刻，他看见旁边那辆车里，驾驶座上的人正在翻看一本书，那明黄色的封面只需要一眼就能认出上面的白色书名——鞑靼骑士。也正是因为这本书，他多看了对方几眼，并调动了移动灵魂扫描的各个层级，对看书人那张颓丧的脸做了全方位的扫描、存储。

这么说，阿尔法也是对宇文往户的死有疑问，因而在自主追查了？可他是从什么渠道知道自己也在追查的？黎普雷走进厨房，从冰箱里拿出两瓶水，递了一瓶给阿尔法。

"你很好奇我怎么找到这里来的吧？"阿尔法喝了两口水，狡黠的语气和他的颓丧有点不搭，"咱俩的关系比你想象的要紧密一点，我是信息游击群的群主。"

黎普雷有点恍然。他原来一直以为群主名的 A 是英文字母，没想到是阿尔法。既然阿尔法是信息游击群群主，那他顺着自己两次留言找过来也就不足为奇了。

"你想找什么呢？"黎普雷问。

"找你目前找到的线索！你放那么多纸和字做什么？跟宇文往户的死有关系吗？"阿尔法也很是不解。

"那只是我每天写着玩的，和宇文往户没有一点儿关系。你为什么会对宇文往户的死感兴趣？认识他吗？"黎普雷在阿尔法对面坐下。

"不认识。我不喜欢帝国的信息垄断，这种垄断继续下去，帝国迟早要成为人类历史最庞大、最强悍的机构，帝国将以信息操纵、控制我们所有人。我个人当然抵挡不了帝国庞大的身躯向着必然的方向奔进，但我至少可以建立信息游击群，避开警方与帝国的监控，为有兴趣有心的人提供独立交流信息的平台。这里的信息也许零碎，也许没有那么及时，更没有信息共同体那样滚滚的洪流，但它至少有个人化的视角，可以融入个人对信息的情感。退一万步说，哪怕信息游击群提供不了任何有价值的信息，只要有过这样一个存在，也可以在一些人心里留下一点不一样的火苗。"颓丧归颓丧，阿尔法一番话说得冷静又饱含激情。

"我明白你的意思，但我不明白你说的这些和往户有什么关系？"黎普雷不知道自己这么问是不是有点装糊涂——到如今，他确信帝国、国王和宇文往户之死密切相关，说帝国造成了宇文往户之死也没有太大偏差，可是这一切和帝国的发展趋势有什么关系呢？

阿尔法盯着黎普雷看了一会儿，默默地放下手里的水，就地建立了自在空间。他对空间做了开放设置，因而黎普雷可以旁观他空间里呈现的内容。

阿尔法接入的似乎不是通常那个意识共同体，他的自在空间里面没有信息流滚动，有的是从上到下无限的银色小点。这些点置身于漆黑的空间，呈等距、立体排列，有点像天幕上闪烁的群星，只不过群星的排列非常规整。

"就算你曾经供职于帝国，也不知道这些是意识共同体上解码之前的意识点阵吧？"阿尔法轻描淡写，黎普雷却大吃一惊，这么说，阿尔法正在侵入帝国"主脑"？

"不用担心，我的痕迹是自动擦除的，就算帝国察觉有人在偷窥它，也追踪不到我。也不用乐观，因为帝国的锁码能力实在太强大了，这些最核心的意识点，我只解码了一个。"阿尔法说着，他的意识在浩瀚的点阵中锁定了一个点，并向它逼近。就在阿尔法的意识要贴上那个点的时候，它豁然敞开，内部再度展现了一个由银色小点组成的，从上到下均匀分布的无限空间。这一次那些点不再是密闭的，而是一个个汉字，每一个字都微微发着银光。这些发着银光的字绝大多数是一样的，瓷实、密闭，犹如紧致的实体。极少数字则已经开始不同程度的透明化，甚至还能看到几处应该有光点、有文字的地方什么都没有，空缺了。

黎普雷努力从空缺处的上下左右来辨认空缺的是什么字，却丝毫看不出这些字排列的规律。这时，阿尔法的意识离开了这个汉字组成的银色阵列，随即，他退出了自在空间。

"你不是问我，我刚才说的那些，帝国的发展也好，人类的未来也好，这一切和宇文往户的死有什么关系吗？"阿尔法又喝了两口水，接着说，"老实说，我还没有找到准确的答案，不然我也不会出现在这里了。我知道的，不过是我的猜想，我能够做的，不过是沿着猜想来证实它。这些年，我不断进入帝国的'主脑'，也就解码了刚才这个意识点，具体内容你也看到了。"

"那些字是什么意思？"

"如果我没有猜错的话，那个点阵是所有汉字的集合，一共有153688个。当然，得算上所有的空缺。不知道这个汉字点阵是什么时候建立、什么时候开始运作、什么时候起作用的，但我两年前解码时，空缺还只有379个，刚才进入的时候，已经有1611个了。我还没有找到空缺变化的规律，它极有可能没什么规律。"阿尔法紧皱着眉头，也许他并不相信这其中没有什么规律。

"你确定那些空缺是一个个的字？"

"当然！你看到那些不同程度透明化的字没有？当它们完全透明后，再经过一段或长或短的时间，就会消失，一个新的空缺就会出现。"说到这里，阿尔法紧皱的眉头舒展开，露出了一个恶作剧的笑容，"你知不知道空缺意味着什么？"

"空缺当然表示没了。"黎普雷顺嘴说完，怔了一怔，"没了是什么意思？是这个字消失了吗？字怎么可能消失？"

"字怎么可能消失？！"阿尔法反问道，再次露出那恶作剧的笑容，"这一切说不定正是你导致的呢？"

"我？怎么可能？！"黎普雷与其说是震惊，不如说是茫然。

"先别急着否认。'文字作为基本粒子，将是帝国文化运行的根本与核心。'这句话你还有印象吗？你还记得它出自你的大脑你的手吗？不管你记不记得这句话，《帝国未来蓝图与根基》这篇文章你总记得吧？你在里面提到了一种可能，逐步将文字从人类生活中放逐出去，到最后只保留必要的文字，那些不含情感色彩，或者情感色彩削减到最低，只余下基本沟通功能的文字——"

"我不同意——"黎普雷大声喝止了阿尔法，"你刚才那些话我不同意是我的意思。我在《帝国未来蓝图与根基》里面的意思和你说的刚好相反，我是想，充分保护……"

话说到一多半，黎普雷停住了。

"你也明白了，对不对？如果清晰定义一件事情，也就意味着定义了它的反面。"阿尔法显然明白了黎普雷为什么停住，"你的提议是要保护好这些文字，因为一个字一旦被遗忘，它指向的事物也会被遗忘，最终这个事物会随着这个字的消失而消失。你还特意以'簠'字为例，说这个字不再被提及，不仅仅意味着一种特定的盛装谷物的器皿已经消失，还意味着它派上用场的祭祀、祭祀的对象不但从生活中消失，还彻底从记忆中消失。帝国现在做的，正是沿着你指引的道路，让文字在不知觉间消失，让事物分别的缝隙融合并拢。你刚刚也看到了，帝国搜集整理所有的文字，建立了庞大的文字库，但他们并没有如你所言'守住人类的丰富性'。恰恰相反，他们是在据此确立行动的依据，评估一个字继续存在的必要性、继续存在的时间。如果没有必要，他们就会采取清除行动，将这个字从所有的物件、数据上清除，对与之相关的记忆进行修改，让人再也想不起它的正确写法。假以时日，它就完全消失了。"

阿尔法的话让黎普雷冷汗直流，他稍一琢磨就明白阿尔法并没有欺骗自己，甚至在阿尔法话音未落的时候，他已经开始怀疑自己所想的"簠"是否就是阿尔法所说的那个字。这时候，那句话忽然出现，击穿了疑团。

"凡人如何不死？"黎普雷大声问，这一次他眼前没再出现任何幻觉或异象，只有他双眼炯炯地盯着阿尔法，"你告诉我，凡人如何不死？"

"你说什么？"阿尔法呆住了。

"凡人怎么能不死？除非他像一滴水汇入大海。对，正是这样。"邓肯那句话的适时浮现让黎普雷更加兴奋，"如果通过文字，将所有人的意识凝结成一个共同体。通过意识共同体，实现巴别塔之前的神话状态，让全人类只用一种语言，一种文字。与此同时，像你说的，削减文字的感情色彩，放逐文字的歧义，只保留具备基本沟通功能的文字。这一体两面的理想，其宗旨就是借助文字/语言，实现人类的同一。如此一来，凡人就是所有人，所有人当然不朽，凡人自然不死。"

"你说得有道理，但我怎么觉得，这是诡辩的道理?"阿尔法有些迟疑。

"不是诡辩，是转换思路，转变角度。我们来说说人类的不朽。以《圣经》的《希伯来语及阿拉米语经卷》的隐喻言之，上帝将人逐出伊甸园，人类开始了生老病死。《创世记》说，亚当、夏娃被逐是因为吃了分别善恶的果子，以前人们常常把重心放在'善恶'上面，但实质却是'分别'。在上帝的创造中，万物混一，并无分别。无分别即无生灭，因为物物相续，此灭彼生，因而在整体意义上，并无生老病死。隐喻移植过来，即是说，人类作为整体，其中并无个人，因而也就没有个人的生死。没有个人的生死，人类自然不朽。

"语言是什么? 文字是什么? 命名与分别。区分得越细，个体越是脆弱，存活越是短暂。取消了语言，也就取消了分别。因此，帝国的目标、国王的理想是文字，也不是文字。是文字，是要抓住个体的文字;不是文字，是要从整体上取消它。"

"等一等! 等一等!"阿尔法举起右手喊停了黎普雷的话。

奖： 劝勉。 嗾犬厉之。

"虽然听起来很夸张，但你的方向极有可能是对的。"阿尔法先说了句定性的话，然后举起瓶子猛喝了几口，黎普雷发现他拿瓶子的手有点发抖。

"这些年，我在帝国'主脑'的外围，总是捕捉到有关文学作品的指令。开始我没有当回事，毕竟帝国对信息的运作才是我关心的，况且出版也是帝国的一块业务。后来看到相关的指令频密、繁多，便留心收集了一下，也做了些分析。别看指令数量众多，内容主要就两类：一类是要求去发现各种生成性的作品，要求原创性、爆破力，尤其是在语言、情感的运用上，在结构、容纳世界的方式上，较之前人有突破、有变化的作品；一类则是纯粹的生产指令，指导新作品的生成，这类指令都调制了每部作品的配方，故事模式、情感类型，一些重要作品更是给出了语言结构、词汇范围。偶尔还有一种指令，就是要求对新的具有原创性的作者和作品进行分析，提炼出其中新颖的要素，再与已有的故事模式、情感模式、语言结构比较，归并或重新编号。"

阿尔法描述的流水线文学生产场景黎普雷很陌生，但稍一琢磨，他就明白，哪怕是他离职时熟悉的帝国出版事业部，也是完全有能力完成上述工作的，何况帝国又经过了这么多年的发展。

"他们使用过的故事模式、情感模式等等都有哪些？新提炼出的又有什么？"虽然"原型说"早成了文学常识，但黎普雷很好奇，帝国是如何仿照这种理论，指导具体的文学生产。

"这些模式由编号表示，编号又分不同的层级，层级越到下面越细致、琐碎，我没有破解所有的编号，实际上也没有这个必要。举个例子你就明白了：'历险'是第一层级的故事模式，下面分为'西游记模式''奥德修斯模式''浮士德模式''辛巴达模式''指环王模式'等几种；每一种模式又有各自的一两个，最多不超过三个关键词，'西游记模式'的关键词就是'叛逆''归顺''取真经'；再往下走，'叛逆'又包括'孙悟空扫除一切''白龙马父子冲突'；'白龙马父子冲突'又能细分为'哪吒式''俄狄浦斯式'……反正就是这么不断细分，在细分中又不断与其他的枝节模式相互缠绕、互相影响。越到后面，配方越复杂；配方越复杂，说明该配方指导下的作品越浩大。"说到最后，阿尔法索性起身拿过一张纸、一支笔，画了起来。等他说完，纸上的历险模式很像是一棵主干挺拔、枝条遒劲、花叶繁茂的大树，一棵故事的大树。

"他们也从《鞑靼骑士》里面提炼出了新的模式？"黎普雷隐隐感到了这一切和宇文往户的关系。

"对。《鞑靼骑士》的主体当然还是在'历险模式'下，但他们从中提炼出了'光的葬礼'归并到'死亡模式'里面，还提炼出了'时间河'归并到'折叠模式'下——我猜所谓的'折叠模式'，指的就是不同时间的相互遭遇。"阿尔法现在情绪稳定了一些，他又喝了两口水，清了清嗓子，仿佛要刻意增加接下来所说内容的分量。

"帝国在文学模式上的开发、使用，曾经让我很惊讶，但我也只是惊讶于帝国的商业运转，惊讶于为了追逐利润，人类居然可以如此自我挖掘，毫不顾忌其情感、心灵在如此挖掘下的加速枯竭。你刚刚说的'凡人如何不死'，帝国如何消耗、取消文字/语言点拨了我，让我相信，文学模式的开发、使用也是国王寻求这个问题的答案时，找到的方法。那就是，通过重复使用这些文学模式、语言结构、情感类型，消耗干净语言的抒情性、文学性。或者说，消耗干净语言、逐步清除文字，是这个答案的两部分。毕竟，抒情性的语言是最麻烦的。通向国王的不朽的路上，所有耽延人类的语言障碍物、文字绊脚石都来自文学，文学就是人类自身的病菌，抒情就是上帝驱逐亚当、夏娃时铭刻在他们身上的诅咒。

"帝国所做的一切，意识共同体上全部的信息发送，其实质就是对语言予以最具杀伤力的重复。可怕的是，意识共同体已经证明，重复的信息与文字固然容易在人类心理上形成敏感源，但这只是必要的节点，过了这个节点，人类将形成相应的依赖。这依赖类似于上瘾，但其建设性远远超过毒品培植的依赖，具有稳固持久、逐层强化的特点。可以假想另一个隐喻，这是上帝为人类重返伊甸园留下的印记，是埋藏在人类身上的打开永生之门的钥匙。"阿尔法说。

"你的意思是，往户死于帝国的重复，死在国王追求人类不朽、凡人不死的途中？"

"国王要消耗干净语言的文学性，文学作品当然是首要对象。文学奖项不正是文学作品的某种指引？诺贝尔文学奖不正是指引的指引？因此，抽象地说，宇文往户确确实实死于帝国的重复，死在国王追求人类不朽、凡人不死的途中。至于实际上，帝国与国王对他运用了什么手段，布下了什么样的陷阱，不重要。根本就不重要。"

阿尔法叹息着说完，干脆一仰身躺倒在地板上，一动不动，就像一条被抽筋剔骨的死狗。

印：合。持信。痕迹。

按照预定的时间，黎普雷来到"物质检测与甄别中心"。接待员在前台服务机上输入他提供的服务号，告诉他时间参数为月的检测结果已经出来了。

黎普雷从她的脸上看不出丝毫异样。当然，即使帝国或者其他人从他们这里中途拿走那两份资料去看、去用，甚至干脆做了手脚，她这个接待员多半也不会知道。

"先生，请问是将结果转入您的移动灵魂吗？"接待员按例询问。

"可以。"黎普雷打开移动灵魂的准入，将数据转存进来，"你能再给我打印一份吗？"

黎普雷知道自己有点杯弓蛇影，可是现在一切数字的东西都让他不踏实。不是担心会被人窥视，担心也没用，他是担心会被篡改。

"好的，先生。"接待员答应着，可是她也费了一会儿工夫才开通打印机，调校好打印设置，打印出来一张薄薄的纸。可见，很久没有人需要打印了。

黎普雷对详细的技术参数与分析没有兴趣，他只关心结果。

资料 A，也就是宇文往户留在陶罐里面的那张纸。纸的生产时间是 2028 年 5 月，正面"就此断绝。保重"六个往户的字，时间是 2029 年 9 月；反面的字，也就是清楚写着二十一年后他诺贝尔文学奖受奖演说提纲的那些字，时间是 2029 年 9 月——黎普雷马上明白，那个"29930"指的就是 2029 年 9 月 30 日。

资料 B，也就是宇文往户托宇文燃转交的那个信封里面的演说词。四页纸的生产时间是 2041 年 3 月，难为宇文往户还能找到差不多十年前的纸，也有可能是难为他保存了这么长时间。演说词的打印时间是 2050 年 11 月。信封的生产时间和它背面写的一样，是2021 年。更具体一点，是 2021 年 7 月。

正如上次来的时候接待员告知的，在结果后面有一行字，说明各个结果以当月的某一天为中心点，上下各浮动五天。这个现在已经不重要了。同样不重要的，是对这些资料具体到哪一天的检测，但既然已经下单，也没有必要取消。

黎普雷正要和接待员说再见，移动灵魂提示他，刘强正在联系他。

刘强告诉黎普雷，他们没有找到《信息》杂志内部刊物的任何数字版本，但确定有个地方有一套纸质版，由李伟带他去。

"我还得继续找国王的签名与笔迹。"刘强说完就退出了。

纸：写。画。印。纤维。

"我们也只能查到《信息》内刊的执行主编是宇文先生，从创刊号到变为公开刊物之前最后一期，执行主编都是他，查不到更多具体内容。也许警方系统内部还有存留，但是对我们这个级别的加了密。如果是这样，可以肯定，内刊有重要内容，帝国不愿意它流传开来，但是政府内部必须备份。"

李伟刚上了黎普雷的车，就说了这么一串。这件事情激发了他全部的热情，也调动了他所有的注意力与想象力。

黎普雷没有说话。他本来想告诉李伟，经过这一天和乔伊娜、阿尔法的连番深聊，尤其是和阿尔法的彼此启发，他已经基本看清真相的轮廓，甚至，此时此刻，他的手里就握着几份至关重要的资料还有检测结果。但黎普雷什么都没说，他还没有想清楚，现在把这一切移交给警方意味着什么，能意味着什么。

车往北一直开了差不多一百公里，到了这片生活区与能源区衔接的地方，才到达目的地。他们驶进了一座看起来很破旧，称得上古老的工厂。工厂里面到处都是高耸的烟囱、冷却塔、水塔，还有一种黎普雷叫不上名字，似乎是大粮仓可又像堡垒的敦实建筑；各种粗大的钢管、电线也都暴露在外，沿着天花板、墙壁、地板逶迤而行，十来栋厂房都是身躯宽大的红砖大青瓦房。

"还有这样的地方？"黎普雷惊讶了。

"特意保留下来的。那些教授们极力争取了很久，等到使命完成，肯定也会拆了。现在利用效率太低，根本不是这个时代的运行节奏。"李伟轻描淡写。刚才大门口的岗哨仔细查验核对他的身份，现在他对工厂里面熟门熟路，两者形成了微妙的反差，让人搞不清他究竟来过多少次。

"使命？什么使命？"

"这个地方所有的东西都没有名字，只有编号。可是你知道人们私下管这里叫什么吗？纸葬厂！"汽车停在写有"16"的厂房门口，李伟示意黎普雷该下车了，同时提醒道："身上可别带任何纸质的东西，纸在这里是只许进不许出的。"

厂房里面比从外面看起来大了很多，就像是用围墙和顶棚又罩住了一片建筑，四四方方的区域又分成了十六个小区域，相互之间没有再隔断，而是依靠四面墙上各四个火化点来划分。每一个火化点都像是一个口腔巨大的怪兽，蹲伏在墙壁里面，时刻等候着被喂食，却永远也填不满、喂不饱。每一个火化点前面又各有四个人在伺候着，忙碌着。

火化点后面约十米，就是巨大的中央区域了。那里从地上到天花板，高耸着一排排柱形物体，整齐方正，个个都似通天的管道，排列在一起犹如凛然不可侵犯的军团，身披坚甲、手持利兵，严阵以待。

黎普雷从最初的眩晕与震撼中回过一点神来，稍稍靠近一点细看，原来这些柱状物体四角都是由不锈钢制成的，每个角都呈宽约五厘米的等腰直角三角形。里面被包围起来的，就是一本本的纸质书。那些书都不厚，从侧面书脊上看不到书名。

"这些都是杂志。"李伟像是明白黎普雷的疑惑，主动解释道。

他们看的时候，火化点前面的人也都没闲着。厂房里面的设施远比看起来先进与自动化，每一个火化点前面都有安置在地上的传送带，推送着一摞摞的书到火化点前。四个人分成两组：两个人在前面，拿起传送带上的书扔进火化炉子里；两个人坐在后面，像是在观察，也像轮班，等候上岗。

那些书被他们一本本扔进炉子的大嘴里，嘴巴里面也分作好几层，不同层按照一定的顺序张开、关闭，既能顺利地把书扔进去，又不因为不停地张开而走失一点燃烧的热量。但嘴部是透明的，多层的构造也不影响观看效果。黎普雷能清楚地看见一本本扔进去的书在不落地的时候就像爆炸那样，一下子燃烧起来。这是一种没有递进的燃烧，是所有部分在同一时刻燃烧。这燃烧持续时间不算太长，可是猛烈、彻底，似乎所有的物质都在燃烧中彻底升华，没有留下多少灰烬。因此，尽管扔书的人动作并不迅捷，频率也算不上高，但是投食、进食却保持了恰好的节奏，没有丝毫卡壳与冗余。

"这个已经是目前最彻底的燃烧了，燃烧转化的热量不仅能够维持这里自身的运转，还能够保证附近三个居住区冬天供暖。"李伟再次解释道。

"这里每个厂房都是这样……这样烧书吗？"近一百个火化炉这样一刻不停地焚烧，完全突破了黎普雷的接受极限。

"不是烧书，是所有带字的纸张，最终目的是让纸张完全消失，所以我刚才叫你不要带任何纸质的东西。带了进来，出去的时候也会被自动检测出来。你不要伤感嘛，毕竟所有这些书籍、字纸都是拥有者自愿出售或上交的，既然有了数字阅读，有了意识共同体，所有我们想找到的东西都能迅速查找出来，还有什么必要留着字纸来占据空间呢？每个人分到的空间越来越小，没道理让这些并不具备任何意义的物品占有。再说，你也知道，并不是将书籍与纸张完全根除，现在不也有些作品发行少量的印刷版作为纪念。而且，所有正式书籍刊物国家图书馆都保存有至少一份，随时可以去查。"李伟一半是解释，一半是安慰。

看见昨晚上和阿尔法所说的有关文字的一切正在现实地行进，黎普雷失去了评说的勇气。刚好离他不远的火化点旁，正在休息的一个老人站起来，向后走了几步。老人从兜里掏出一包烟来，抽出一支点上，猛力抽了一口，让它在体内盘桓了一圈，再徐徐地吐出来。黎普雷走上前去，估摸这个老者的年龄应该已经过了七十。

"老先生，您一直在这里工作吗？"黎普雷问。

老者看了看他，没有说话，脸上也一片平静，没有激起丝毫涟漪。一眼过后，老者仍旧继续抽他的烟，没有打算理睬黎普雷的样子，仿佛他刚才那句问话不过是老者自己吐出的烟圈，现在已经消失在空气中了。

"老人家……"黎普雷还要问，被李伟伸手止住了。

"不要问了，他不会回答你的问题，不会和你说一句话，一个字。哦，不仅是和你，和我，和所有来这儿的人，除了一起焚烧的这些人，他们和任何人都不会说话。"李伟说。

李伟说话间隙，老者已经抽完了烟，他弹烟灰、掐烟的动作、神态都让黎普雷以为自己和李伟如同空气或真空，是透明的，不存在的。老者回到他的焚化炉边，接替同伴，往炉子里扔起书来。

"为什么？难道有人强迫他们吗？"黎普雷问。

"你知道他们来这里之前是做什么的吗？"李伟问，"你当然不知道。我告诉你，他们都是国内顶尖大学的教授，顶尖研究机构的学者、专家，这整个工厂一千多名焚烧书籍的人，全部是各个领域里最杰出的人。这么枯燥、乏味、辛劳的工作，这么折磨自己的工作，他们必须通过严格的竞聘程序才能得到，而上岗的第一条要求就是，不得和外人交谈，不得和家人、朋友，和任何人提及正在从事的这项工作。"

"啊?!"黎普雷好半天才发出一声延时的感叹，"他们为什么要来？难道这里支付的报酬已经多到可以让他们接受这么苛刻的要求，忍受书本字纸在眼前焚烧，几乎不留下什么了吗？"

"你错了。他们在这里工作并没有报酬，以他们各自的身份、成就，以他们大多数人对物质的淡泊，一般的报酬也很难打动他们。他们在这里也不是在受罪，是在享受。这么说有点残忍，但就像一个人养育了一个孩子，眼睁睁看着孩子夭折，先于他永远离开人世，悲痛避免不了，可既然孩子的死已成事实，既然这一事实无法改变，能够亲手将孩子安葬，也是他能够得到的最后安慰了。这安慰很凄凉，但确确实实是安慰。"

黎普雷一时被李伟这些话堵住了嗓子眼，什么话都说不出来，他瞪了好一会儿眼才又想起，自己到这里是来做什么的。他看了看那些守在火化炉前的老人，在心里向他们鞠了一躬，为他们陪伴字纸，亲手将这些文字与知识、理性总结与感性抒发如送葬一般送进焚化炉。

李伟显然做足了准备工作，他带着黎普雷在兵团一样排列的杂志码放而成的柱体间穿梭。不知道他是不是通过意识共同体在操作，这些原本排得密密匝匝的柱体就像棋子或者列阵士兵那样，随着他们两人的行进而纷纷散避、转移、挪让，给出了一条可供通行的路。

七拐八拐，李伟带着黎普雷来到一根柱体面前，那上面标号是16-53-149，上面的杂志尽管同样从书脊看不到名字，但是黎普雷只需要瞥两眼就知道,那是《信息》杂志。最下面他不熟悉的那些,就是《信息》内刊了吧。

李伟将周围的柱体调整成圆形环绕着他们,这样两个人就处在了绝密、封闭的圆柱体中间。随后他从下面取出那些内刊,和黎普雷之前猜想的不一样,这是双月刊,因此一共是二十四本,而不是四十八本。

除了没有刊号,内刊和正式刊物没有什么区别,纸张、设计、印刷的质量都很出色。根据杂志第二页的版权信息,杂志的主编正是国王,宇文往户则不只是执行主编,还是杂志唯一的主笔。不过内刊的内容和后来公开刊行时完全两样,称它为一本技术刊物也不为过。里面的内容都是探讨信息的产生、交流、处理方式,这些方式的可能前景,各种前景会给人类社会带来的影响。

每一期杂志的头条都是宇文往户的文章,这些文章长者近万字,短者两三千,其内容从第一期第一篇的题目《以信息通达人类大同》可见一斑。黎普雷站在那里,一本一本地翻阅完所有的二十四册杂志,里面的文章有深有浅,文笔、语调各有不同,有的围绕宇文往户的文章展开、呼应,有的文章却另辟蹊径,别开一番局面,但是所有的文章隐隐然都有"信息""大同"这样的关键词。

正是在《信息》内刊上,宇文往户明确了意识共同体的架构与发展形态。简单说,这种发展形态可以分成三步:第一步,以移动灵魂为中介,将意识晶体捕捉存储的信息转化为可分解、可接入信息,架构起意识共同体;第二步,去掉移动灵魂,实现意识晶体与意识共同体的无间隔衔接;第三步,意识晶体与意识共同体融合为一，完成人类在信息基础上的同一。

黎普雷和李伟分别捧着杂志，出神地读着，等到都读完，两个人反而无话可说。于是放好杂志，走出厂房。

天色已经暗了。

默： 凭记忆。 犬暂逐人。

回去的路上，黎普雷和李伟很长一段时间没有说话。两人都开不了口。

也是。还能说什么呢？《信息》内刊的文章证明，帝国文化整个战略的蓝图与路线图几乎都由宇文往户规划，国王正是由他步骤清晰地推上了宝座，掌握了空前无匹的财富、权力、影响力。但正因为事实如此明显，无可辩驳，反而没有什么可说的。

因为宇文往户威胁到了国王的统治，所以必须置他于死地？真如此的话，只怕有三千万种置他于死地的办法，何必要等这么多年，如此大费周章地谋划？甚至还要给他安排爱情，安排绝望，难道国王不担心在此期间，真相走漏吗？话说回来，就算帝国由宇文往户一手规划，披露这一事实也不会对国王构成什么伤害。刘备什么时候担心过诸葛亮的智慧威胁到了自己？

更重要的是，宇文往户为帝国、为意识共同体所做的规划，他认为是人类新起点的"信息大同"究竟是如何被国王反转，设定为终点，用来清除文学、消耗文字，追求虚无的人类不死的？"宇文往户死于帝国的重复，死在国王追求人类不朽、凡人不死的途中"，如果说，昨天晚上，他和阿尔法得出的这一结论有些晦涩的话，那是不是可以说，发现国王将意识共同体用来追求这等宏大空泛的目标之后，宇文往户死于绝望，死于心碎？

黎普雷想得越多，越沉默。不是困惑增多，他无法破解，而是现在这团乱麻、乱麻的阴影，都过于庞大，让他无法相信答案如他想象的那样简单。

"我们查清了宇文先生和国王的渊源，宇文先生读硕士时有一位关系很好的老师与国王是师兄弟，几乎无话不谈的师兄弟，因此他读书期间就和国王认识，那时候国王已经在考虑离开学校，出来做些什么。后来他找到了'帝企鹅'这样的定位，并且迅速获得成功。现在我知道了，宇文先生早就认定，人类已经加速进入了融合时期，因而暗藏理想，希望能够在这个过程中做出贡献。他毕业之后进入帝国，以这个理想实实在在影响到了国王。"

李伟声音低沉，打破了沉默，可能他也知道，他补充的话现在并无实质意义，可是他还得说下去。

"国王是因为宇文先生实为意识共同体的建构人、帝国的灵魂而对他起了杀心，进而逼死宇文先生的吗？还是因为两个人在帝国的走向上发生了根本性的理念上的分歧？"

李伟这两个问题分不清是在问黎普雷还是问自己，他声音越来越低，像是要连人带声音缩进车座里去。

黎普雷始终没有说话，他现在看到了真相，看到了真相背面的样子，可是他还没法为李伟答疑解惑，因为真相与真相的背面都需要验证。可是找谁验证呢？黎普雷猛然坐直了身子——验证人当然只有这一切的始作俑者，帝国的国王了。

黎普雷正要告诉李伟，将车直接开到国王所在的医院，刘强在移动灵魂上的呼叫响了起来。

"终于找到了，"刘强说，"很多年之前，国王曾经和我们部门就一桩事情有直接的来往。因而留下了几页手写的材料，我将其中可以辨认笔迹的部分传给你。"

没等多久，图片传了过来。一共三张，遮掉了很多地方，可是剩余的部分也足够比对。不需借助任何仪器，只需要两相对照看上几眼，黎普雷就知道，这三张纸上端正的手写楷体字和资料 A 上那份受奖演说提纲出自同一个人。

也就是说，那份提纲确为国王手迹。也就是说，黎普雷之前的推论，乔伊娜昨天说的话是对的。国王早在 2029 年 9 月底，就规划好了宇文往户后面几十年，而事情也正是按照他的规划一步一步进行的。

这当然是一份重要证据，可是又能证明什么未知的东西呢？黎普雷看着移动灵魂上面的图片，只希望还来得及和国王一谈。

这时候，移动灵魂提示黎普雷，刘强再次试图联系他。刘强确定李伟还在他旁边，希望接下来的消息能同时让李伟听见，并让李伟尽快赶回部里。

"部里已经决定，宇文往户的事情停止调查，在之前已经做出的死于自杀这一结论外，部里不会再给出任何新的说明。"刘强顾不上这条消息可能给两人带来的情绪冲击，因为他有真正爆炸性的消息。

"刚刚接到消息。国王去世了。意识共同体上很快就会炸翻天的。"刘强说。

奇： 异。 特殊。

刘强说得没错，意识共同体成了信息大爆炸现场。自从黎普雷十二岁植入意识晶体，进入逐步对他开放的意识共同体以来，共同体上的信息从来没有像现在这样飞速翻转、更新。红色的信息如潮水一样在共同体上漫过、奔流，而且不是选择推送、付费阅读，所有的信息都面向所有人免费推送。

这完全能够理解，还有什么比这个共同体的创建人与灵魂——它几十年来唯一的立法者与统治者，这个世界上唯一一个人所共知的国王的去世更大的信息？还有什么需要帝国以如此真切的情感推送的信息？

黎普雷已经回到家里，他将自在空间开放到最大，让空间上每一次可以流淌更多的信息，也方便他第一时间抓取。每一条信息上面都有国王的英姿，国王威严的、足堪托付与信赖的面孔，在空间上俯视着黎普雷，无论他往哪个方向转动眼睛，国王都在注视着他。很多信息上面还有国王的视频，他在不同时期做出决断，为帝国带来实质性改变的画面。他手势丰富，但是每一个动作都准确传达了他的意思；他声音温和，但是里面自有不容置疑的决断。

黎普雷相信，现在世界上除了宇文燃他们那样远离现代文明的极少数偏僻之地，所有地方的所有人都停止了手边的工作，进入了意识共同体，接受信息的冲刷。他们和他一样，在国王的注视下，在国王的手势包含的范围，在国王声音抵达的地方，感受着这个男人给这个世界带来的前所未有的，同样也是不可逆转的变化。

黎普雷也是第一次如此细致完整地了解国王的生平。毫无疑问，这些叙述都是经过了修饰与剪接的，但是就像一棵装饰树一样，上面的彩灯与饰物是后面添加的，可是树干的走向、树枝覆盖的空间范围，都是它自身的。黎普雷看到了国王如何出生在普通家庭，他的父亲是工程师，他的母亲是酒店前台，而他又是如何凭借超人的天赋、奋发的精神，十七岁就进入了国内最好的大学学习历史。随后，国王又是以多么出色的表现在英国拿到哲学硕士，在美国拿到文学博士，回到母校，在三十三岁成为教授。

接下来的传奇更加广为人知。黎普雷注意到，即使在国王去世的时刻，帝国也没有详细描述意识晶体、移动灵魂和意识共同体的架构创意是如何在国王头脑中诞生的，所有的信息都以"洞察到人类社会信息交换方式的未来""依据对商业模式与人类前景的敏锐直觉""立志改变人类"这样一些陈旧又含糊的方式来描述帝国真正基石的奠基阶段。之后所有的信息也都在极实与极虚之间摇摆，实的方面不嫌琐碎繁杂地以各种表格、图标，配以不同的图片、视频，将帝国各个发展阶段的数据清晰呈现，虚的方面则对帝国的发展规划、未来蓝图等通通语焉不详，反而有大量的笔墨放到帝国的慈善、社会责任等方面。这可以理解，现在这些才是正常的应该放出来的信息，处在竞争如此惨烈的商业环境，谁都不敢托大地将未来的计划先行和盘托出。

看了足足五个小时，黎普雷都没有发现他想要的、将国王与宇文往户联系起来的信息。自然，在帝国商业版图里面也提到了出版这一块，在帝国的出版业绩上面也会罗列"推出了过去三十年中二十三位诺贝尔文学奖得主作品，所有华文获奖者全部出自帝国出版"这一傲人成绩，宇文往户作为今年的得主也位列其中。但是除此之外，没有任何表现国王与宇文往户有过交集的内容。

退出意识共同体之后，黎普雷在沙发上坐了一会儿，然后索性躺下来。眼前一片虚拟的光，勾画出刚才在自在空间上看到的国王形象，让他特别想说点什么。这几天的调查所得，手边凑齐的各种线索，由此拼接出的真相，由此猜想到的真相背面，他都想说出来。宇文往户之死与国王的干系，国王如此行事的动机，他还想和国王验证一下。可现在说与谁听？找谁验证？就算真相比他看到的猜到的还要复杂，就算整件事还有大量的秘密与阴谋未能揭晓，也都被国王带入不可追索的死亡境地了。这是不是不仅意味着，这几天他白忙活了，更意味着一个永难开解的谜团将永远长在他心里？

在沙发上躺了许久，黎普雷决定必须找个人诉说一番，无法验证真相，至少也得有个人来帮他一起分担重压，而且这个人也有这样的义务。

黎普雷进入意识共同体，定位出邓肯移动灵魂的接口，留下了他坚信邓肯一定会看见的信息。

"我是黎普雷。我想见你。我要和你谈一谈国王与宇文往户。"

Part2

一切事物都泛出不可思议的时间的色彩

岳　雯

　　李宏伟的长篇小说《国王与抒情诗》之异质性一开始就初见端倪："2050 年诺贝尔文学奖得主宇文往户意外去世。"这里出现了鲜明的时间坐标——2050 年。这显然不像以日常生活为原材料的小说——故事发生在当下或者过去某个确定的时空，也不像科幻小说——故事发生在缥缈的未来。2050 年，一个不那么遥远的未来，假如你我足够幸运，将活到那个年代，目睹将要发生的一切。现在，作为读者，我们深吸一口气，做好准备在小说里目睹一个似新实旧的世界的诞生：说它新是因为科技的日新月异似乎让那一时代的世界呈现出与今天截然不同的面目。但是，因为不太遥远，它与现在的关联又比我们想象得要深远得多。《国王与抒情诗》中呈现的世界，与现实世界共享了一个支点，同时又与之构成了锐角或钝角关系。李宏伟选择在这样一个时间点上创造他的小说世界，必然包含了他对于时间以及关于时间所蕴含的力量的思考。由此可以推断，时间，或者说关于时间的意识，是进入这部小说的通道。在他看来，随着技术的飞速发展，人不再是时间线条上的一个工兵，只能亦步亦趋地向前不能后退，人有可能获得某种自由：在时间之中来回穿梭的自由。但这个自由是真的自由吗？显然并不是。人并不完全具备自由意志，而是像一颗上帝的骰子——被扔掷在何处，就从何处重建自己的人生。事实上，在这部小说的本体部分，我们也能看清楚人在时间之中的处境。尽管小说将时间设定在 2050 年，但是，李宏伟利用空间的区隔，创造出了三种不同的时间场景。

一种是未来时间，也是小说着力描写的时间情景——每个人都有"移动灵魂"（看看！灵魂这种从古希腊人到我们都说不清道不明并为此争论不休的存在，居然跟"移动"连在一起，成为某种工具性的物质），并通过移动灵魂接入意识共同体。等一等！这样的表述听上去有几分熟悉，"移动灵魂"难道不像我们现在须臾不可分离的手机吗？而所谓的"意识共同体"，根本就是互联网的升级版嘛。这么看来，李宏伟所想象的未来，并没有脱离今日之世界而变得无法识别，不过是今天的升级罢了。而在他所做的变形中，还能看到作者灌注的小小讽刺和轻微的笑声。但是，在他的书写中，还是能看到未来与今天的不同。其中之一，即是时间的数字化。在黎普雷扮演侦探角色查找宇文往户死因的过程中，一条线索就是对于资料时间的鉴别。李宏伟煞有介事地标记出几个不同的时间：宇文往户留在陶罐里面的纸的生产时间是 2028 年 5 月。正面宇文往户所写的"就此断绝。保重"六个字的时间是 2029 年 9 月。反面的字，也就是清楚写着 21 年后，他的诺贝尔文学奖受奖演说提纲的那些字的时间是 2029 年 9 月。作者甚至安排了宇文往户在末尾写下"29930"的密符，指向 2029 年 9 月 30 日，以此强化时间的数字感。此前，我们隐隐感到，人类对于时间的观念将发生重要变化。而此刻，谜底揭晓，变化不过是我们对时间的理解不再感性化、具象化，而是更加抽象，完全数字化。数字，意味着剥去了时间所可能具有的感性形式，只留下准确到了极点枯燥的部分。仔细想一想，难道这一变化只发生在时间上吗？应该说，李宏伟描摹的未来时间，人类的一切都只以数字化的形式存在。比如，获得了诺贝尔文学奖的宇文往户，其作品也只是以数字的形式存在，只跟下载数有关。现在，你理解为什么李宏伟要不厌其烦地一一罗列小说中可能出现的时间节点了吧。每一个时间节点，他甚至会精确到年、月、日、点、分。因为，只有在大量的重复中，我们才能深切感受未来世界数字化的冰冷现实。

将时间理解为一串数字，带来的另外一个问题是丧失时间感。黎普雷在进入意识共同体，搜索宇文往户的过去而一无所获之后，发出了这样的感慨——"意识共同体改变的不仅是人与人交往的方式，更在不动声色地刷新人们的时间感，让人更习惯更安于即时与当下，而逐渐抛开对时间的追溯与展望"。显然，这不仅仅是意识共同体带来的，而是对时间体验方式的变化带来的。当时间仅仅体现为数字的时候，人们是很难在数字上寻觅过去与未来的。时间因此被压缩成扁扁的一片，没有来路，也没有去处，除了飞速变化的数字。从这个意义上说，李宏伟书写的 2050 年，尽管看上去生活更为舒适便利，人们可以直接通过脑电波发送信号，快速便捷地提供和获得信息，与他人更为直接地联系在一起。但是，于我而言，那是一个是令人恐怖的所在，因为，时间停止了。所以，黎普雷必须寻找时间，或者准确地说，重新体验时间。这大概才是宇文往户安排黎普雷体验其葬礼的真正用意吧。

果然，小说行文至此，文风陡然一变，悠然、绵长，饱含着抒情的汁液，与整部书坚硬、透明的叙事风格大不相同。在这里，时间感是通过空间感体现出来的。黎普雷跟随宇文燃行驶了五个小时，"下午五点五十分，来到茫无涯际的宇文草原面前。""茫无涯际"是对空间的形容，也是对时间的暗喻。数字化的时间，是不可能呈现出"茫无涯际"的。黎普雷清楚，只有丢弃现代世界的一切，包括关闭移动灵魂，以肉体之身直接进入时间的疆域，才可能体验出时间的不同。可以说，在那一刻，黎普雷渡过时间之河，重新返回了古典时间。所谓返回古典时间，不仅仅是你体验到了时间的不同，更重要的是，你将通过世间万物的应和来理解时间。只有挣脱了数字化的时间，才能在古典世界里与自然坦然相对。自然向人类绽放神秘、幽美的一面，而人类，在自然的怀抱中重新体验时间的变化。星辰，太阳，光的转换取代了数字，标志着时间的变化。

对于人类来说，古典时间是什么样的体验呢？一方面，因为摆脱了科技加诸人身的种种扩大或者限制，人的身心彻底舒展开来，感官无限活跃，能够感受最微小的事物。于是，时间被放大，每一个瞬间犹如被放置在放大镜下面，纤毫毕现。另一方面，因为瞬间被放大，时间变得极其漫长，或者说，因为在人心里留下的印记过于深刻因而显得漫长。但无论如何，时间因之而可感可亲，我们可以在此中安放自己。

当大队人马沿着草原的土路行进，突然之间，一条通衢大道"毫无预兆"地出现了。小说写出了从古典时间转换到现代时间的那种突如其来与毫无预兆。是的，现代性的重要标志正在于，它以无可辩驳的时间性把现在与过去拉开了距离。如果说，古典时间的形象是茫无涯际的草原，那么，现代时间的形象则是空无一人的城市。城市，当然是属人的，是为了人的聚居生活而规划出来的。可是，小说里的不定之城却完全洗去了人的气息，"每一条街道都空空荡荡，街灯、红绿灯、栅栏、盲道、隔离墩等等。所有这些现在仍旧或已然陌生的城市零件，比比皆是，只是统统洗脱了人的气息。""整座城市就是空，空空荡荡，空旷如也。就像是丧失生命活力的老人一样，他并不再展现应然的可能性，可也绝不被终结，被非他之物定义。"这一抒情性叙写在黎普雷驱马来到平台处到达高潮。规划而成的废弃停车场显示出了人类理性所不能把握的一刻，透露出压抑的无处不在的神秘气息。在黎普雷的震撼中，我分明感受到了李宏伟的犹疑：该怎么去想象现代时间呢？或许，他也没有十足的把握。很可能，他以为现代时间恰恰处于古典时间和未来时间的中段。既具有古典时间的神秘感，也具有未来时间的工具理性，因而呈现出中间物的特征。也就是说，现代，是持续和永恒的统一，是时间的裂沟。作为一个小说家，李宏伟明显感到了现在朝向未来敞开的那一刻，或者说，未来植根于现在的那一刻，人的存在方式将发生重大的改变。

2080 年，一份关于《国王与抒情诗》的鉴定报告

杨庆祥

鉴定人：杨庆祥 & 杨铮

完成时间：2080 年 5 月 25 日 19：45

完成坐标：雄安新区新帝国大厦 601 移动空间

秘密等级：绝密

新纪元 2080 年 4 月。清晨。我正在太虚幻境 1 号梦空间造梦。突然脑电波一阵震动，杨铮在呼喊我——在正常情况下，我的机器伴侣不会这么早喊醒我，他会独立处理完他能处理的所有日常事务，只有他无法判断且无法完成的事务出现时，他才会立即连线我。我意识到应该是有重要的事情发生，因为在过去的几年中，他几乎没有这么早惊扰过我。我迅速起床，他的脑电波第一时间向我传送了一条消息：2080 年诺贝尔文学奖得主宇文往户昨晚在居所中死亡。伴随这条消息的，是他第一时间搜集到的有关宇文往户的一些信息和各大媒介关于这个消息的报道。

我稍微愣了一会神。杨铮递过来一杯咖啡，看出来他有点困惑，我帮他接上电源，示意他休息一下。我开始阅读宇文往户的相关信息，发现几乎大同小异：写作，成名，隐居，获诺奖，死亡。我想

起我曾经在共和国时期见过他一面，那个时候我还在人民大学担任教授，因为编选《五人抒情诗选》而和宇文往户有过一面之缘。具体的情形我不太记得，但是他当时局促不安的神态倒是历历在目。我并不喜欢没有自信的作家或者诗人，因此后来鲜有联系，偶尔的邮件来往，也因为 PC 升级系统的改造而全部丢失。不过很奇怪的是，在帝国成立之后，我认识的一大批作家都丧失了写作能力，但是宇文往户却后来居上，渐渐成为帝国最有代表性的作家。只是这些年我已经不太关注文学创作，据说诺贝尔文学奖也即将取消，所以对他的情况实际上知之甚少。但是这一次不同，我必须面对他已死亡这个事实了。

果不其然，脑电波迅速传送来了一条消息，帝国第一时间成立了刑侦、科技、文化、法律、外交五人特别调查组，鉴于我长期在文化及其相关领域工作，我成为该组的成员之一。我负责的第一项工作也已经被安排，那就是，特别调查组发现了一本出版于共和国时期的作品《国王与抒情诗》，并且发现我曾经在共和国 68 年 5 月 13 日（2017 年 5 月 13 日）下午出席了该书的首发式。该书的作者，李宏伟——作为共和国时期最重要的作家，已经于帝国 15 年去世。特别调查组发现这本书预言了宇文往户的死亡——虽然提前了 63 年。这让特别调查组非常诧异，希望我对该作品做出有结论性的鉴定，以便为宇文往户的死亡提供参考性意见。

一个月后，该鉴定报告完成，以下为鉴定报告的全部内容，由我和我的机器伴侣杨铮共同完成。

1. 主题： 控制和反控制

《国王与抒情诗》首发于《收获》杂志，这份杂志现在依然以电子化的方式存在，不过所有的作者都变成了机器人。杨铮就经常在上面发表作品，他最近发表的一篇中篇小说是《所有的机器人都在深夜爱你》。他还得意扬扬地说有好几位评论家对此高度赞扬，其实我知道他就是一边为我做早餐一边用脑 PC 按照程序自动写作出来的。不过在共和国时期，能在《收获》上发表长篇小说是很重要的事情，何况李宏伟当时还非常年轻。随后这部小说的单行本由中信出版社出版，该出版社现在已经在帝国的文化出版机构中消失。该小说的主要故事情节如下：2080 年诺贝尔文学奖得主宇文往户在寓所自杀死亡，并留下了"就此断绝。保重"的只言片语。宇文往户的友人黎普雷顺着这个信息，一路追踪，最终破解了谜团——原来宇文往户的写作、获奖全部是一套事先设计好的程序。那个程序的设计者，是一家巨大的公司——该公司在小说中被命名为"帝国"——为了与我们现在真正的帝国相区别，我将在鉴定报告中将小说中所谓的"帝国"都打上双引号。该"帝国"的最高掌握者被称之为"国王"，他为了实现他的文化理想——也就是通过消除抒情文学的方式来实现人类真正的意识融合和意识统一，最终建构一个统一的意识共同体。该理想的第一个实验者，就是宇文往户。但有意思的是，虽然宇文往户自愿接受这个实验，最终却发现自己无法接受这个实验的后果。他的"自我意识"和"意识共同体"发生了矛盾，最后，他选择了自杀，并准备将这个重任交给黎普雷。

必须承认这是一个非常精彩的故事。在共和国时代，根据我以前的阅读经验和现在的检索结果的综合分析，虽然每年有大量的小说被创作出来，但是像《国王与抒情诗》这样的作品依然非常鲜见。李宏伟在当时就被目为是一个具有"异质性"的作家，与同时代的其他作家相比，他更善于通过故事来展示一些宏大的命题。他前期出版的中篇小说集《假时间聚会》已经显露了这一点。

在《国王和抒情诗》里，首要的主题应该是控制与反控制。

自福柯以来（杨铮居然不知道福柯!!! 但他迅速搜索到了相关资料），对于控制（规训）的论述已经相当繁复。福柯不仅仅是在文学意义上讨论控制和反控制，更通过具体的"装置"，如学校、监狱来论述控制（规训）所生产出来的一整套知识、逻辑和观念。但福柯局限于其 1960 年代的技术视野，使得他的研究更接近于"历史学"或者"考古学"，而非未来学。在李宏伟身处的 2013 年，因为技术尤其是远程传输技术的发展和成熟，一些全新的技术产品被发明并被推广应用。比如由中国腾讯公司生产的"微信"，这一社交产品的推广在 2013 年前后改变了很多人的工作和生活。《国王与抒情诗》里面对移动灵魂以及意识共同体的描述很容易让我们联想起那些技术产品。李宏伟以一种"未来学"的眼光想象并发展了这些技术，但和福柯类似的地方是，这种想象并非是一种认同。对于控制（规训）的敏感想象恰好证明了一种反方向的逆动，那就是怀疑这种控制，甚至反对这种控制。我们可以看到，《国王与抒情诗》的叙事的张力——这是一个古老的叙事学修辞，是杨铮从电子词典里面特意挑选出来的——就在于控制和反控制、规训和反规训的博弈中。从隐喻的角度看，国王代表的是控制的力量，而抒情诗则代表着反控制的力量，这两者的对峙和互动构成了一则人类命运的预言。

2. 形式： 长篇小说和寓言

从形式的角度看，《国王与抒情诗》可视作长篇小说。在新技术和新纪元之前的时代，也就是从 19 世纪开始，长篇小说成为人类最重要的艺术体式之一。虽然小说的起源主要肇始于有闲阶级的出现，尤其是大量女性的读写能力的提高，她们需要长篇小说填补闲暇时间。但是在后来的发展中，小说从消闲的读物变成了意识形态最重要的构成部分。大致来说，以西欧为主体的现代长篇小说有几种面向，一是历史，二是政治，三是哲学。在历史、政治和哲学的基石之上，现代长篇小说提供了一种整体性的书写和思考远景。在这种意义上，卢卡奇曾提出了小说的"总体性"问题。这一问题在后来共和国的长篇历史小说中得到了极致的发展。但是在共和国的晚期，长篇小说是否能够负担如此的总体性使命遭到了一致的质疑。很多写作者和批评家无视即使《红楼梦》这样非严格意义上的长篇小说依然提供了一种"总体性"——当然这一总体性是以中国独有的生死观和因果论建构而成——而试图将长篇小说的这一本质性的功能予以瓦解。这使得文学在旧纪元晚期急剧地小圈子化，无法进入社会对话和社会参与的共同体语境。

《国王与抒情诗》则反其道而行之，在碎片化的语境中重新试图恢复小说的这一"总体性"命题，这使得这部小说从开头到结尾都弥漫着一种宗教式的或者哲学式的情绪——杨铮完全不能理解这种精神氛围。在新纪元之后，宗教和哲学已经成为非物质文化遗产，目前只有数十个被指定的机器人对其进行编码维护——但是对于我来说，这种氛围依然令人感动。它让我想起《国王与抒情诗》首发式的那个下午，我几乎被这一精神氛围所迷醉。但李宏伟非常谨慎地处理了这种总体性，表现在文本之中，就是他设计了文本之中的文本——一首名为《鞑靼骑士》的抒情长诗。李宏伟似乎在刻意制造一种对位，他意识到总体性并不是一种泯灭一切差异的"统一性"，而是在承认差别、缝隙、错乱、碎片等前提之下的一种远景式的乌托邦。

在新纪元之前，尤其是斯大林主义以来，因为冷战的影响以及对控制的极度敏感，曾经有一段时间非常流行反乌托邦的写作，尤其以奥威尔的《1984》最为著名。这部作品毫无疑问是一部观念大于艺术之作，但是因为其政治性而在全世界广为流传——杨铮在阅读完这部作品后表示不屑。他的程序在24个小时能生产5部类似的作品——李宏伟虽然在观念上有一种反乌托邦的批评视角，但是他也戏剧性地呈现了"帝国"意识共同体的乌托邦构想在某种程度上切合一种长远的利益。也就是说，"帝国"的控制蓝图并非是暴力式的，而是每一个个体主动选择的一种结果——在小说中，宇文往户和黎普雷这两个最有自我意识的人几乎都认同了这一蓝图。

这是一个悖反的寓言。我突然想起我当年对这一小说形式寄予厚望的原因，因为我在此看到了复杂性。我发现了复杂性和暧昧不明从新纪元以来就日渐消失，这也许是李宏伟在《国王和抒情诗》里面想要极力挽留的东西。在总体性上呈现的是寓言，而在细节上呈现的是明灭的暧昧、举棋不定的犹豫、思前想后的妄念等等。

3. 文学史：虚构主义写作

首先我需要就文学史这个概念稍作说明，因为自新纪元以来，在帝国的文化谱系中，已经没有任何文学史的概念了。所有的写作都被视作为一种游戏式的表达，而且因为意识库容量告紧的原因，所有的写作被处理为"即写即发表即去痕迹化"的模式。而文学史是指在技术相对欠发达的旧纪元时代，人类由于还要依靠记忆和经验来构建精神和自我，会将一些特别有意义的书写予以命名、归类、存档、教授并反复强化记忆，此过程构成了所谓的文学史。但因为文学史的书写依赖的依然是人类的自觉和有限的经验，因此，文学史往往并不准确且时常发生变化。

如果从文学史的角度看，李宏伟的《国王与抒情诗》显得不好把握。根据对意识库的回放，我发现在该书的首发式上，对它的定位就颇有争议。我当时提出了一个"新虚构主义写作"的说法，随后我和李宏伟有一次通话，就虚构主义达成了一致意见。至于"新旧"与否，我们当时决定搁置，留待文学史家来进行处理。当然非常可惜的是，即使李宏伟在作品中表现出了超凡的想象力，但是在实际生活中却显得谨小慎微，我们都没有考虑到文学史迅速就消失了，以至于今天的鉴定也必须从头开始。

在共和国的写作史上，有两类写作与《国王与抒情诗》有关，一类是公元 1980 年代兴起的先锋写作。这一类写作以马原、余华等人为代表——很遗憾，意识库里面没有这两位作家的回忆，这也是调查组为什么请我担任鉴定人的一个原因，因为我在共和国时期读过他们的作品并能够进行意识回放——这种写作对应的是强现实主义的社会主义文学传统。在这一传统里面，全知全能的叙述者，高度统一的精神主体和与意识形态相呼应的结构都已经无法表现"新的现实性"，一个逃逸、游移不定的叙述者由此诞生。该写作中断了小说与现实一一对应的关系，淡化了背景、环境和历史事实，它构成了另外一种普遍性的陈述结构，构成了中国现代主义小说真正的起源。第二类是公元 2010 年左右兴起的非虚构主义写作，非虚构写作的兴起恰好是对先锋写作的必然反拨。非虚构首先强调作家的自我意识和写作姿态，作家不能成为生活的局外人或者满足于讲一个与己无关的故事。非虚构不是"反虚构"，而是"不仅仅是虚构"。但非常遗憾的是，大部分非虚构作品基本上停留在反虚构的层面上，并且将非虚构与"虚构"进行一种简单的二元对立的区分，这导致了"非虚构作品"甚至无法区别于"报告文学"。作家的主体性停留在实践的行动者（田野调查或者社会访问）的层面，而没有将这种主体性进一步延伸，在想象力（虚构）的层面提供更有效的行为。

也就是说，所谓的虚构主义写作实际上吸纳了上述两类写作的传统并对之进行了整合和改造。一方面是吸纳了先锋文学的形式感和想象力，另外一方面是参照了非虚构主义的现实感和实践性。因此，如果我现在要补充对于《国王与抒情诗》的所谓"文学史意见"，应该如此表达：这是一次立足于现实，同时又极具想象力，从多维的角度切入现实和未来的虚构主义写作实践。

4. 鉴定结论

根据相关授权后使用文本细读、资料搜集、意识回放以及档案提取等方法，经过我和我的机器人伴侣杨铮的深入交流和讨论，得出以下鉴定结论：

第一，没有丝毫证据证明该书作者李宏伟和该作品的主人公宇文往户存在着实际的现实关系；

第二，宇文往户很有可能读过《国王与抒情诗》，并将自己的笔名改为"宇文往户"；

第三，宇文往户是否被该作品暗示，并根据该作品的情节设计了自己的人生模式，还有待进一步的调查求证；

第四，虽然在时间上相差近 63 年，但是《国王与抒情诗》预言的意识共同体、人类永远不死已经基本成为现实。

5. 特别建议

第一，建议将李宏伟以及《国王与抒情诗》上升为"秘密"等级，非经帝国安全部门特别批准，不得进行任何形式的阅读和研究。

第二，进一步建议将新纪元之前的全部作家作品进行加密。

第三，鉴于我的机器人伴侣杨铮在此调查过程中出现短暂的沉思、迷惘、失眠等旧纪元病症，提请帝国科技部门对机器人思维进行新一轮升级调试，以免出现机器人返祖的安全隐患。

第四，我在调查和鉴定过程中有两次无法屏蔽意识流对旧纪元女友的思念，并出现记忆情感流密集涌入记忆库的非常态行为。在 4 月 4 日和 5 月 4 日我的思维甚至两次出现吞噬性扭转，我旧纪元女友的声音、体形、肤色、眼神都以具象的形式立体呈现，我因此萌生自杀而与之相聚旧纪元时空的念头。虽然我最后通过切断意识的方式进行了自我矫正，但这说明目前的不死系统存在巨大的漏洞，尤其对于我这样具有旧纪元生活经验的老人来说更是如此。因此建议帝国的卫生部、科技部和最高安全委员会联动，对不死系统进行全面干预，以确保不再出现类似症状。

6. 补充说明

第一，出于对调查对象的尊重以及与其使用的文字相匹配，调查报告的第一稿以汉语的方式完成，同时杨铮对之进行了代码转译，因此目前的报告有一式两份。一份以旧纪元前的汉语为符号，一份以新纪元的机器代码为符号。两者都经过特别调查组备案，并提交至记忆库存档，秘密等级为绝密。

第二，根据《帝国宪法》第一修正案第64条第2款，《帝国机器人宪法》第一修正案第20条以及《帝国人类和机器人合作备忘法例》第45条第8款，我和我的机器人伴侣杨铮享有言论豁免权，因此，对于上述鉴定的所有结论和建议，均不承担法律责任。

特此，帝国万岁！

未来世界的诗性忧思
——评李宏伟的科幻小说《国王与抒情诗》

房　伟

　　李宏伟写过很多诗，也写小说，本职是出版社编辑。这本《国王与抒情诗》，是他的一部最新的长篇小说。我反复读了几遍，暗自吃惊并佩服，一是惊讶于宏伟对于未来世界的想象与理解，二是佩服于他在小说之中表现出的"经典作品"的哲学深度和阔大气质。作家李洱说，在《国王与抒情诗》之中，他终于看到了最具有文学性的、成熟的中国科幻小说。而就我的阅读感受而言，《国王与抒情诗》是一部展示中国人想象能力的"超品"之作，而他对人类未来世界的哲学阐释和理解，具有异乎寻常的预见性和反思性。

　　我对科幻文学接触原本不多，但科幻电影看得却不少。印象之中，那种对未来世界的想象，一定是建立在高度发达的工业社会、高度个人化的文明社会关系之上的。对于我们这样一个处于现代转型的中国而言，科幻文学一定不是最发达与读者最关注的东西。但近些年来，随着科幻文学的影响扩大，韩松、刘慈欣、郝景芳、夏笳等作家的作品也慢慢进入了我们的阅读视野。这也纠正了我的很多"童年偏见"。那时候，科幻文学大多作为科普文艺与儿童教育出现，语言单调呆板，在低幼化的故事、科普式的宣传之中，还充满着很多意识形态清规戒律。比如，那时很多火星殖民、建设月球的中国科幻小说，都透着点国营大农场"开疆支边"的味道。当下纯文学领域，主要是三分天下，即乡土文学和都市文学，还有一小部分先锋叙事。类型发展非常不充分。我们将类型文学的领域，都让给了通俗文学和网络文学。近些年来，科幻文学的发展，恰恰弥补了纯文学领域表现短板，从小处说是类型文学的发展，从大处说是科学精神和理性思维的发展。从另一个角度而言，这些科幻文学也是中国人扩大了对自己和世界的关系的思考。无论农村转型，还是城市个人情感体验，中国文学书写的还是一个小范围的、民族国家范畴的"自我与世界"的关系想象图景。但科幻文学恰如其分地为我们提供了新的自我和更大范围的世界，比如，人类和宇宙这个更大"他者"之间关系的想象；又比如，发达的科技社会的"虚拟自我"如何导致传统社会的崩溃；再比如，机器发展带来的"人和机器"的伦理问题。网络文学之中，也发展出很多科幻作品，如黑天魔神的"废土"系列小说，天下飘火的《黑暗血时代》等，都是很优秀的代表。

李宏伟是不一样的。考察他的创作经历和成长过程，他并不是刘慈欣、韩松那样天然地成长于"科幻圈"的作家，而更像是纯文学领域培养出的一名作家。无论是他的诗歌创作，还是他的《平行蚀》《并蒂爱情》等小说作品，都透着股非常纯正的文艺青年的味道。然而，正是李宏伟的《国王与抒情诗》，不仅给我们提供了"脑洞大开"的未来世界想象，更重要的是，它展现了中国纯文学界对自身边界的拓展，对新的主题和内涵的介入能力。它超出了我们目前热议的70后、80后的代际文学的概念，也超出了新乡土、非虚构、网络文学等新世纪以来的文学思潮，进而表现了中国文学在跨越代际、类型，创造出更有世界视野，又有中国特色的故事上的勇气和信心。从这一点而言,《国王与抒情诗》对当代文坛的意义,绝不亚于刘慈欣"三体"系列小说的冲击力。

但是,《国王与抒情诗》并不是一部"好读"的小说。我读第一遍也感觉艰深晦涩,但读到第二遍、第三遍,才慢慢体会到了作者的深意。而经得起反复重读,正是经典文学的标准之一。它并不是《三体》那样带有科普语言和故事元素的作品。它充满着文体试验、象征隐喻、类型交叉整合,及深刻紧张的哲学思辨。未来世界的构想方面,李宏伟设计了一个最大的"脑洞",就是意识共同体、移动灵魂、意识晶体"三位一体"的主流化社会信息交往平台。在这之外,则是"信息游击区"的非主流网络社区设计。这个创意非常有意思。网络社会之后,人类将往何处发展?这是目前科学家和很多学者热衷于预测并讨论的话题。互联网的出现,给人们带来的改变是革命性的。互联网"超级共享"和"高速链接"的概念,使得麦克卢汉"地球村"的激动人心的想象不再只是梦想。它使得不同地域、文化、族群的人们,能更有效地享受各种社会资源。手机、微信、优步、阿里巴巴等,依托于互联网之上的商业模式和交互模式,不断刷新着人们的认知。很多传统的人际交往模式,比如写信,传统的商业模式,如超级市场、出租车业,正面临着严峻挑战。网络给人们带来好处的同时,也带来了一个巨大的副作用,那就是"虚拟"性。VR(Virtual Reality)这个话题和人工智能一样,让人类又恨又爱。虚拟现实的发展,看似可以解决人类很多问题,扩大了人类的感知能力。有了 VR,人类似乎在想象性上无限接近了上帝。比如,性幻想和暴力幻想,就可以通过 VR 得到有效缓解,从而降低犯罪率。有了虚拟现实,也似乎能最大限度地满足人类的很多梦想,弥补很多缺陷。但虚拟现实在互联网的超级仿真和即时共享的技术加持之后,会让人们沉溺于虚拟世界,不愿意返回现实世界。正像鲍德里亚对"仿真与拟像"的阐释,网络化后的工业社会,人与人的交流和接触，并不是变成"世界大同"，而恰回到了麦克卢汉曾担心过的"人类重返鼓声相闻的部落时代"的预言。权力对人的控制，不仅是控制人的消费、肉身，更是对人的情感和理解世界方式的控制。这无疑是对人类精神自由的最大挑战，也暗示着人类创造力的萎缩。我们似乎都变成了《黑客帝国》中的"伪人类"，不过是躺在一个培养槽中，通过脑后的插头，假装生活在一个高度发达的文明之中的"可怜虫"。

这种对于虚拟与共享的担忧，就表现在了李宏伟对于"三位一体"的设计。这种设计对于智能手机和互联网来说，更是一个超前的大胆想象。人类可以将所感知与回忆的事物，按选择存放在自己的"移动灵魂"，并通过安装在后脑的晶片——意识晶体，上传到"意识共同体"这个超级共享平台，同时你也可以分享所有陌生或熟悉朋友的意识。手机不需要了，人们无限地进入信息世界，分享无限精彩经验，感受无限精彩人生。如果你想要更私密的互动，则可选择"信息游击区"这种类似高级网络社区的信息工具。然而，在这个超级互动的世界，一个极大危机来自文学、艺术等人类想象力和情感力的沦丧。这个危机表现在小说开头的一个悬念：诺贝尔奖得主宇文往户死亡之谜。整个小说以往户的好友，前帝国员工黎普雷对往户的死亡调查而展开。黎普雷通过往户留下的种种蛛丝马迹，宇文往户的获奖诗歌《鞑靼骑士》，深入到帝国最高领袖——国王与宇文往户的复杂纠葛之中。小说整体语言风格冰冷、干净、理性，但又掺杂了很多诗一般的语言和诗意场景描述，及大量隐喻性东西。比如，宇文燃带着黎普雷来到草原的段落："阒寂星空下，马蹄落在干枯的草茎上，踩进绿色尚存的草芯里，发出了枯草折断的干净利落的声音。再至汁液迸溅的湿润温婉的声音，使得群星满布的夜空呈现蓝幽幽的美。"小说中不断出现的时空点、诗歌、意象，都含有极强隐喻性。比如，黎普雷将往户的骨灰送往他指定的埋葬地点，也是《鞑靼骑士》之中骑士的最后归宿之地："无定之城"。那些人工建造而成，却空无一人的城市，象征着人类丧失与现实世界交往能力、丧失诗意想象能力之后的死亡之城："这些成排的从建成之日即行荒废的楼房，从来没有沾染过人类居住的气息，却并没有多少破败相。门窗紧闭，屋宇挺立。大概因为规律性的大风刮动，地上也并没有落下厚厚的尘埃、沙土，连情理当中必然会有的牵着、挂着、挨着、挤着的大半枯黄的衰草或藤蔓也没有，更别提据此想象那种城市在春夏季节的葳蕤繁茂了。整座城市就是空，空空荡荡，空旷如也。就像是丧失生命活力的老人一样，他并不再展现应然的可能性，可也决不被终结，被非他之物定义。"

随着黎普雷调查不断深入，真相呼之欲出。帝国企业的总裁"国王"与宇文往户是多年好友。宇文往户也参与了帝国企业的 EP 文化设计。但是，往户在这个过程中，发现了国王利用理性操控一切的野心，从而果断地辞职，但依然无法摆脱国王对他的人生控制。从他的女友到他的情感体验方式、文学思维，都在国王的设计和控制之下。当宇文往户获得诺贝尔文学奖之后，在写受奖辞的当天，发现这份受奖辞居然在二十年前就被国王设计好了。在绝望的反抗支配下，宇文往户选择了自杀。小说之中，也出现了文学艺术消亡的意象，最触目惊心的是文字博物馆和纸张火葬场。帝国企业试图将所有文字管理起来，目的不是推广，而是有计划地使之消亡。对于纸张与文学艺术，则利用老教授和学者组成送葬工，将它们都付之一炬。后现代版"焚书坑儒"以"世界大同"的美好形式出现，不能不说是对人类极大的讽刺。小说第一部分结束时，死去的国王和宇文往户的意识，在与黎普雷对话之中，透露了国王的终极思维：无限虚拟与无限在场共享的意识幻觉，只有取消了文学、艺术等一切涉及人类不安分的想象力和情感的东西，才能无限接近"永生"目标。世界变成了一个按照规则无限运行下去的机器，无波动，无错讹，永远正确地运行下去。

然而，我们能因此将《国王与抒情诗》看作一个类似赫胥黎的《美妙的新世界》，奥威尔的《1984》这类反乌托邦的小说吗？问题又不是那么简单。长久以来，科幻文学界也有所谓硬科幻与软科幻的区别，只是偏重不同。有的注重科学设计"脑洞"，有的则是带有意识形态讽喻性的寓言式写作。但以此标准来看《国王与抒情诗》，好像二者兼顾，又有着新特点，即所谓"诗性"。小说对未来科技的反思与批判意味不言而喻，例如，小说第三部分"附录"，作家通过"植入日"散文叙事场景，"信息奴"第一人称叙述体，及"意识晶体幻在感"的医疗报告，"拍卖零"拍卖演说词等几种文体，为我们以"点"的方式，虚构了未来世界的生活场景。但小说整体结构并非故事体，即罗兰巴特说的"可读"的文本，相反，它却是一个有大量能指，而所指并不确定，需要读者来参与解释的"可写"的文本。小说比较少出现激烈叙事冲突，充满了大量哲学思辨，隐喻性暗示，不同文体的交叉。特别是小说第二部分，纯粹是一个"可写"文本，表现出很强的后现代主义装置性色彩。那些不断如同疯泉般涌现出的语词，像是隐喻，也像行为艺术，更像对文字与文学最后的哀悼，痛苦疯狂的纪念，集中而压迫性的宣泄。作者似乎在"马"等意象的凌乱描写，表达出文学即将死亡时的"绝望反抗感"。一般科幻小说不会这样去处理文本。它们往往不太在乎文本形式建构，而专注于想象力世界描述。李宏伟的这些做法，更接近品钦等后现代主义作家的小说艺术手法。

同时，这种诗性科幻，还表现在小说对于国王、宇文往户这两个人物的态度上。国王并不是类似"BIG BROTHER"这样极权主义的符号，而是一个人类理性的象征。小说结尾也颇具意味。国王和宇文往户的意识，共同指定黎普雷做帝国继承人，其原因竟在于黎的诗性能给予整个系统新可能性："一个人越恨帝国，恨得越有道理，他越有可能成为卓越的帝国继承人。因为他对帝国的可能性进行了最大限度的探索与消耗。也许有一天，帝国完成了它的使命，在人类融合之后，要么脱胎换骨、迎来新生，要么使命完成、寿终正寝。但在此之前，它一定消耗完了所有商业上、创意上的可能性，使得人类一片宁静沉寂。"企鹅帝国的继承人，却在黎普雷、信息游击群的群主阿尔法这样对帝国持有怀疑和批判的态度的人之中寻找，这无疑表现了在"张力之中寻找生存动力"的高度理性智慧。如果说，国王代表理性、科学，宇文往户代表了文学、艺术与感性，那么，黎普雷似乎是二者的折中选择。在黎的理解之中，往户和国王最后都将归于"抒情性"。因为抒情性恰是人类面对世界的好奇心、努力尝试的毅力与毫不犹豫的担当："这样的行为，这样的人生，不就是抒情诗吗？"因此，这篇小说也就摆脱了一般乌托邦小说专注于权力控制与反抗的福柯式景观的局限，试图在更高的"诗性"为人类未来社会寻找新的希望。从这一点而言，李宏伟又是温暖而乐观的。或者说，在未来世界的想象上，中国作家试图为世界在冰冷的毁灭、超级虚拟的恐慌之后，寻找到新的生存意义。《国王与抒情诗》表现了一种非常积极的未来观念和人生态度。这样的科幻写作，也是对当下文学创作的一种强有力反省。除了乡土故事与都市男女情爱，我们其实还有更广阔的书写空间，而利用文学形式，为人类社会提供更多情感体验与可能性想象，这也是"中国经验"对世界的责任和义务。

也许，全球化的今天，所谓"转型"之说，先天带着现代性预设与乐观进步主义。庞大的中国，并非按照某种既定模式，进行按部就班的转变，而更像在一个后冷战多元主义海洋之中漂泊，时而惊涛骇浪，时而和风细雨，有目标方向，但计划总不如变化，种种困境和机遇并存，实在令我们不断陷入困惑和反思。"中国故事"从来就不是自己的故事，而是一个"他者"与"自我"互为镜像的写作。作家对未来世界的想象，既是民族国家想象的一部分，也考验着一个作家能在多大程度上成为"经典作家"的潜质。它映衬与折射出了一个作家摆脱"他者"限定，展现"中国自我"心像的能力有多强。如果说，这部优秀的小说还有发展余地的话，我希望能看到更多的、更为"细节逼真"的世界设定，更多具有描述性的未来景观，以及更丰富复杂的人物冲突。小说的诗意太浓，似乎过于乐观，也似乎低估了人类的野心、欲望、残忍、愚昧。但是，无论如何，作为一个野心勃勃的 70 后作家，李宏伟的思考与写作，给我们展现出了中国文学异乎寻常的生长能力与创造力。《国王与抒情诗》，也注定会成为当代文坛的一部重要的标志性文本。

科幻， 连接现实和虚拟的桥梁

李伟长

关于科幻与现实的关系，科幻作家夏笳引用过科幻大师 A. C. 克拉克一句话，他说："我写科幻小说，因为科幻是唯一关心现实的文学。"夏笳认为这里的"现实"，是指全体人类的共同命运。从这个意义上说，科幻文学与经典文学在关注人类命运的主题上不谋而合。在今天的文学创作中，大概只有在地球文明遭遇外来文明入侵的想象中，才会谈论起所谓的人类共同命运这个严肃命题。

一

当李宏伟的《国王与抒情诗》被作为科幻小说谈论时，我首先想到的便是人类的共同命运这个古老的主题，其次才是科幻小说的认知边界，以及科幻文学以科幻的方式对现实问题做出了回应。科幻作家星河在一篇关于克拉克的文章中，提出了一个有意思的观点，他认为克拉克的《2001 太空漫游》和乔治·奥威尔的《1984》是当年度最优秀的硬科幻和软科幻作品。这自然是星河的一家之言，也是一个科幻作家的一厢情愿。但这个观点的有趣在于，将《1984》这部带有某些幻想色彩的纯文学作品视为软科幻文学，倒真的是建立在软科幻约定俗成的定义上，即这部文学作品是以人文社科和哲学为思维基础进行幻想创作的。显然，将《1984》视为科幻小说会让人大吃一惊。不过这很正常，许多人并不能很好地区分软科幻和硬科幻，甚至对科幻这种文学分类本身就缺乏理性认识。

从科幻界定的角度而言，《国王与抒情诗》被纯文学研究者视为科幻文学，和《1984》被科幻作者列为软科幻，这两件事有着某种相似之处，即科幻文学的界定标准不是大家都熟知的常识，恰恰相反，人们都在根据自己的观念进行理解和判断。问题在于，从科幻这个角度，去谈论这部 2017 年长篇小说创作中最独特的《国王与抒情诗》，是不是一个值得信赖的角度？在纯文学领域，李宏伟的名字值得信赖。他的小说集《假时间聚会》，以其哲学思辨、想象力和富有探索性的文体意识引起了很大的关注。

一部文学性很浓厚的虚构作品，同时被人看作是一部杰出的科幻小说，这本身就是一个值得关注和探讨的事情。就我的理解而言，这多少与我们对科幻小说的定义有关。科幻文学素来就有硬科幻和软科幻之分。问题在于，软和硬如何区分？在科幻小说里面，到底是以什么标准来区分软硬。我们通常会下意识地，以书写科学技术的多寡作为评判的一个指标。那些技术多的，我们会认为它是硬科幻，而技术涉及面少的，我们会认为它是软科幻，那么事实上是否是这样呢？关于科幻小说如何界定，面对李宏伟的长篇小说，我们应该有这样的疑问：如果《国王与抒情诗》能够被称作科幻小说的话，那是不是意味着，关于科幻小说这种文体，我们忽略了一些元素。或者说，我们以往的理解出了一些偏差。从专业的理解来说，以什么学科出发为基础，决定了什么才是硬科幻和软科幻。从物理学、化学、机械学、太空等领域为基础进行幻想的小说，叫作硬科幻。从语言学、心理学、社会学以及其他的人文哲学类的角度出发，进行想象和幻想，才叫软科幻。这基于一个前提，即我们对什么是科学有着彼此接受的定义。

李宏伟《国王与抒情诗》的思想基础，显然不是通常意义上的硬科幻文学所关注的理工科层面，而是人文社科类层面。需要强调的是，这里提到的人文社科类和人文主义是两个截然不同的概念。李宏伟的文本是在探讨一个问题，即国王与抒情诗这两者的象征意义，分别代表什么呢？国王代表一种秩序以及秩序的制定和维护者，同我们谈论的政治秩序和经济秩序等现实的秩序不一样。在李宏伟的文本中，国王面对的是一种新型的、面向未来的文明秩序。抒情诗代表的是一种被碾压和弃用的人文精神，一种难以被计算、被量化且允许游移并充满不确定的关怀，即作为人的一部分特征。

二

《国王与抒情诗》有几层丰富的文本。第一部分，就是目前被我们看作是科幻小说的内容，李宏伟虚构的几个概念，如意识共同体、意识晶片和移动灵魂。在未来的人类世界，人们可以将自己通过某一种技术进入到一个意识共同体。这个共同体是由人类所有意识组形成的一个网络。这当然是对未来的人类生活、思考方式以及社群特征的一种想象，即一个人的意识是可以独立使用的。李宏伟感兴趣的并不是技术本身的发展，而是这种技术对人类意味着什么？他虚构了一个小说家获得了 2050 年的诺贝尔文学奖。获奖是一次精心演算的结果，一次被过去预测的"偶然"事件，因为小说家的所有作品，都通过意识共同体进行了多年无形的影响、渗透和培育，就连他的获奖发言提纲，很多年前就已经写好了。这样的意识共同体意味着什么呢？人的抒情本能，也就是独立的、自由的发自内心的创作渴望，是否还可能存在？李宏伟以文学的方式来讨论这个问题，国王和抒情诗作为两种文明的代表和象征，他们彼此争执、暧昧，又相互纠缠不清。作为技术的发展趋势，意识共同体值得肯定。抒情诗是一种作为文明特别是作为人的独特存在，作者不愿意看到它的衰落和被取代。

如果到这里为止，《国王与抒情诗》的确是一部科幻小说。有意思的是，李宏伟还在小说后面附加了两个文本。一个文本是 12 首抒情诗。这部分内容看上去有些凌乱和率性，叙事不规则，词语不断跳跃，行文混沌暧昧，逻辑带着缝隙，但是又充满激情，还蕴含着叙事。这部分内容，纯文学性很强，如果不是作为这部小说的一部分，我们完全可以把它当作一部独立的诗歌来看待。作为抒情功能的例证，如此富有诗意的文本是机器做不出的，也是国王系统做不出的，它不符合机器计算的准确规则。第二个附加文本，是关于人和人类意识共同体之间的连接方式。文中提到在更早时期，国王曾经制造过一种富有原始意味的硬件设备，以此链接人和他人意识，以及众人意识聚合而成的人类意识共同体，这个硬件就像今天的"手机"一样。

我对这个像"手机"一样的硬件充满兴趣，且不说此物件在当下的对照和隐喻，李宏伟先是解决了一个"技术"变化问题。从个人意识到意识共同体的发展过程，得有一个设备进阶过渡，从硬件制造到软件升级，从类似"手机"的外在链接，发展到晶片植入身体的内置模式。其次，这是虚实之界，连接现实和虚拟的桥梁，犹如齐天大圣孙悟空使用金箍棒，需要"晃一晃"，金箍棒就会变得如碗口大小，也正如"摇身一变"的"摇身"，就是连通虚实之间的渡口。"手机"为实，"晶片"为虚，过了"手机"之后就进入虚拟，从实到虚，从现实到虚拟，文本由此变得更加可信。

这是我对科幻小说的一种理解，想象不是空穴来风，科幻不是胡编乱造，所有的可能都是真实的。即便是软科幻，也不意味着我们可以不顾逻辑和技术限制。在现实的可能和未来的可能之间，必须千方百计搭建互通的桥梁，好的科幻小说都做到了这一点。

三

这些年，中国科幻文学获得了更多的关注，在国际上也获得了一些奖项。得感谢一个人，就是刘慈欣。刘慈欣的科幻巨著《三体》，帮助中国科幻文学在国际认知层面实现了弯道超车，使得中国科幻作家和世界科幻作家站在同一个层面谈论问题，即人类文明的未来困境。我们需要看到的是，不能因为这个弯道超车，就盲目自信起来，真的认为中国科幻文学和世界科幻文学已经平起平坐了，从而忽略中国科幻文学，特别是硬科幻创作方面存在的不足。换言之，我们需要更多扎扎实实的硬科幻文学，而不仅仅是一部《三体》和一堆跟风之作。即便是像《三体》这样取得同行认同令人折服的优秀作品依然被人认为文学性有问题，比如语言显得粗糙，人物形象单薄，不够立体和丰富。与其说这是科幻小说的问题，不如说我们一直在期待能够将科幻和文学性结合得严丝合缝的理想作品。从科幻性而言，是顶级的，从文学方面来说，又经得起挑剔。这种期待让我们面对科幻小说的时候，会情不自禁地变得苛刻起来。面对所谓纯文学创作的时候，我们又会为作家缺少知识积累、科学认知、缺少对现实生活的洞察和未来生活的想象而变得忧心忡忡。硬科幻依赖于我们目前的科学程度，从技术的可能出发，寻找新的超生活可能。这和一个写作者所在国家的科技水平息息相关，这也就是为什么 20 世纪最伟大的科幻作品基本上都在欧美国家。中国缺少好的硬科幻作品，某种程度上讲，是我们国家的科技缺少"硬作品"，或是国家的硬科技没能进入科幻作家的视野。当年克拉克就认为，保持科学的精确性对科幻作品的创作来说是至关重要的。

当然，科幻文学的问题，归根结底还是文学问题，不是科普问题。如何将最尖端的科学发展成果写入文学作品当中，不仅仅是科幻作家面临的问题，其实也是其他作家同样面临的难题。譬如，金融知识如何进入文学，工业知识如何进入文学。披着纯文学外衣的写作者，回避了这些问题，不断地往后退，退回到自己内心世界，退回到个人生活层面。在我们挑剔科幻作家缺少文学性的同时，我们更需要对纯文学作家缺少现实关怀、缺少未来关怀，同样保持挑剔。

《国王与抒情诗》的出现，恰恰呼应了我们的这种焦虑。这部作品让我们看到了，科幻层面的内容和文学性追求可以合二为一，如果这个写作者足够优秀，不但有很好的文学方面的技术训练，又在人文社科有着相当深厚的积累。这就是理想的科幻文学，也是理想的文学，从这个意义上来讲，科幻文学和文学的分界，可以变得不那么清晰。我们既可以谈论其科幻性，也可以谈论其文学性。不会因为贴着科幻文学的标签，就降低了对他们的文学要求。这对科幻文学不公平，对其他的文学创作也不公平。

从硬科幻的角度来说，我们不妨把它和非虚构进行一定程度的比较。在谈论非虚构的时候，我们会习惯性地把它看作一种叙事方法。非虚构讲究生活的真实，这对写作者构成一种压力。硬科幻写作同样要求写作者，在虚实之间保持一种自由。如果我们把硬科幻对应的科学基础视为一种现实的话，若没有足够的写作技术作为保障，无论是科幻文学，还是我们熟悉的非虚构创作，听上去美好的克制都会变成笨拙。只有在技术的保证下才能够让写作者在虚实之间、有无之间自由地游弋。正如虚构的目的不在于虚构，科幻文学的根本目的恐怕也不在科幻，在于将人类命运的思考通过一定的文学肉身得以完成虚构。如果说在科幻文学创作当中，关于科幻的部分算是非虚构的话，那科幻之外的叙事就是虚构，从这个角度来讲，优秀科幻小说，其实就是虚构和非虚构的完美结合。

越是优秀的科幻小说，在这一方面，就会提供出卓越的令人惊讶的创造性。正如李宏伟的《国王与抒情诗》，如果缺少第二部分和后面的附录，这个文本的丰富性就会因此而大打折扣。李宏伟最令人称道的，就是将虚构和非虚构进行了结合。这种结合是巧妙的，也是有匠心的。如果李宏伟缺少足够的文学训练，《国王与抒情诗》也就不会显得这么独特。从科幻的角度来说，李宏伟关于未来人类意识的想象，放在科幻文学创作当中也称得上是独树一帜。从文学性而言，李宏伟提供了很多科幻小说作者做不到的纯粹。

　　李宏伟这部作品的出现，让我们重新对科幻文学在软科幻和硬科幻的分类上，有了更为清醒的认识，甚至对科幻文学的定义产生了兴趣。这个分类之所以重要，在于提醒我们科幻文学首先得是文学，其次才是科幻，而不是相反。只有这样我们才能够在文学的角度上来讨论科幻文学，而不仅仅是站在科幻的角度上来讨论科幻文学。《国王与抒情诗》是一个范本，它一方面告诉我们科幻文学可以做到什么样的程度，另一方面，也强调纯文学和科幻并不是水火不容。重要的是，李宏伟提供的文本，给了我们讨论问题的样本。这个样本足以让我们对科幻文学在今天的表现形式和内容进行思考。

科幻小说的俗套与反俗套

徐　刚

　　科幻其实和现实并不矛盾。我觉得科幻文学吸引我们的地方恰恰在于，首先它有一个让人脑洞大开的、非常新奇的想象力，科技的奇技淫巧的东西。这种叙事奇观，吸引着我们往下阅读。另一方面，科幻它肯定是指向现实的，它一定具有寓言性，一定是和我们的现实生活有关的，几乎没有办法想象一个没有寓言性的科幻小说。所以从这个角度来说，科幻和现实其实并不矛盾。

　　但是我们在讨论科幻文学的时候，有一个非常要命的问题，那就是科幻文学常常会走向一个叙事俗套的东西，一个人文主义的东西，这是一个非常大的俗套。今天的我们似乎陷落在对于人工智能的恐惧，对于科技失控的忧虑，以及对于不确定的未来的担心之中，并为此差不多都染上了科技主义的"忧郁症"。因而今天的科幻文学，总体上的美学意味也是忧郁、焦虑，甚至是具有末日气息的。因为，这种技术妖魔化的美学策略，是对科幻这一文类的古老偏见。包括我们现在在讨论人工智能的时候，总会担心人工智能有一天会取代人类，机器人会杀人，这是科幻文学里最常见的忧虑。但是想一想，我们现在开的汽车每年会杀死 10 万人，我们却不觉得汽车是非常危险的东西，反而会经常抱怨路上堵车。

我们更多在意的是科学带来的警醒，而非理想主义的乐观想象。科幻早已丧失它天真的孩提时代的科普功能，并且在向着把科学技术妖魔化、把未来黑暗化的方向发展。由此带来的后果是，一种文学性的人文主义成为科幻文学具有统治力的意识形态，甚至是一种不可置疑的"政治正确"。在此之中，对于科学的怀疑、质询与反思成为流行。我们似乎总是怀抱着一种根深蒂固的假想，即认为科学发展所带来的问题，运用人文主义的方法便可以妥善解决。这种人文主义的庸俗化带来的一个后果就是，动辄便叫嚣着反现代，反科学，以求重返自然。这种浪漫主义的冲动，以及在技术和人文的争斗中，坚定不移地站在人文主义一边，就是科幻文学最大的叙事俗套。

李宏伟的小说似乎也是这样，似乎就要落入到这个人文主义的俗套中。我们看《现实顾问》，小说具有一种天然的道义，那就是必须保卫我们的现实感，保卫真实，保卫我们的生活世界，让它们免于 VR、免于人工智能等技术手段的侵袭。这一方面是对抗技术的侵袭，另一方面也是对抗无孔不入的资本的殖民。用自然和人伦，来对抗技术和资本，这是小说的基本矛盾，也是小说竭力达成的某种正义。为了清晰展开这种基本矛盾，顺利达成这种天然正义，小说采取了一系列的修辞方式。比如，为了突显与技术梦魇的相对，小说不断穿插呈现白条湖的美景，呈现那种悠然、恬淡、怡然自得的自然之美，这里面有一种回归自然的浪漫主义冲动。而为了赋予觉醒和对抗以终极意义，小说还额外穿插了"砸碎铁屋子"的隐喻、柏拉图的洞穴寓言等启蒙主义主题。这在《国王与抒情诗》中也有呈现。国王的绝对律令，是要消灭抒情诗。在他看来，在通往人类不朽的路上，抒情诗的语言是一个麻烦。他要以技术理性的方式追求人类大同，用他的"精确和冷酷"，将诗人逐出理想国。而抒情诗则坚守着人之为人的人文主义根基。

但李宏伟并没有停留在这种二元对立的纬度，他更多表现出暧昧和游移，体现了更多思考的层面。他在俗套中反俗套，在熟悉中制造惊奇，这是李宏伟的小说最令人印象深刻的地方。到了《国王与抒情诗》的后半部，剧情翻转，帝国的反抗者最后成了帝国的继承人，国王又并非绝对之恶的代表。尽管抒情诗是语言的冗余，是一种浪费，但国王的绝对律令并不是要完全消灭文字，而是希望和他的反对者一道，在二元对立之间走一条中间道路，为人类意识共同体打上抒情根基。按照这样的思路回到《现实顾问》，小说其实有一种冷静和清醒。作者有意制造某种伦理的困境，通过母子关系的桥段引入科技的另一个维度，母亲通过现实呈现的方式死去，突出科技的美德和良善。也就是说，技术并非绝对之恶，它制造出的善意的谎言，可以维护弱者的尊严。小说里的周兴并非自然主义的绝对坚守者，而是通过信息游击战，来与帝国周旋和对抗，盗取帝国的资源帮助弱者。这体现了一种新的共同体文化，以及对新的科技伦理的期待。

李宏伟小说的可贵之处在于，他对科技的态度并不是斩钉截铁的，他其实试图打破科幻小说通过情怀获得文本动力的惯常模式。但他并不是拒斥情怀，而是将情怀的东西放在隐而不彰的层面。有句话说得好：过去未去，未来已来。未来的来临不可避免，面对新现实，他不是以挽歌的方式留恋或坚守旧情感，而是尽可能实现一种转移和变通，将所谓的"旧"尽可能多地容纳到新的伦理中去。某种程度上，这就是李宏伟的有关科技与人文的哲学理念。这是他的小说最有意义的地方。

"写作本身不就是妄念一执？"

方　岩

在《而阅读者不知所终》（《人民文学》2016 年第 9 期）中，李宏伟不仅虚构了一本书，而且虚构了一群读者对这本书的阅读及其对作者的猜测和追寻，紧随其后的还有书中人物与书的作者的对话。无疑，这是一次关于虚构的虚构，或者是虚构与虚构的叠加、指认或拆解。这里不仅有极具辨识度的李宏伟式的小说写作模式，而且对于熟悉李宏伟作品的人来说，还可以把小说中那些观念、情境、片段的冲突、辩驳甚至是相互证伪，视为他的小说观的复杂的呈现方式。

李宏伟不是那种相信具体经验可以直接呈现的小说家，他不信任语言与具体经验之间的对应关系，并曾使用"切割"（《我是作家，不是邮递员》）这个看上去笨拙、蛮横的词语来嘲讽那种关于"虚构"与"现实"的僵化理解。哪怕是涉及自身较为确信的某些观念，他也要设置复杂的情境和缠绕的语言，让其犹犹豫豫地显形。这种不确定的姿态和形式，大概是与作家智识的复杂、语言的绵密以及想象力的境界相关的。所以，若将《而阅读者不知所终》视为作者某种程度上的夫子自道，尝试梳理出清晰的观念图景可能是困难的，

倒不如先截取某个片段，从小小的缺口开始去逐步探索李宏伟的虚
构世界。

> 狂妄也好，虚妄也好，写作本身不就是妄执一念，自以为
> 是吗？念头生发的一瞬间当然是重要的，也可以说是最重要的。
> 可是我们是人，不是神，不能凭一个念头、一句话来创世对吗？
> 把念头付诸实现，把构想落实到纸上，这自然是对在那一瞬间
> 所念想的世界的损耗，从起念到完成作品，也必然是对纯粹的
> 大脑中的世界的降格，多层次多等级的降格。可这不正是人的
> 宿命，不也正是写作者的宿命吗？说到底，哪个写作者能够把
> 脑子里生发的念头拿出来，可以把大脑里的世界敞开来，供他
> 人出入、参详呢？写作不就是这种敞开吗？作为人，作为必死
> 的凡人，如果认为只需要念头的生发，以为起念就能逼近伟大，
> 就是完成，这才是最大的妄念吧。这还不仅仅是妄念，这是僭
> 越，对神的虚假想象，然后再凭虚假想象来代替神，取代神的
> 位置。

这段话来自那本虚构之书的"作者"关于写作稍显激动的辩护。
写作的极端困境被揭示出来。除了依凭文字，观念无法显形。然而，
在它被呈现、认识的那一刻，则意味着真相的降格和意义的亏损。
于是，文字成为罪魁祸首，写作变得面目可疑。问题的另一面在于，
只要真相和意义对人类还有诱惑，文字依然是抵抗宿命、实现僭越
的唯一方式。只是文字本身，或词与物之间的关系需要重新得到
检讨。

《哈瓦那超级市场》（《西部》2013 年第 4 期）是个有趣的尝试。
"哈瓦那"也好，"超级市场"也罢，都携带着约定俗成的意义和较
为固定的对应事物，但是惯例并不意味着真相，也可能意味着对于
真相的偏离和掩盖。所以，寻找"哈瓦那超级市场"的过程变得曲

折艰辛。谜底揭晓的那一刻，我们惊讶地发现"哈瓦那超级市场"其实只是一个普通社区的小超市的名字。这种掺杂着震惊和荒诞的感觉，并非是作者故弄玄虚的"虚构"策略所激发的，而是词与物僵硬的对应关系被松动的结果，关系断裂之处填满的，是我们自身狭隘的自信和懒惰的认知。所以，关于真相和意义的盲识和洞见，取决于对具体的词与物关系的理解。正如小说里的其他故事和语境所提醒的那样，哈瓦那超级市场为什么就不可以还是提供各种欲望和满足方式的超现实主义时空呢？在这部小说中，李宏伟围绕着一个名词编织不同的故事，并不是要展示他充沛的想象力以及他在不同的故事中自由穿梭的叙述掌控技巧，他是在试探同一个词语在不同的语境中所可能唤起的不同的真相和意义，或者说真相的不同侧面和意义的不同层次。在我看来，他用"虚构"完成了一次关于世界、现实和观念的"升格"。词与物之间的关系是伪装成立法的惯例，当这层伪装被撕破，词与物之间丰富的张力关系被重新建立起来，是寻找真相和意义的开端。

对于李宏伟来讲，重建词与物关系并不指向哲学层面真理的探寻，而是有着真诚的现实关怀。如果说，这样的企图在《哈瓦那超级市场》中呈现得还较为抽象，那么《并蒂爱情》（《人民文学》2014 年第 2 期）则提供了更为形象的演绎。当我们谈论词与物关系会把惯例伪装为立法时，其实已经在谈论被幻觉掩盖的现实危机，即我们日常的现实感可能是那些习焉不察的观念所制造的幻觉。比如，关于美好爱情的向往。当"在天愿作比翼鸟，在地愿为连理枝"真的以卡夫卡的方式实现的时候，即一夜醒来，两个相爱的人的肉身真的连为一体，美梦成真带来的却是无尽的困境和焦虑。这样的"虚构"不是为了刻意解构某些观念，而是为了让我们重新翻检那些构成我们日常生活的词汇及其背后观念的可靠性。《假时间聚会》（《人民文学》2015 年第 9 期）同样如此。毕业 20 年后的同学重新聚会却以假面舞会的形式举行，这是一个值得玩味的细节。形式上的猎奇依然难以掩盖"虚构"上的刻意设计，当真实的面孔被虚假的面具遮掩时，其实是词与物的关系被强行地切断。这个充满游戏精神的行为带来的却是幻觉破灭之后的真实感，因为从游戏启动的那一刻开始，构成我们身份和存在的那些证据，如"记忆""时间""照片""影像"都变得虚幻起来。我们基于这些词语及其意义所建立起来的现实感瞬间崩塌，一场聚会竟成为发现真相的舞台和惊悚时刻。

事实上，李宏伟的现实关切及其忧虑在两个维度上展开。一是对当下日常中包围我们生活的幻觉进行祛魅，以唤醒自我对周遭世界的重新认知。这些问题我们已经讨论过。另一维度则是，把当前的社会状况在整体上挪移至未来的时空中进行推演。他试图把对当前社会的总体性理解，转变为带有寓言意味的故事，以期让蕴含于当前社会形态中带有表征性的症候在错置的时空中显现、膨胀。鲜明的叙事逻辑、奇异的想象力和饱满的故事以某种极具未来感却又有现实说服力的张力结构形成了一个个完整度极高的叙事。也正是这一点，使得李宏伟在思想景观、美学趣味、文体形式感上远远地超过了同时代的许多作家。

然而需要提醒的是，必须排除科幻文学相关概念和观念对李宏伟小说的干扰和降格。因为，科幻对于李宏伟来说，更像是突破话语空间的叙述策略。正是依靠这样的策略，他才能在《来自月球的黏稠雨液》中，从容地戏仿调研报告、申请、批复等公文文体，让我们在平静的叙述中看到马尔萨斯理论成为社会运行规则时的恐惧场景。借助类型故事的某些优势，来消弭叙述上存在的牵制和障碍，这样的策略在长篇小说《国王与抒情诗》中得到更为灵活和直观的运用。以科幻为外衣，以悬疑故事作为叙述框架，一个"监督"和"控制"无处不在的"恶托邦"故事慢慢饱满起来。同样，在《现实顾问》(《十月》2018年第3期)中，科技并未构成叙事动力。与其说这是一个科技控制、垄断人类感知的故事，倒不如说人控制、奴役同类的野心，以及人沉溺于幻觉和自我逃避、自我奴役的本性从未消失过，很多时候只是换了一种形式。但是，李宏伟洞察了这一切，并让其重新成为问题。同时必须看到，有些时候，形式、文体、内容、时空被有意识地错置、拼贴，由此刻意地制造出不协调的效果，其实是强化审美效果和思想冲击力的美学手段和叙述技巧，躲在这一切背后的是作者强悍的意志和强大的掌控能力。

基于误读的误读
——李宏伟小说论

李　振

　　宏伟有光，他把自己信赖的东西随身带着，光线穿过这些物体向外投射出他的现实和他的理想。当然，也有不那么确信的，于是便有了虚构，有了情节，有了他具体的小说。把李宏伟的小说放在科幻文学里讨论，他应该觉得委屈。一个人在现实中跟自己的狂妄、野心、漫无边际的遐想、有来由的或没来由的胆怯或恐惧、能够预示的和不能预示的威胁进行着旷日持久的战争，还没分出个高低，怎么就成了科幻作家？好在一个出色的作家并不畏惧误读，科幻就科幻吧，或者其他什么，这都不影响李宏伟继续他的故事。

一

　　《现实顾问》中超级现实公司的客服唐山在小说开篇便被一位客户的电话搞得晕头转向："姐姐"失踪了，确切地说是她启动了对"妹妹"的"现实屏蔽"。但问题渐渐变得复杂起来，打电话的人是姐姐还是妹妹？这个所谓姐姐或妹妹到底是现实还是"现实呈现"？这对双胞胎姐妹自小到大所面对的是现实还是父母一时兴起的"现实呈现"或者"现实呈现"的另一重呈现？这一切都归因于超现实眼镜广泛应用。这则插曲在小说里至关重要，它是背景，更是一份超现实眼镜详尽且带有实际案例的说明书——在超现实眼镜的作用下，使用者为他人所见的影像是可以被定制的；父母或监护人有权利以此为未成年的孩子选择某种"现实呈现"；成年使用者也有相对可靠的隐私保护，既可以启动"现实屏蔽"使人无从发现，也可以设置权限，即便是现实顾问或运营平台都不能任意查看其现实状况。但是，超现实眼镜的使用有一个重要前提，那就是只有双方都通过它接入网络的时候才会生效，这也就为小说的展开提供了种种可能。

　　经由超现实眼镜的接入，呈现的与被呈现的已然构成了一个体系，它对所有接入公司网络的人起作用，"鉴于绝大多数人都装上了这种眼镜，也可以说，这个体系对整个世界都起作用"。当某种事物、体系或权力变得足够大，它便试图无所不包、无孔不入，因此超级现实公司从"参与其中"到"主导一切"的野心自然也在这个逻辑里不可避免地到来。于是就有了白条湖，一块因为当年的承包合同而无法被纳入公司版图的飞地。然而从唐山和公司副总裁孙燕来的对话里可以发现，这块飞地的存在绝不意味着可以被"现实币"计量的收益。"更致命的是，它留下了反思、反对的线索，也提供了人们开辟其他合作方式的试验田"。我们可以想象公司必定为这些"白条湖"不计成本，也能够体会周兴他们"绝不要低估这种公司的能量，他们为了目的可以使用任何手段的冷酷程度"的不安与恐惧。毕竟对于一个可以突破时间和空间的限制重建"现实"的超级托拉斯来说，经济仅仅意味着数字或是虚无，权力的自我繁衍与无限扩大才是超现实眼镜的秘密所在。这个时候，必须有周兴。虽然他"盗版现实"的动机在于公司不断提高的准入成本和那些被系统天然排斥的弱势群体，虽然李宏伟又不无审慎地在小说中明确了超现实眼镜具有停止和退出的功能。但是，面对"实际上习惯了在公司提供的现实里生活的人,很少会主动停止和退出"的态势,必须有一个局外人。这个人可以不是侠客,也可以不是孤胆英雄,他可能只是在响着嘹亮口号整齐划一的方阵外唱了一句歪歌的毛头小子。事实上,当现实顾问唐山陷入自己的"现实"困境中时,正是周兴用"不太完善的方式"帮他了却心愿。也许唐山由此就变成了另一个周兴,也许现实真的就如唐山刚刚被取下超现实眼镜所出现的幻觉那样,为无边的缚在椅子上的人们拖回了满树的钥匙。强大与渺小,虚幻与现实,谁说得准?

如果说超现实眼镜掌控着人外在的呈现与接受,那么《国王与抒情诗》里的意识晶体及其相互联结构成的意识共同体则掌握着人内在的信息运作。通过意识晶体,一个人的视角、想象、意念等一系列曾为他者所不可见的东西随时都可以被记录、传递、回放。人们在意识层面相互打开了一个通路,在意识共同体这样一个信息或者说意识平台上实现了跨越肉身、时间和空间的共享。超现实眼镜实现的是某种外在的装扮,它确实成了十分有效的安慰剂,为了虚荣、为了体面、为了有趣、为了曾经不可扭转的缺憾也为了认同感、安全感和存在感。如同唐山被呈现出的好烟或病房里被补全的残腿,但它毕竟只是可以被观看的外在呈现,人心未变,人的意识也未变。而在《国王与抒情诗》中,那些内在的使人成其为人的东西彻底突破了它的载体所限,万众一心,全世界共用一个"大脑"的时代来临。那么可还有所谓个体的存在?小说里新晋诺贝尔文学奖得主宇文往户的受奖演说词早在二十一年前就已被国王写定。因此,我们完全可以把《现实顾问》和《国王与抒情诗》串成一个文本加以理解,甚至可以将超级现实公司看成是"帝国"的一个分部。正如"帝国"有一个国王,而超级现实公司只需要一个热衷于把自己呈现为马男波杰克的副总。

没有什么是不可以被设计的。这是李宏伟的判断,也是李宏伟的担忧。它是科幻的，是现实的，也是一个近乎古老的命题。虽然李宏伟拿出的是一则则被科技、网络、商业平台笼罩的故事，但他怀揣的却是数百年前人们便开始的对于个体存在的追问。两部小说都写到了隐私权，但在李宏伟构建的强大帝国或超级公司面前，隐私权可能只是一种自我安慰的或近乎矫情的符号，它只是掩耳盗铃般地凭空假定了个体存在的边界。事实上，当一切都可以被设计时，所谓隐私如何得以堂而皇之地以为自己是一种不容触碰的现实存在？李宏伟试图以虚幻的方式将人类曾经面对或将要面对的现实危机推到极致，尽管它可能比我们想象的更加凶悍，但作家仿佛带着一道密令催动小说人物进行了一次结局并不乐观的对抗。他将这些人物安置于庞然大物面前，不屑于干劈情操或玩弄情怀，而是让他们真实地陷入某种不可抗拒的时代风暴之中。就像《国王与抒情诗》里各国陆续宣布"意识共同体带来了人类历史上前所未有的信息变革，建议每个人在十二岁时植入意识共同体，以免被抛出人类共同体"。个体的情感、意识、经验、权利以及种种相互交错的边界在无比清晰、庞大、不容置疑的潮流、时尚、文化、资本、权力面前变得同样清晰、坚韧和不容侵犯，却又不可避免地流露出某种反乌托邦式的悲凉。

二

李宏伟对他所在的现实有一种隐秘的迷恋，或者说得更具体一些，他害怕那些已经到来的、即将到来的和可能到来的东西碰触到他特别珍重的经验。

《假时间聚会》大概是李宏伟的小说中最不科幻的一篇，但它却构成了对《现实顾问》近乎完美的现实阐释。二十年后的同学聚会，自始至终都是戴着面具进行的："今晚，我们不交流过去的琐碎生活，不陷入难堪庸俗的感伤，我们也不要谈论自己的现状，相互询问。一句话，我们不再是原本那些一切社会关系的总和，而是任何想是的人。"聚会上出现了一个端着摄像机不停拍摄的人，整部小说的叙述视角也就与他的镜头重合起来。这无疑是一种别具意味的强化，这让小说隐隐地带有了舞台感。虽然看上去拍摄者像是在目的明确地选择、追踪着他的猎物或悄然记录下人们无意识时的状态。可事实上，每个被拍摄对象都在小心翼翼、兢兢业业地进行着他们的表演，而拍摄者却如没头苍蝇般地乱撞。它更像表演与观看而不是记录与自在的关系，毕竟通过镜头所记录下的正是这些参与者们经过定制的"现实呈现"。如果说借着面具的掩护而进行的私下的暧昧或感慨还是处于所谓常理中的事情，那么聚会中途小舞台上的一段段独白则让小说彻底跳开了具体身份和现实生活的束缚，一时成了充满想象和隐喻的实验话剧。从聚会开始便成为镜头追逐对象的王深正靠着椅子伸直了腿，听舞台上一个戴着加缪面具的人说"我就是咱们班的班长，王深"——那随后而来的，听上去满是坦诚又满怀深情的故事与王深有关又无关。有人诉说自己以磨难交换来的荣耀；有人为二十年里所做的违心的、损人利己的事而忏悔；也有人跪在地上痛哭流涕地讲述如何为了获得公司全部股权而雇凶杀人……真真假假谁又分得清楚？或许追问真假本身就是一件多余的事情，李宏伟正是要借助这个被众人注视着的小舞台写出"现实呈现"的复杂与出人意料。一切都是假的，因为每个人都小心翼翼地护住面具进行着放肆的表演，但一切又都是真的，因为它是"现实呈现"，它必定拥有一个实在的用户和一个明确的并付诸实施的操作指令。

虽然李宏伟又在《假时间聚会》中逐渐揭开了更为复杂的往事，但此刻一个问题已然被提了出来，那就是我们所在的现实是如何构成的，又是什么决定了我们是怎样的人。在小舞台上把自己当作王深的方块虚构出了王深与孙亦毕业后的故事，这个时候方块一定愿意自己就是王深而生活也能以他所讲述的故事为脚本继续。或许我们可以把它理解为现实自我的某种代偿，方块二十年来无法解开的心结在他的虚构中得以了结，"他讲着故事，才明白自己这二十多年的感情困惑，他不是爱着他，或她，他是同时爱着他和她"。更重要的是，这个被虚构的故事对王深和孙亦来说又何尝不是如此？然而，他们所经历的偏偏不是这样。正因如此，才有了方块在毕业二十年后组织的这次特别聚会；正因如此，才有了王深以摄像的方式，用聚会时的琐碎片断所拼出的完整记忆；也正因如此，才有了孙亦终能直面这些年所承受的寂寞与煎熬、喷涌而出的泪水和有情人擦肩而过的懊悔。我们固然可以说方块或其他人的讲述在那一刻是不真实的，却无法说它不现实，因为它来自于现实的往事，塑造出现在的他们，或许又将改变之后的生活。这让人不禁想起《现实顾问》里唐山的母亲离世后病友的感叹："我那姐姐还说，要是这个眼镜能把事情复原，把东西修好就好了。她就这个水杯留给你，唯一的遗憾就是没把上面坏掉的地方复原。你说我这傻姐姐，她不知道正是这些破损的地方，才跟我们有关吗？"

但是，李宏伟在《现实顾问》中却没把问题变得这么简单。往事徐徐铺开，很多年前，唐山酒后一连串的失误让家里燃起大火，致使父亲亡故，母亲被烧得不成样子。这场火灾成了母子之间谁也不愿去碰触的心灵黑洞。终于有一天，唐山在视频通话里看到了母亲经由超现实眼镜获得的"现实呈现"——"它不完全符合他的记忆，却是他一直想看到的"。以为这样就万事大吉了吗？小说让我们看到了无可挑剔的"现实呈现"所不能覆盖或替代的欣慰、深情、矛盾与挣扎。母亲尝试超现实眼镜当然是想消除儿子因愧疚而来的自我折磨，这在某一瞬间好像是有效的，因为"不管怎么说，他能看妈妈的脸了，有了脸的妈妈才是完整的"。但是，当唐山在太平间里再一次面对母亲定格于"现实呈现"的遗体时，他又一次崩溃，他无法将眼前的"现实呈现"与心中的母亲联系起来。当母亲满怀深情地试图以"现实呈现"来抚平儿子内心的歉疚与痛苦时，也把自己与儿子之间切实的关联带走了。所以，作为公司现实顾问的唐山不惜铤而走险让周兴为其摘下超现实眼镜，以期能够再次看到母亲现实中残缺的面容。小说以一个虚构的超现实眼镜激发出母子之间令人惊叹的情感冲突，它是一种没有边界又无法为外人体会的现实之痛。母亲在临别之际以最大的勇气向儿子呈现出一个完好的年轻的面貌，这无疑是她最后的、也是最大的真实。但是，这种真实却让唐山陷入了极度的自责，"我光记得自己在那场大火中的罪，却忽视了妈妈这些年的生活"。母亲的"现实呈现"似乎在映衬着唐山这些年来的怯懦、躲避，于是他开始了面对灾难与自己的过错的努力，去寻找"我的真实"。可母亲的真实与唐山的真实是否真如唐山所言是"一种真实"？我很怀疑。假如一个人的内在感受能够在"真实"的名下实现普遍且深刻的重叠，那么这个"真实"与超现实眼镜的区别又在哪里？事实上，母亲的真实与唐山的真实始终是错位的，小说虽然以母亲"现实呈现"的固化终止了另一轮痛苦的反复与纠缠，却没有回避相同的事物经由体验所实现的个体的内化。小说里，始终如局外人般存在的老孟这样说："现实总在变化，但这些感觉和它们产生的时刻，对我们每个人来说都是独一无二的，无法磨灭，也正是这些时刻决定了我们是什么样的人。记住这些时刻，不管现实怎么变化，我们才不会丧失现实感。不是吗?!"这是有关体验、有关现实、有关真实亦有关个体存在证据的探寻与陈词，虽然老孟说得斩钉截铁，但在李宏伟那里却又是一个需要不断自我辩论的问题。或者说，《现实顾问》就是李宏伟自我辩论的一个过程而不是结果。在超级现实公司与白条湖的层面他有他的顾虑与担忧，但在以唐山与母亲的故事探索如何避免人落入某种整齐的、同质化的、被设计的境地时，他又将小说带入了一个更深层的、更难以辨析的哲学迷宫。尽管哲学或文学曾在个体与整体、体验与共识、现实与过往、一种真实与另一种真实上进行了不懈的追问与呈现，但它却始终以一种变化的、更加暧昧的方式闪身而过。一方面我们每个人都处于自己有限的经验、记忆和现实之中，另一方面我们又不约而同地主动戴起"超现实眼镜"，试图在某种共通的网络中寻求近乎虚妄的存在感与安全感。这就像当我们试图在李宏伟的小说里为属于自己的一些东西寻找佐证或慰藉时，你怎知自己所面对的就不是李宏伟机智而充满诱惑的"现实呈现"？

三

　　书中书大概是一种常见的写作方式，李宏伟似乎也对这种方式情有独钟。但他的小说一开始就与所谓真实撇清了关系，就像没人能够求证 2050 年有个叫宇文往户的作家意外去世一样。于是，李宏伟的书中书便犹如在云中行走，似乎除了无法摆脱作为载体的语言之外便再无禁忌。可李宏伟又无意在那个虚幻的空间里不节制地撒欢，他的自由与他的谨慎几乎以相同的力道作用于虚构中的虚构，这也就使得那些书中书更多地指向了语言而不是故事。

　　《国王与抒情诗》里宇文往户的长诗《鞑靼骑士》从未被完整呈现，有的只是微小的段落。作为诗人的李宏伟当然有能力去虚构一首长诗，但这显然没必要，或者说他有更别致的表现诗歌的方式。在宇文草原，黎普雷跟随宇文燃见证了一场漫长的葬礼，整个场面无疑是充满诗性的。每隔一小时，他们都会停下来，躬身、吟唱。逐渐变暗的天色应和着渐渐清晰的马蹄声，呜咽的和声作为听觉的线条与视觉上骨灰撒出的灰白之线相互交织，火光的形态证明着马的速度——那是一套不断反复又不断膨大扩张的仪式，是平静与汹涌的频繁交替，是在黑夜与黎明的交接地某种力量被不断积蓄趋于迸发却又在瞬间转入寂静的放纵与克制。这个漫长的过程不是故事，不是情节，它是节奏，是声音或情绪的抑扬顿挫，它也是画面，是光线与阴影在并不漫长的沉寂过后带着承接与变换继续上演。小说中，黎普雷不断觉察葬礼与《鞑靼骑士》之间的出入，这首长诗是被假定存在的，它最终的面貌却是被草原上不断反复的仪式呈现。因此，这场葬礼就是抒情，就是长诗本身。李宏伟以漫长的、原始的、充满听觉与视觉冲击的、带着深情与澎湃之心的仪式完成了对诗歌的虚构。它是声音和画面对语言的替换，它仿佛消解着某个具体的诗句，却以另外一种方式使它凝固在那个特定的时空。随着帝国的秘密逐渐揭开，"帝国追求的是语言文字消亡基础上的人类无分别，从而实现人类的永生，个人从而得以不朽"，那么草原上的葬礼所可能蕴含的力量将不仅仅是对诗歌的呈现。当帝国企图消灭语言文字并以此消灭人的抒情性，葬礼便以语言文字之外的形式证明着抒情的永恒；当国王将"每一句话都是运思推演的结果"视为帝国的抒情，葬礼则以它来由不甚明了的敬畏、崇拜、习俗以及逻辑之外的节奏与形式演绎着另一种抒情的丰饶。李宏伟没让草原上的葬礼完全变成《鞑靼骑士》现实重现，是因为它还有语言之外更为丰富的抒情。这几乎是语言与抒情无法克服的悖论，语言在很多时候是抒情的载体，但有些时候又会成为抒情的局限——它在小说中成了帝国消灭语言以求不朽的依据。但这种局限的边界事实上又难以明确，就像小说"本事"每节标题所用的单字释义，局限来自于习以为常，来自于默认，而不是语言或文字本身。

《国王与抒情诗》因为"移动灵魂""意识晶体"而被戴上了科幻的面具，因为帝国对个人意志无所不包的渗透和控制而产生了某种权力关系的隐喻，但这无法掩盖李宏伟对语言的形式、内涵及其处境的思辨。小说里另一个至关重要的文本是《帝国未来蓝图与根基》。"文字作为基本粒子，将是帝国文化运行的根本与核心"——黎普雷的意思当然是"要保护好这些文字，因为一个字一旦被遗忘，它指向的事物也会被遗忘，最终这个事物会随着这个字的消失而消失"。然而，这份报告却在帝国的运行中产生了另外的作用："如果通过文字，将所有人的意识凝结成一个共同体。通过意识共同体，实现巴别塔之前的神话状态，让全人类只用一种语言，一种文字……削减文字的感情色彩，放逐文字的歧义，只保留具备基本沟通功能的文字。"这不是一场围绕《帝国未来蓝图与根基》进行的诡辩，也不仅仅是同一文本生发出不同现实效用的情节揭秘或权力规则，而是以一个虚构的文本代入了语言文字的丰富、暧昧、抒情与它在表达、沟通、记录、阅读等过程中的内在矛盾。李宏伟在此当然不是要以一个故事去证明或辨析能指与所指的关系，等等。他是一个作家，他所要做的是虚构，是在虚构中呈现个体的语言经验，写出语言天然的又无法克服的尴尬处境。如果说李宏伟在他一系列的小说中对科技带来的个体边界的模糊还有着颇具现实感的犹豫、包容与接受的话，那么他在语言的抒情与所谓基本沟通之间毫不含糊地选择了前者。在这里，抒情是语言的基本要义。它是变化的，是"人不能两次踏进同一条河流"的宿命，它必然地要去面对误解，但恰恰又是这些误解让语言变得丰富而具有生命力，或者说具有了抒情的能力。而对语言所蕴含的情感与歧义的削减于此成为一种致命的自负，即便是在帝国绝对的运思推演的逻辑里，它也无可挽回地演变为另一种抒情。这对帝国欲求不朽的宏伟理想来说，无疑是巨大的讽刺，毕竟它试图以消灭语言的方式消灭抒情，但更大的可能在于只是消灭了语言本身，而抒情犹在。

小说不仅从故事的层面完成了对语言与抒情的虚构，更从实验的层面证明了抒情的不朽。《国王与抒情诗》的第二部分"提纲"固然可以被看作黎普雷的《面向死亡的十二次抒情》，但也可以是李宏伟在帝国文化的运行规则下围绕语言与抒情所进行的一次实验。它首先是字和词，简单、干燥，努力地在每个字或词的存在上消除着情感与歧义，但它又是序列，凌乱的、反复的、不断阐明或挑衅的。这些字词在有意或无意的序列里蕴生出强大的力量，它让"我的马"不再是马，让"蜘蛛网"与蜘蛛无关，让"自我谋杀"超越了死亡，让"吼——吼——吼——吼"变成了"呸"或者"咩咩"。这些笔画构成的方块犹如被锁在地狱里的鬼魂一样拥挤、碰撞、躁动不安，最终以一种整体的存在而汇聚成汹涌澎湃的抒情——但不要忘记它还有一个仅限于运算或逻辑的名字：提纲。相比"本事"扑朔迷离的故事，"提纲"来得直接又粗暴。它以破釜沉舟的方式展现了语言的不确定与种种可能，它验证着未来的或现实秩序里那些微光交映所制造出的远远超越自身的伟大力量。在《假时间聚会》的后记《我是作家，不是邮递员》里，李宏伟说："作家创造的是浩瀚的、涡状旋转的词典。面对死亡拷问的人踏足其中，就能如被感染一样抓取需要的词语，甚至经由词典的提示，组成自己的句子。词语与句子，将成为他最终呈交证词的部分，以确证其存在。"我们能够发现李宏伟对语言本身毫不掩饰的痴迷，他总能见缝插针地在创作中让语言与现实建立起直接的关联，就像他更愿意选择"词典""词语"来完成一个有关现实的比喻。可能我们所面对的现实只不过是某种语言的装置，而此时的李宏伟就像一个对构件充满热情与好奇心的装置艺术家，他戴起自己的超现实眼镜小心翼翼地构建起一个世界。这个世界对我们来说陌生又似曾相识，它需要一种恰当的接入方式。而当我们进入这个被构件填充的世界，却发现它空旷到一切都需要个体经验的重新确认。在这里，人们被迫面对自己的理所当然，被迫发现自己的局限和武断，不得不带着些许狼狈从一种不确定走向另一种不确定。但这种不确定与科幻无关，与未来无关，它也许只是李宏伟所能确证的这一时刻的存在。

Part3

理想小说与具体小说

1

没有理想小说这回事。或者,没有一本具体的小说,可以称之为理想小说。如有,后续的小说家只需要照着理想小说描摹即可。评判将由此变得烦琐,但因标准固化又变得简单,只看谁描得更像即可。甚至,后续的小说与小说家也不必存在。有了理想版本,谁还需要摹本?不必担心独此一本可能引发厌倦,既为理想小说,自然经得起所有人反复阅读,自然能全方位满足阅读期待。由是,谈论理想小说的前提,是否认它的存在。这是纯然务虚,是纸上屠龙。

但谈论理想小说仍是可能的,也是必需的。

2

比起我们置身的世界,理想小说并不能创造更多的东西。个人与世界并不相称,没有人能够巨细靡遗地经历、把握整个世界。理想小说提供可能的途径,将整个世界带到个人面前,阅读它,读者将认识、懂得整个世界。

这似乎是浓缩,但其中没有比例尺,没有损耗。这似乎是无奈之举，但也正是人的独特之处——只有人可以这么做，只有人愿意这么做，只有人能做到。这似乎是一面镜子，但读者不是对着静止的镜面看自己，是走进去，找到自己、认出自己。

唯一的问题：个人如何能够读到、读懂并不存在的理想小说？

3

通过局部来想象整全，揣摩整体，正如通过具体小说来认知理想小说——盲人摸象的真理。一部具体小说就是一块拼图，读者与作者，终其一生都在寻找、制造不同的碎片，再把它们放置在他认定的位置。他的工作也许零碎，他的碎片总是分散各处，相互间关系不明、关联不紧。他也许只认定一个小小的区域，所有的碎片相互衔接，咬合无误，却仍旧无从分辨其整全的形状。可他还得读下去、写下去，不放弃下一块可能到来的碎片。

极少数人会在过程中或者终点处，忽然间醒悟，他手上的每一块碎片都携带了理想小说的完整信息。这时候，他心中的怨念将完全消散。

4

拼图和碎片，是比喻，也是误导。有未能完成的小说，但没有不完整的小说。定稿或印刷，都有完型的能力，这能力的本质是阅读。作者之外的阅读，哪怕一次，都足以完成一部具体的小说。故意留出破绽、刻意碎片化，同样构不成挑战，它仅仅是要求在完型的同时，增加反向或倒影的视角。

阅读消除了具体小说作为零件、局部的可能，也更新了具体小说与理想小说的关系：具体小说不需要毫厘不差地与理想小说接榫，理想小说并不吞噬具体小说，就像伟大心灵的集合不覆盖独立的伟大心灵。理想小说只是召唤具体的小说，以其光芒照射在具体小说上面。每一部具体小说都反射理想小说之光，或强或弱，或能为人分辨，或者湮没无踪迹。

这是另一个比喻，希望它不是误导。

5

小说家心怀理想小说，创作自己具体的小说。这不是定制，不是明了理想小说的全貌，知道哪里有空缺、遗漏，按需打磨，及时补缺。毕竟，就算是理想小说家，也无法站在时间终点，回望那时才得以完成的理想小说，看清楚它的每一部分。在此之前，在现实中，他只能不停地想象理想小说的模样，并依据想象进行手里的工作。

小说家很清楚，只有时间停止，理想小说才会定型，不再生成。因此，他的想象或许早已偏离理想小说，他的拼图或许根本就格格不入。但他不能停止想象，不能停止写作。因为他还知道，概率再小，比例差别再大，他的想象、写作与理想小说都存在互相发现、互相定义的可能。他必须也只能为这样的可能工作。

6

被理想小说光照的具体小说，寻求超越由阅读完型的完整性，如实反映世界的整全性。当然，这几乎只能体现为对世界整全性的运思。有明澈、明亮的部分，层次分明、条分缕析，动机与行为都可以解释，有晦暗、浑莽、狂暴的部分，永不止息地运转，无法定义，无法抽丝剥茧。后者远比前者庞大，是前者的根基，定义前者。

具体小说因此不惧怕泥沙俱下，不担心那无法言传的部分猛烈运转时，所带出的纰漏、空白、冗余，乃至纯粹的短时间内让人厌倦的重复。在为它们夺得合理的空间时，具体小说也相应地成倍扩大自己的体量；在为它们赢得批评豁免权的同时，具体小说也将自己的水平面不断下移，获得更幽深处的力量。

又一个比喻：具体小说也应该是一座森林，有出入的路径，有迷人的风光，更有人迹罕至的地方，有腐叶的堆积，有毒蛇、野兽出没。视具体小说为花园的人，也别忘了地下的蚁穴、幽泉和岩浆。

7

与理想小说相互发现的具体小说，是理想小说的先锋。

先锋的要义是洞穿，洞察与穿透。洞察现实的含混，洞察真实的困顿，洞察自由的方向，这是凝视，是站在一处眼观八路，是转动身体，以目光移动世界，将全景重叠、积压；穿透则从沉积的景致，找准着力点，一击必中，完成全景意义上的透视。

尖锐的刺透，拙重的击垮，都可以洞穿。刺中要害，刀锋穿透处，明晃晃的窟窿，表面和内里互相置换，还原无路，无法缝合回起初的样子；击垮更考验持久与耐心，势大力沉，专注一处，不断地举起、落下，举起、落下，目光不斜视，不在意周遭的快进慢退、改天换日，一个劲地重复，终于轰隆一声，墙与门全部倒塌。

理想小说有整全的世界要对应，具体小说有具体的现实来洞穿。

8

理想小说不关心语言，它在语言之外，它就是人能够触碰、探究的事物本身，它就是具体的人的疆域。具体小说只有语言，语言是它的形体，是它的皮肤、骨骼、肌肉，是它运转的血液。放弃对语言的专注，奢谈塑造具体小说的精神，一如面对化为齑粉、已经不在的人，考证他是否眼含泪水。

具体小说依仗语言的准确。准确辨认世界，认清事物与人在其所在，让他们在小说中是其所是。准确让具体小说找准它的节奏，获得它的润滑剂，按照小说家期冀的方式运转。在理想小说这一有关准确的唯一评判尺度上，幽晦、即兴、脱靶也是准确的。与此同时，语言的准确是游动的。现有节点与可能节点间的缝隙，是其游动的空间，保证具体小说的鲜活。

9

神秘主义措辞：气息。词语的鼓声背后，有东西流荡，氤氲之物。魅惑，让人刷新原有的认知，走上新的道路，见所未见，因迎面撞上来的一切怀疑自己的眼耳鼻摄身意。说服，让人确信刷新的真实与必要，自主地踮脚或俯身，摘取或拾取路上、路旁的东西，放在自己身上。痕迹最终都会散去，回忆留下了，等着恰当的时机被唤醒。

气息落实在人身上。具体小说的气息，也正是写作之人的气息。坐卧行走、仰观俯察、吞云吐雾、长啸短吟，无不在酝酿，在涵泳。身内身外在同一个节奏上动与静，在同一种气息里呼与吸。没有一件事情是白做的，没有任何时间是浪费的，无不在养成气息。如何将人的气息化入具体小说，这是问题；返身感受、反省自己的气息，这是前提。

10

结构即观看，结构即行动。并不能拎出具体小说的独立结构，并不能将其余剔除殆尽，单留下一副骨架。有了形制的同时，就有了安置。一如寺院、教堂、会议室、大酒店，念头兴起的一刹，即决定建成之日，里面的景象，往来之人的形容、仪态。设计图不过是确认，施工不过是实现，运转不过是微调。

站在何处，看向何方，决定所见。走向何处，如何行动，决定所得。

11

列出名单是进行建筑，是敞开，是投入。只能列出自己的名单，理想小说不在名单里，理想小说的精神在名单里。每点出一部具体小说，就指向一次理想小说。

《堂吉诃德》《罪与罚》《卡拉马佐夫兄弟》《战争与和平》《安娜·卡列尼娜》《尤利西斯》《世界末日之战》《百年孤独》《局外人》《微暗的火》《迈克尔·K 的生活和时代》《去吧，摩西》《八月之光》《在细雨中呼喊》《我的千岁寒》《红楼梦》《佩德罗·巴拉莫》《天龙八部》《笑傲江湖》《仿生人会梦见电子羊吗?》《宴会》《河的第三条岸》《2666》……

名单会自己生长，自行补充。

12

推倒理想小说与具体小说的冰雕，往下写的阳光融化它们，留下有形迹的水，往下写的风吹干它们，化作无法证实的汽。

Part4

我对现实有迟疑

——刘大先、李宏伟对谈

刘大先：我最早读到你的作品是长篇小说《平行蚀》。那时候你实际上已经写作挺多年了吧，因为这个作品很成熟，无论是在描写、结构等技法层面，还是在对于时代与人物的精神反思上，都迥异于或者说超拔于一般"期刊体"作品那种熟极而流的腔调。这显然是个有积累的作者，对发表着着非同一般的谨慎，对写作还保有敬意。我知道你以前学哲学的，也写诗，但具体情形并不熟悉。能不能说一说你的"文学之路"，虽然讨论某些作品未必一定要"知人论世"，但是我觉得你的自我叙述可能有助于理解你的美学观念的产生。

李宏伟：写作对我来说属于自然生发，因为阅读而产生。初中的时候写过几千字的武侠小说；高中因为对李白的喜欢，还诌过一些五个字、七个字的"古体诗"；上了大学之后，开始写现代诗、写小说。这些写作都是情绪抒发，有着强烈的个人感情投射和放大，文学性不是很充分，除了在中文系的学生刊物《屋子》里发过一组诗，其他的都没有拿出来见过人。

2003年，我大体上有了清晰的写作自觉意识，开始写近二十万字的小长篇《平行蚀》，2005 年底写完初稿。在修改《平行蚀》的同时，写了《僧侣集市》《哈瓦那超级市场》《假时间聚会》三个中篇。然后交替进行长篇和中篇的修改，同时写了《并蒂爱情》《来自月球的黏稠雨液》和另一个还在电脑里没改出来的中篇。所以差不多十一二年，我在小说上完成了的也就近二十万字的长篇《平行蚀》、收在中篇集《假时间聚会》里的五个中篇。

另外完全出乎我意料的是，又重新写诗了。2003 年时，我决定今后的精力就放在小说上，诗的感觉也越来越少，就完全停止了写诗。2011 年，因为一件偶然的事情，又写起了诗。

刘大先：2003 年你应该是快要哲学硕士毕业了，某种程度上是不是可以视为在接受教育和自我教育的过程中逐渐形成了自己的文学观？这些小说发表或者出版的情况怎么样？

李宏伟：我平时不看文学期刊，原创刊物或者选刊都不看，因此对各家刊物的侧重，甚至篇幅要求都不清楚。2006 年、2007 年左右，改好了那三个中篇小说，我就根据找到的地址先给南方一家重要的文学期刊寄去了《僧侣集市》。大概三四个月或者再长一点时间，他们一位编辑给我打电话，说她喜欢这个小说，不过他们希望我改一改。他们给我提出了把善往师父改成虚伪的反面角色，让他和空寂师叔的冲突更大一些的修改意见。我对这个意见有些失望，因为我原来的小说不是要表达这样的意思，我就按照自己对这个小说的想法进行了丰富、修改，增加了一万字。改好的小说发给编辑后，她一直没有回音。过了大概两三个月，我有点忍不住，发短信问她小说收到没有。她说，收到了，但你没改啊。我又问，能发吗？她说了一些理由，说没有版面。我说了"谢谢"，就没再和她继续说下去。

这件事我处理得有些失礼，至少我应该跟她说明一下我对这个小说的想法。后来我又给两家杂志社投过稿，都没有回音。当时已经着手翻译乔伊斯的书信，就没有再投稿。

　　2011 年，乔伊斯的书信以《尤利西斯自述》《致诺拉：乔伊斯情书》的书名分成两部图书出版。和我同在一栋楼里上班的著名作家邱华栋先生在译者简介里面看到我还写小说，让我把小说发给他。华栋给予了我文学兄长般的热情，他将几个小说向国内各家刊物推荐，并得到了时任《山花》副主编、小说家冉正万兄的热烈回应。小说最后因故没有在《山花》刊发，正万兄于是在离开《山花》之后又将它们推荐给了作家、诗人黄梵，他当时在《西部》主持小说栏目。几番转折，《哈瓦那超级市场》刊发在《西部》2013 年第 4期。这是我正式发的第一个小说。

　　也是 2013 年，偶然的情况下，我们一起玩耍的朋友、青年作家马小淘知道我写小说，就让我发给她看看。发去的中篇《并蒂爱情》很快通过，发表在小淘供职的《人民文学》杂志的 2014 年第 2 期。小淘给了我非常大的肯定和支持，另一个中篇《假时间聚会》也于2015 年 9 月发在《人民文学》上。几乎同时，《僧侣集市》也在《大家》刊出。

　　所以看起来从写作到发表间隔的时间很长，但得益于前辈、朋友的鼓励，我的发表还是挺顺利的。也因此，尽管中间有所懈怠，但我继续写下去的念头倒从来没有变过。

　　刘大先：《平行蚀》的出版情况呢？这样的小说，作者在当时又寂寂无名，出版起来不顺利吧？

　　李宏伟：这个小说在 2009 年改定之后，找过几家出版社，有两家几乎都要敲定出版了，又因为编辑离职之类的原因停了下来。2014 年，在"21 世纪文学之星"这套书申报日期的最后一天，听到青年评论家饶翔说他在填表、申报，我就顺嘴问了句长篇小说是否可以申报。饶翔热心地当场打电话和相关的人员确认可以，我才抱佛脚一般匆忙地去取申请表，找人推荐。后来这本书顺利通过评议，放在了"21世纪文学之星"丛书，于当年9月出版。

刘大先：《平行蚀》我特别喜欢，我觉得它写出了70后一代的精神成长（蜕变）的历史。你在这个长篇中将个人经验通过巧妙的形式与广阔的公共话语联结起来。虽然处理的是现实，却又带有强烈的先锋小说式的形式探索。你说过，你的诗和小说都和现实保持了必要的距离，但是你在写小说时候会想到现实，会想它和现实是在角力或其他什么关系，但是写诗的时候不会，反而会觉得写诗是在直接处理现实。那么你如何理解写作和现实之间的关系呢？

李宏伟：我对现实有迟疑。现实与如何定义真实密切相关，现实的真实性，在多大程度上真实，都有可以质疑的地方。除了真实性，个人能在多大程度上把握现实，有没有可能进行整体的把握？这些我都有所迟疑。但从伦理或道德层面而言，即使现实有诸多不确定性，现实的不公、不义在心理上却是真实的。这要求个人必须面对，有所回应，有所作为。我将自己的写作视作面对现实感到迟疑的同时，有所作为的方式。消极一点，写作延宕对现实的质疑；积极一点，写作破除对现实的质疑。尽管无论延宕还是破除，都是在人的有限性这一角度而言。

假如我们把现实视作宽泛意义上的经验组成，我认为我的写作处理的就是现实，此外无他。小说和诗在创作中的体会不一样在于，写小说的时候，对现实的迟疑在压迫我，需要我做出反应，甚至可以说，我对现实有着自己的愤怒，如何不至于被愤怒裹挟，把作品变成事情的机械记录、简单的情绪宣泄，需要自我控制；写诗的时候，我可以直接注视现实，注视自己对现实的迟疑，这反而让我有对现实的直接把握感，因而我可以带着宁静去写诗。

刘大先：所以你的诗集《有关可能生活的十种想象》如果没有同样宁静而又敏感细致的心境就很难进入。当然，这是我个人感觉，实际上你在小说中也一直在试图寻找新的形式，尤其是关于镜子的意象让我印象深刻。《哈瓦那超级市场》《假时间聚会》《来自月球的黏稠雨液》都有（被）偷拍、（被）偷窥这样的"看"与"被看"的设定。这种设定除了造成了所谓"景观社会"的文化常态之外，更主要的还构成了对于镜像的反思乃至解构。那么图像、影像和现实之间的关系是什么呢？

李宏伟：确实，在我的小说中存在着很多"看"与"被看"，因为"看"是我们处理现实的最主要方式。在以前，一手经验占比非常高，即使有一些"听"来的经验，"说"的人也基本上是和我们发生关系的实在的人。现在，我们身处大量的、足以淹没人的信息之中，"看"成了我们经验世界、处理现实的主要方式。这种看自然有其匆忙、不过大脑、不走心的特点，也因为其对各种差异剧烈事物的强行并置，抹平了世界的沟壑。但是，假如在某个地方停下来，把匆忙一瞥变为凝视，依然能够看到现实的缝隙，并逐渐看到现实的结构。图像、影像以文字的方式呈现的时候，本身就提供了定格现实的机会，是对凝视的召唤。而"被看"，可以视作对凝视的反凝视。

刘大先：我注意到你刚才仅仅说到"阅读"对你写作的诱引作用，没有说到其他的经验。比如成长期的遭遇，这个方面恰恰是很多作家喜欢谈的，你能否就这个也谈一下？

李宏伟：很难说得清成长对我写作的直接相关性，无论是促使我开始写作，还是现在的写作方式，都很难从成长期找到对等的因素。不过现在想起成长期的生活，心里也总有无法替代的明澈温暖感。我在四川省江油市一个叫治安的小村子长大，在农村成长，有的是闲极无聊的时间，也有的是足够一个人去爬的山、蹚的河。

我爸是一个非常刚毅又非常敏感脆弱的人，他总体上非常严厉，不时会诉诸拳脚，但是他有时候又表现出让人害羞乃至害怕的温情。因为和曾经来下乡的知青关系很好，我爸有着超乎农村的时髦，墨镜、帽子都有好几套。他面对别人的欺压也不畏惧，我小时候总是能翻出他藏在什么地方的匕首、刮刀、三角刀什么的。这几年我越来越发现，我的性格有着我爸非常重的烙印。

我妈则是一个差不多始终沉默的人，她也不是传统文学中模式化的"慈母"形象，而是一个勤劳持家却从来不表达的人。在我记忆里，我妈几乎不表露感情，我在外地和她通电话从来都是"吃了吗""身体好吗"几句话。再说下去就彼此都不安，不知道说什么。我妈对我来说是个有点像谜一样的存在，但是不管我现在在哪儿，只要想起她，心里就特别安定。

我还有一个大我两岁的姐。我们姐弟的感情很好，直到我高中毕业，我姐都还称得上是我的心灵导师。我在小学阶段就有着严重的阅读饥渴，我姐给我看她的书本，教我认字，也几乎让她的同学们把家里都翻了个遍，四处搜罗能给我看的书。有一个场景在我的心里永恒存在：不到十岁的我们坐在街沿上，听着收音机里《三国》《水浒》的评书，一刀一刀地把猪草砍（切）碎。暮色逐渐浓厚，差不多要从屋檐上滴下来。

这种环境和先天性格综合下，我小时候非常敏感。这种敏感更多的是在对他人情绪变化的捕捉上，对自然倒没有额外的泛滥的情感，因为自然就在那里。另外我也非常沉浸在阅读中，读书是一件完全没想过要停止要摆脱的事情。

刘大先：有没有称得上决定性的阶段或者"事件"？

李宏伟：我迄今最色彩明亮丰富的生活，绝对是初中三年。小镇初中，没有特别复杂的事情，物质也不丰富，但是正处在青春期，玩得非常疯。打牌、喝酒、抽烟、打架……甚至还有"恋爱"。地方小，没有什么竞争，不管怎么玩，成绩始终都在前一两名，也就没有什么危机感。那个时候香港电影正通过录像带广泛进入小城镇，我们看了很多"黑帮"内容的电影，整天幻想着一脚踏入江湖，处于格外好勇斗狠的"鸡血"状态。

那个年代，农村父母对子女的最大期望，大概就是考上中专或者中师，甩脱农（民）皮。因此，我初中毕业的时候，没有报考高中，而是一心想上中专。中专竞争非常激烈，我终于被考试挡了下来，差了大概三四十分。因此，1994 年的暑假我过得非常难受，年龄半大不小，但没书可读了，不知道干什么，前途迷茫。

命运第一次对我展现了很神奇的一面。8 月下旬，我都开始准备出去打工了，我爸也在考虑是不是让我补习一年的时候，突然收到了江油一中的录取通知书。是我初中的班主任瞒着我帮我报了高中，我 602.5 的中考分数也刚好是一中的录取线。

拿到通知书我大哭了一场，决定到了高中好好读书，接下来差不多就是一个乡村青年的励志故事了。我整个高中成绩都不错，1997 年考上人民大学，来到北京，但我现在对高中的记忆反而非常模糊。

刘大先：我对于你说到的"阅读"经验也很感兴趣，我们现在的很多作家好像只看文学作品，这很大程度上限制了他们思想空间的生发和扩大。你是学哲学的，与中文系科班出身的在这方面有什么不同吗？

李宏伟：我的阅读可能比较杂乱没有章法，在比较集中读书的大学阶段，基本上是历史、哲学、文学杂糅着看，偶尔还看一点《苏联水兵训练手册》之类的东西。但在我的阅读范围里，文学还是占比最大，有一段时间我曾经拿着一本文学史，差不多按照书里的顺序梳理式地通读了主要作品。哲学方面，因为专业缘故，基本的哲学史与相关知识不算陌生，但也就是入门而已。哲学对我的影响，可能更多还是在观照世界的方式与看待世界的态度上。加缪对我产生过决定性的影响，个人面对世界那无法治愈的疏离感，但是同时一定要对世界进行积极回应（我称之为有所作为）的人道主义热情。

拉康也有很大的影响，你注意到的镜子与镜像的使用，尤其是在功能上，应该有对他不自觉的挪用。

刘大先：我个人在读你的作品的时候，有种强烈的、不知道是不是准确的感受，那就是好像法国当代哲学的许多观念似乎不知不觉地内化在你的行文之中。而电影的许多手法比如闪回、蒙太奇很自然地化入到场面描写和情节穿插之中，所以你的小说常常给我有强烈的画面感，仿佛在看一场德国表现主义的电影。有时候又会给我阿尔托那种"残酷戏剧"的感觉或者布莱希特的"间离效果"，甚至在某些貌似随意的细节中也能透露出一些"用典"式的片段。这种互文性无疑增加了你小说的难度，当然，也仅仅可能是我的"个人感受"。那么，假设你自己作为自己小说的读者的话，是如何看待它们的呢？

李宏伟：互文是我自己追求的，这和我对文学丰富性的追求相关。我希望哪怕是一个短篇、一个细节，里面也包含着尽可能多的可能性。这种丰富性在写作上，除了语言自身的模糊与暗示，"用典"或者"引用"也是常备的行之有效的方式。我希望自己的小说能做到，整体上它是一个读者进入就会受到吸引、被吸纳的场域，而不是只是精致的零碎。在这个前提下，细节上不妨越丰富越好，读者能够读到多少是多少。而且经验也表明，读者常常能读出作者并非有意设置的意味。

很难假设自己看待自己的小说，因为哪怕仅仅是去读，作者也会携带他没有写出来的那些内容作为理解的背景。

刘大先：是不是可以说，你并不认为你的自身经历与写作有多大的联系，或者说你会竭力避免个人化的经验挤压普遍性的思考？如果粗略地把作家划分为两大类：一种是总会自觉不自觉甚至有意识地将现实代入写作中，另一种则尽力避开现实经历，而在文本中重建一个新世界。为了方便，前者我姑且称之为一般文学史意义上的"现实主义"，后者则是"现代主义"。我写过一篇谈当下的现实主义的文章，认为经典的、19世纪以来的现实主义在如今社会现实剧烈变迁的情况下已经过时了，是"现实主义的终结"；但另一方面现实主义的精神却又是无边的，即写作者总是不可能不面对他的时代和社会发言，这使他必须要找到在他所处时代的现实的"形式"。我在你的作品中偶尔可以看到"自叙传"式的存在——当然，是很精巧的自叙传。但很多时候你在有意识地进行虚构，采取了各种打破现实经验的结构和技法试验，这让你的作品具有了某种"先锋小说"遗留下来的气质，但我认为你走得更远。我对你那几篇幻想的中篇小说非常欣赏，我觉得这可能是当代小说在形式探索上取得的为数不多的美妙收获之一。我们常说形式即内容，你是如何进行形式和技法考虑的？

李宏伟：小说家都会将自己的现实带入作品中，有的作家可能更愿意把自己的经历放进去，有的作家更愿意放具体的或者仅仅是物层面的现实。我更愿意做后面这种，很大程度上，这种物的现实是小说的坐标系，物层面的准确性决定了重建新世界的小说或你所说的"现代主义"小说的成败。我对小说与现实在某种平行程度上的混淆很感兴趣，比如在《假时间聚会》里面，那些人戴的面具，其中有小布什，这个可以视为时间的坐标参照。孙亦因为一本书要从版面上撤下来，甚至导致手下员工离开，这个是大体上发生在我一个做纸媒的朋友身上。《并蒂爱情》里面的策展人胡昉、《来自月球的黏稠雨液》中的牟森，都是现实中的人。这种混淆也可以说是一种挪用，它是拼图的来源之一，另外也给我以及知道的人提供一点隐秘的小小的乐趣。

我不认同形式与内容、写什么与怎么写这种二分的谈论方式，它们提供讨论的便利，但是也人为地分割了所谈论的对象。还是用"看"的比喻来说明，一个写作者，站在什么地方看，往哪个角度看，这基本上决定了他能看到什么，能看到多少。

刘大先：我注意到你玩的那些小乐趣了，人民大学、胡昉、牟森什么的。哈哈。你在很多时候对细节精雕细琢，那些看上去有些冗长的描写在我看来非常有意思。比如《平行蚀》里面上中下街的灯光、水滴滑下的浓墨重彩描写……都有种特写的效果，《哈瓦那超级市场》《僧侣集市》的描写很诡异地让我想到《银翼杀手》里的一些场景。如果从"看"的角度来说，这也是一种"凝视"，还是仅仅要营造出一种以假代真的似真性的效果？我想你在进行这些放大式的描写时应该有所考虑吧？

李宏伟：放大式的描写会让我有一些喜悦，甚至会在一些地方有沉浸感。在小说里面进行这些描写时，主要出于我自己对小说表现方式的理解，觉得这里需要这样的内容，这个小说才更能立得住。《平行蚀》的"上街中街下街"那一章，有我个人怀念初中生活的情感投射，也有另外的考虑——我想在小说中出现不太一样的节奏。

刘大先：现在很多小说忽略甚至放弃了描写，把小说变成了一个说书人式的"讲故事"。很多作家也沾沾自喜地称自己是"手艺人"，写小说在他们看来是一项技术活。

李宏伟："手艺人"的说法挺不错的，它假定了完美目标在可见的地方等着我们去追寻，也假定了追寻中不断提高技艺的自我要求。但"手艺人"的提法也许隐含了一个问题，就是在一事一物里面反复地到最后并无实质意义的打磨，另外还有批量生产、重复生产的意味。毕竟，手艺人的最高追求应该就是无意识或下意识地就能把一个活做好，而这种方式是与写作及所有艺术相悖的。

刘大先：没错，我正是在后一个意义上不喜欢这个说法。一个"手艺人"当然可以自我吹嘘的时候说"技"到了高处近乎或者就等于"道"，但是"唯手熟尔"总归不能当作我所理解的那种"艺术"。不过我们现在"主流文坛"可多是那些"行活"，而缺少思想穿透力。你显然在思想上有所追求，现在我们说起来"世界观""人生观""价值观"很容易走向犬儒式的反讽。很多中国作家我觉得恰恰不是技法不行，而是"三观"有缺陷，往往陷在某种偏狭的认知中出不来，缺少历史的洞察力和现实的真实关切。我想听听你对这方面的看法，最好结合你喜好的当代中外作品来说。

李宏伟：我认为 2003 年我有了较为明晰的写作自觉意识，不是因为那一年开始写《平行蚀》，是因为那一年我找到了自己"为什么要写作"的答案。这个答案可以表述为"为了确认自己的存在"，也可以表述为"总得找点事干"。这两个表述的口吻有差异，在我这里意思上没差别，那就是，我写作是需要在时间的流逝中，死亡必将来临前，获得一种踏实感。这种踏实感需要的剂量很大，不是简单的游戏能够提供，它需要让我感到自己和其他人、和过往以及将来的人或者时间是共同体，在精神上共在。因为我的存在，因为我的写作，也能将他们带到我所在的现场，让他们有存在的鲜活感。不妨简单概括为，我想通过我的写作，让我的时代、我的时代的精神获得一个层面的肯定，这个层面是我发现的。而一个时代这种开拓层面的作家越多，它获得的肯定就越丰富，这个时代也就越鲜活。

更往上一点，也可以说，人类社会的历史就是确认人类存在的历史。而一个得到丰富肯定的时代，也是人类存在得到丰富确认的时代。如果我们可以把人类的存在简约化为一些关键词，我想，这些关键词应该有：尊严、爱、悲悯、求知、超越性追求、自知。自知是对自我的返观，处境的、心理的、情绪的等等。

我喜欢的作家也都是以他们的方式，对他们所在的时代进行了发现与肯定。这种肯定加强了人类自我确认的丰富性，而他们追寻的也就是上述关键词。比如歌德、托尔斯泰、陀思妥耶夫斯基、巴尔扎克、司汤达、乔伊斯、卡夫卡、福克纳等少数作家。从个人阅读趣味来说，我还喜欢一些所谓类型文学作家，金庸、古龙、二月河、东野圭吾等。他们可能没有那么强烈的丰富性，但他们的主题更古典，他们多少经过了简单化后的主题，正是人类存在的关键词。

这几年读了刘慈欣的《三体》、孙皓晖的《大秦帝国》，同样有这样的感觉：我们所谓的纯文学，关注的东西有时候并没有类型文学或流行文学更本质。作为个体的人，作为相对小范围的集体，作为整体的人类，在面临抉择时，所体现出来的人的脆弱与尊严，这些脆弱与尊严对人性的激荡，这是文学的本质命题之一。但是现在的纯文学很少处理或者说基本上不处理这样的问题。

刘大先：你刚才提到的一个概念我很感兴趣，就是"共在"。我是否可以理解为，这其实是一种超越于时空的野心。你的表述其实有些抽象，这是文学超越性的一方面，另一方面就是任何一个写作者都是身处在具体的社会语境之中。你所说到的那些关键词是作为理想性的存在去追求的，而任何作品如果要超越具体性，首先必须具备身处时代的特殊性，这也是确认自我和时代存在的题中应有之义。那么你是如何认识这个时代有别于其他时代的丰富性与复杂性的？或者你认为阳光底下无新事？

李宏伟："野心"这个词更侧重主动的追求，对于共在，我没有那么主动。共在是远大于个人存在的东西，基本上只存在信或者不信。在超越层面而言，把它和宗教做类比，大体也是妥当的。我相信有共在，不然人类的精神活动毫无意义，这是假定与确信。有时候想到可能没有共在，会很恐慌，但目前还是都能再平衡回来。

我生活在这个时代，只能感受这个时代。每个时代的人都会放大身处时代的特殊性，就我的感受而言，这个时代强大与脆弱的并存前所未有。在文化、价值观、向心力等方面体现出来的主体性破碎不堪，融合的召唤与抵制同样强大。普通个体遭受的撕裂与碾压也是空前的，必须多说一句，这未必是真实发生的，公正一点说，这并没有真实发生。但是资讯的发达，可比较、选择的范围扩大，这些都放大了普通个体的感受。经常提及的民主、自由或许在不同国家与文化里有不同呈现方式，但是个体追求现实与心理的尊严感应该是一致的，而人的尊严感恰恰被剥除殆尽。因为尊严的丧失，日常生活中戾气横溢，又因为对尊严的呼唤是人的本然，一旦面临重大冲击，比如汶川地震，我们就体现出了日常之外的善。

在世界范围内，我们能见到资本对人的控制在加强，英国的《黑镜》系列呈现出来的人类生存情状正在预演。个人在科技面前，日益交出更多的时间，生活也更被规划为流水线作业，个人正日渐成为利润的定点产出器。另一方面，人类对地球之外的世界了解得前所未有的多。在地球之外建立生存点或者发现地球之外的生命，这两件事已经从纯粹的谈论开始隐隐看见现实的根基。

中国正在经受的起伏也好，变化也好，和世界所整体呈现出来的趋势，在局部严重背离，在局部加速趋同。遭遇这样的丰富性，作为写作者与记录者，是幸运的。这里面的复杂性，又对写作者提出了压迫性的挑战。它甚至让人怀疑，在文学成为专门技术后，是否还有能力迎接这一挑战。

刘大先：我很同意你对于"技术化"或者说"专业化"写作的怀疑，那很有可能被某种意识形态话语所宰制和牵引而不自知，而"业余式"的真正有所触动的写作往往反倒能够表达真实的吁求。你也提到资本和消费主义对于我们生活方方面面的引诱和压迫。很有意思的是，你说到这一点的时候并没有直接谈论现实，举的是英剧的例子，也就是说不自觉中实际上你也是通过媒体的表述来认识和表述现实的状况。这一方面说明我们认知世界的方式需要自我怵惕反省，另一方面也证明了一个作品所能够对现实产生的反作用。那么，为什么不主动通过文学去营造一种"共在"呢？你不认为一个真正的写作者有义务去寻求并传递那些具有持久性的价值吗？虽然个体总有他的局限，但这不妨碍虽不能至心向往之。

李宏伟：是的，这是矛盾和有点悲伤的事情。我对媒体（媒介）或者说在消费主义主导下的信息喂养方式有保留与怀疑，但我获取信息的方式是消费主义的，更容易触动我的，也还是来自消费主义的媒体（媒介）。

我不是很清楚你所说的主动是哪方面的。如果是指，主动深入现实世界，以行走、行动的方式，来获得切身的现实感、在场感，在不公与不义面前提供现实的作为，如果是这样的要求，现在的写作者确实普遍处于行动匮乏的境地。这有社会分工日益精细的原因，也有作家在哪种层面介入现实的斟酌。

如果你所说的主动，是指"有义务去寻求并传递那些具有持久性的价值"，这正是我认为作家应该做的。前面说的"共在"，就是在这样的价值上共在，这些价值也是前面说的"关键词"。

刘大先：你下一步的写作计划是什么？或者没有，顺其自然，等待着被触发的时刻到来，因为你也不是那种所谓的"专业作家"？

李宏伟：在写作上我有比较强的规划，按照这个规划，可能在很长一段时间内我都会写下去。这些规划也不是一个已经配置完毕的计划，只等着一部小说一部小说去写出来，它们大多都还只是一个念头或一个以之为出发点的意象，按照现有的经验，大概会在某个被触动的点上就写。目前手边已经完成一个小长篇的初稿，希望能早一点把它改出来吧。

我对"手艺人"的提法有点喜欢，是因为这里面体现出了劳动的自觉与个体纪律，写作者和手艺人的最大相同就是，必须持续做下去。在这个层面而言，我希望自己有写作的劳动自觉与纪律性。

刘大先：你的中篇集子《假时间聚会》里的五个小说几乎都是无法进行"高概念"式的概括的。我看到有说你是当代文学的叛徒，这虽然是宣传用语，不过却也道出了一个事实：你和绝大多数写作者的写作姿态和方法都不同。

李宏伟：当时出版这本书，为了壮声势，也有希望得到前辈阅读与肯定的考虑，请了几位做推荐。谢有顺老师的推荐语里说我"看上去，他更像是这个时代并不多见的文学叛徒"，我喜欢"叛徒"一词所体现出来的某种决绝。我没有问过谢老师他的具体意思，结合他前面的话，我想他的意思也许和你所言大致上一样：在同龄写作者里面，我文本上体现出来的姿态和方法都不太一样。

另外，"叛徒"一词可能也有谢老师自己的疑虑在里面，即，我的小说是不是过于注重思想，或者由观念引导了。先确定主题，然后再循此结构，寻找人物，再在人物上附加细节——至少从我写作的主观意愿和过程来说，我认为不是这样。思想在我的小说里面，可以算是一个触点，但不是我主动的主要的追求。从个人认定来说，我认为自己的写作观念与方法是沿袭现代主义以来的"主流"，只不过中国当代写作主流离开了这条道路，所以多少显得不合时宜。

刘大先：据我观察，你采用的幻想小说的形态部分来自于现代主义的遗产，比如博尔赫斯、卡夫卡，另一方面应该是新兴技术和社会整体生态改变的影响。我一直认为技术和色情根植于人的原欲，而科幻这种从哥特小说的支流中分泌出来的后裔类型最具有潜能，因为它包含了恐惧、改变、爱与死、乌托邦与恶托邦，诸如此类。《来自月球的黏稠雨液》和《僧侣市场》就包含了这些因素，但前者接近恶托邦，后者又用一种类似禅宗的方式进行了化解，有意思的是前者却晚于后者写了，为什么我反倒觉得后写的更绝望了呢？

李宏伟：《来自月球的黏稠雨液》我自嘲地称它为"冷托邦"小说，这个当然在概念上是不成立的，不过是表达一种冷嘲式的反乌托邦。情感强度甚至没有到"反"那么重。这个小说最初生根，是一个叙述方式的刺激。早在读本科的时候，我在张志扬先生的一本书里面，看到他叙述一部电影的内容，里面有一个地方，他说"我这时候出去了，没有看见怎么发展的"或类似的话，就是在叙述中省略掉了堪称主要的地方。我当时觉得这是一个有趣的方式，就想在什么地方尝试一下，《来自月球的黏稠雨液》里对同名电影的讲述也确实用了。但这个小说和当时的触动已经在时间上间隔很久，表现方式上差别也已很大。

《僧侣集市》并不悲观，更没有绝望。它是平静或者注视的小说。小说的缘起，是我对禅宗的顿悟式修行的某种厌倦，尤其是在顿悟的说法下，轻视修行的循序渐进，乃至于身体力行。在小说中，空寂、善往两种不同的修行方式最终互相启发，共同得道。尽管在得道的过程中，空寂比善往早了一点点，但没有实质差别。尽管他们的得道是以死亡为前提或代价，但得了就是得了。

刘大先：我说的是《来自月球的黏稠雨液》体现出来的悲观。

李宏伟：我没有悲观和乐观的区分。我的世界观是，人类只是一个过程，人类整体和个人一样，有生有死。终极来看，人类所为都是空，无意义，但存在的过程是值得的，至少我们应该让它值得。

《来自月球的黏稠雨液》，不知道你注意到一个细节没有，丰裕社会的最高裁决者，东方文明延续委员会的会长叫"江振华教授"，匮乏社会的精神领袖是"江教授"。这个小说我设想过两种情形，一、江振华和江教授不是一个人，那么小说基本上就是现在呈现出来的样子。二、江振华就是江教授，这样留出了堪称足够的空间供读者去想象。在我心里，也从来没对这两种情形取舍、决定过。因为读者想到或想不到这两种不同情形带来的充裕空间感，让我有预留了礼物的喜悦。如果我们借用悲观、乐观的说法，江教授和江振华教授不是一个人，那么这个小说是一个线性的呈现方式，最终出现了一个结果，但这个结果未必可以说是悲观的。如果江教授和江振华教授是一个人，那么这个小说呈现了一种循环的方式，这种循环的可能性至少是一种乐观。

刘大先：我注意到了，我想很多读者都会把他俩想象成一个人，但我觉得有些刻意，或者说过于生硬，缺少文本内部的逻辑自然生成过程。这个暂且放开，坦白讲，我虽然可以进行自己的理解，但并不是特别理解你的主旨，这难免会给其他如我这样的读者造成你是一个思想者的形象。思考的过程很难有终点，不过《并蒂爱情》倒是明确许多，虽然我觉得做得最好的是《哈瓦那超级市场》。这个小说在结构上非常繁复，但设置得非常巧妙，这是一种有难度的写作。说到难度，我对年青一代的写作比较失望。可能他们太多受商业化的影响了，不愿意或者缺少锻造形式的能力和动力，也许我的阅读经验有限，这种感受不足以说明什么。

　　李宏伟：说年青一代写作者太受商业化影响可能有点片面。我一直对我们现在的文学生产机制忍不住好奇，在可接触到的范围内，咱们阅读到的作品我觉得常常不是商业机制制造出来的，而是文学界内部。比如期刊、选刊、评奖这样的流程，这个对年轻写作者的塑造可能强于商业化。

　　大多数写作者见不到商业化的实际回馈，但是期刊、选刊、奖项这条线更清晰，回馈也更明确。有些地方，写作者在一定刊物上发表作品，被转载，获得奖项，会对他的处境有实实在在的影响。另外，我没有和同龄的写作者交流过，但是有个猜想，青年写作者在这条线上也许能获得比较封闭的归属感、稳定感。写一个什么样的小说能发表，能转载，能获奖，按照一定的经营能力、文学资历，大体上能熬到什么样的回报，这个在有经验的写作者那里，可能是清晰的。

　　刘大先：对，你提到了一个非常重要的维度，就是文学组织制度的影响，而这种制度其实有着很大的诱惑，而这又带来了文学创作的封闭性。你对于当下的小说写作有什么期许吗？换句话说，你希望看到什么样的小说，或者自己理想中的小说是什么样子？

　　李宏伟：中国的小说写作者，作为整体，需要对我们过去一百年，或者 1949 年以来的历史做出文学上的整理。整理的成果足以成为集体心理与记忆的基础，这个文化与民族的价值建设可以以这个基础作为主要的依据之一。也可以说，必须以小说的方式对我们最近的历史予以消化。

我理想的小说是，对我们所在的世界进行了重建，个人进入这个小说世界体验到的存在感，不亚于他身处的现实世界。对于不那么敏感的人，小说能让他发现进入现实世界的丰富通道。同时，好的小说必须让阅读者感受到压力，阅读者必须和小说搏斗，才能抵抗住小说给予他的压迫。

在写作上，我没有和谁同在一个集体里的感觉，并不在意自己是 70 后这一物理现实。但对差不多同年龄段，也就是生于 70 年代、80 年代的写作者，我会多一点亲切，就像是在长跑途中对身旁同行者的亲切。我们身处的文学（小说）语境，已经有了一批对后来写作者形成压力的汉语小说，但是中国现当代小说又确实没有一个碾压式的人物存在。

刘大先：你所说的对后来的写作者形成压力的汉语小说能否举几个例子？

李宏伟：阿来《尘埃落定》、陈忠实《白鹿原》、贾平凹《废都》、余华《活着》《在细雨中呼喊》、刘震云《一句顶一万句》、阎连科《日光流年》《受活》、韩少功《马桥词典》、刁斗《我哥刁北年表》。暂时能想到的是这些，国内的小说我读得不多，所以只能列举我读过，又觉得确实在某方面达到了一个高度的。当然，必须加上董启章的小说，他的"自然史三部曲"是杰作。

刘大先：你虽然对于类似 70 后这样集体性的命名没有归属感，但你也一定有着交流的欲望，不然我们就不会进行交谈。你所期待的文学批评又是什么？

李宏伟：我期待好的文学批评是脚落在具体的作品或作家上面，

但是能由此深入到这个作家的精神，由此让人对作品或作家所在的时代有新的认识，如果这个新认识的范围能够进一步扩大，就更好。我不太喜欢做过多技术分析或者只做技术分析的批评，如时常能见到的对《红楼梦》各种精巧机关的津津乐道。

　　更杰出的文学批评，应该具备发现与命名的能力。这不是简单的让人对某个作家某部作品可以识别的命名，而是作家隐含在文本中的事物，或者只是在作家的文本中隐约有端倪的事物。杰出的文学批评能将它们拎出来，就此打开一条通道，进而对文学乃至对世界予以一定的更新。罗兰·巴特之于新小说、之于阿兰·罗伯-格里耶就是杰出的文学批评的范例。

　　刘大先：说完对批评的期许，再说说自我期许吧。你的小说已经形成了自己的一套风格，不是风格化那种风格，而是一种独特的气质。比如绵密的叙述、严谨的逻辑、黏稠的描写、交错的结构、偶尔的不经意的幽默……有没有想过尝试改变一下路数？

　　李宏伟：我对小说的认识没有固化，不同类别的小说在我这里也没有天然的高下等差之分。加缪始终说，要活得更多。我期望自己写得更多。更多主要不是量上的，是形态上的，语言、结构、指向，我都希望能做更多的尝试。如果我真能写出一部自己满意的武侠小说、推理小说或者梦枕貘的《阴阳师》《沙门空海》那样的小说，我也会非常高兴和满足，但这确实是巨大的挑战。就我的阅读，中国作家里面真正实现了语言、路数的改变，改变前后都写出了好作品的，也就是王朔和张承志。尤其是王朔的《我的千岁寒》，小说的前半部分足称伟大。

李宏伟创作年表

2013 年

中篇小说 | 《哈瓦那超级市场》 | 《西部》 2013 年第 4 期

2014 年

中篇小说 | 《并蒂爱情》 | 《人民文学》 2014 年第 2 期

短篇小说 | 《旁白》 | 《天南》 2014 年第 17 期

实验作品 | 《浪游人在地铁篝火旁喝至酩酊大醉》 | 《天南》 2014 年第 18 期

长篇小说 | 《平行蚀》 | 作家出版社 | 2014 年 10 月

诗集 | 《有关可能生活的十种想象》 | 漓江出版社 | 2014 年 9 月

2015 年

中篇小说 | 《僧侣集市》 | 《大家》 2015 年第 4 期

中篇小说 | 《假时间聚会》 | 《人民文学》 2015 年第 9 期

小说集 | 《假时间聚会》 | 作家出版社 | 2015 年 10 月

2016 年

短篇小说 | 《瓶装女人》 | 《青年文学》 2016 年第 5 期

中篇小说 | 《暗经验》 | 《创作与评论》 2016 年第 6 期上半月号

短篇小说 | 《长久空缺的吻和她的两次发作》 | 《青年作家》 2016 年第 8 期

中篇小说 | 《而阅读者不知所终》 | 《人民文学》 2016 年第 9 期

长篇小说 | 《国王与抒情诗》 | 《收获》 2016 年长篇小说专号·秋冬卷

2017 年

中篇小说 | 《欲望说明书》 | 《大家》 2017 年第 3 期

长篇小说 | 《国王与抒情诗》 | 中信出版社 | 2017 年 5 月

2018 年

短篇小说 | 《冰淇淋皇帝》 | 《小说界》 2018 年第 1 期

小说集 | 《哈瓦那超级市场》 | 人间出版社 （台湾） | 2018 年 4 月

访谈录 | 《深夜里交换秘密的人》 | 江苏凤凰文艺出版社 | 2018 年 4 月

中篇小说 《现实顾问》 | 《十月》 2018 年第 3 期

小说集 《暗经验》 | 中信出版社 | 2018 年 9 月

2019 年

短篇小说 | 《沙鲸》 | 《小说界》 2019 年第 4 期

2020 年

长篇小说 | 《灰衣简史》 | 《花城》 2020 年第 1 期

长篇小说 | 《灰衣简史》 | 长江文艺出版社 | 2020 年 8 月

短篇小说 | 《麏鹿在特八路上》 | 《山花》 2020 年第 8 期

小说集 | 《雨果的迷宫》 | 北京十月文艺出版社 | 2020 年 10 月

长篇小说 | 《月相沉积》 | 《收获》 长篇小说 2020 秋卷

短篇小说 | 《神奇五侠》 | 《小说界》 2020 年第 6 期

2021 年

中篇小说 | 《月球隐士》 | 《芙蓉》 2021 年第 2 期

长篇小说 | 《引路人》 | 北京十月文艺出版社 | 2021 年 9 月

诗集 | 《你是我所有的女性称谓》 | 上海文艺出版社 | 2021 年 10 月

短篇小说 | 《樱桃核手卷》 | 《小说界》 2021 年第 5 期

2022 年

中篇小说 | 《π 宇宙》 | 《小说界》 2022 年第 4 期

短篇小说 | 《云彩剪辑师》 | 《天涯》 2022 年第 5 期

2023 年

短篇小说 | 《第七只》 | 《江南》 2023 年第 1 期

中篇小说 | 《北京化石》 | 《青年文学》 2023 年第 1 期

长篇小说 | 《信天翁要发芽》 | 《十月·长篇小说》 2023 年第 2 期